Utopie

香塔勒·托瑪———著

翁德明———譯

再見吾后

Les adieux à la reine

目錄

夜間

在法蘭西史官的辦公室裡（晚上九時至十時）

宮人夜不成眠。大宮廳旁遊蕩閒逛（從晚上十時至半夜）

二百八十六人的名單，如要進行必要改革，他們就得人頭落地

昔日，在那美好傳統的年代裡

黛安娜‧得‧玻里涅亞克

在王后鎏金的大書房裡。王后為了動身離宮預做準備（從半夜至凌晨
　　二時）

疲累至極，淒慘黎明（凌晨二時至四時）

關閉鐵柵欄的大門

一七八九年七月十六日／137

白天

室外，王后寢殿窗下（早晨五至六時）

寂靜令人不安

勝利者的喜悅（上午八時左右）

我的心情：絕望、困惑。遇見一位女子通曉事理。「王后情人」現身

諮議會散會了（早上十時）

王后無法離宮，故而發起脾氣（早上十一時）

今日雨天，我有滿腹疑惑，文稿紙張散落一地。太陽再度露臉，我去
　　里涅公爵府上（維也納，一八一〇年六月）

在王后的小套間裡（下午一時）。我無意中聽見王后和她寵幸間的對
　　話

宮中小教堂的彌撒儀式（下午三時）

王上享用午膳（午後四時）

我嚇呆了（晚間六時）

夜間

王上命令法蘭西史官執行一項神聖的任務：草擬一封寄給各教區的信
　　函（晚上七時）

最終一次進入王后的寢殿朗讀（晚間八時至九時）

逃亡。地道中的驚恐。錯誤訊息（晚間十時直到子夜）

＊＊＊

維也納，一八一一年一月／293

前言

維也納，一八一〇年二月十二日

我叫雅嘉特-席朵妮‧拉伯賀德（Agathe-Sidonie Laborde）。人家很少提到我的名字，這個名字幾乎算是秘密。我住在維也納葛拉斯霍夫街（Grashofgasse）法國移民區的一間公寓裡。公寓的窗戶面向鋪石的中庭，環繞中庭的地面樓層開了幾家店鋪：一間二手書店、一間假髮店、一間小印刷坊以及一家裁縫店。還有一個香料雜貨攤子，位在我公寓正下方的牆角。街坊社區生趣盎然，但又不致太吵。盛夏時節，除了東方香料的味道，空氣中還始終飄盪著幾聲樂音。玫瑰花枝沿著建築物的正面攀爬向上，替維也納的這個小角落平添了花園的風姿。在冬季的死寂中，也就是現在這個時節，玫瑰叢不開花了，店鋪裡的作息動靜不再傳進我耳朵裡。整體而言，我覺得無論哪一個季節，生命的聲響都是徹底止息的。彷彿我四周的恐怖嚴冬，還有這場下個沒完了的雪以及被雪埋葬的感覺，在在都是我年歲老邁的徵候，都是悄悄爬進我身軀中那片更深沈之永冬的外顯跡象。

今天是一八一〇年二月十二日，我慶祝自己六十五歲的生日。「慶祝」一詞對於聚集在我房裡的人而言並不適切，因為大家並無歡愉的心情。在場同伴和我年紀相倣，都是那個通稱為「舊政權」的世界崩解後倖免於難的人。雪一直下。我這些忠誠的朋友抵達時，每一個人都濕透了。真可憐啊，如果你是需拄拐杖才能走路的人，就沒辦法再拿傘了。但是老年的不便利豈止這樣而已！我把他們濕漉漉的衣物晾在火

爐前面烤著。女士們整理髮型並再度上妝，然後大家把禮物送給我：野蠶絲的緞花、一把扇子以及一個橢圓形的小盒子，要客人都離開之後才能開啟的小盒子。我把花和扇子擱在腿上，和大家一起喝咖啡吃油酥點心。一如往常，我們應景聊些歐洲的時勢，自然語帶恨意議論起拿破崙，只是那股恨意尚有節制，不像刺激維也納社會大部分人的那股真正的憎惡。這位征服者打贏了艾斯林[1]和瓦格杭[2]兩場戰役，去年七月我們看見他耀武揚威進駐這裡。大家忍受砲擊以及腥風血雨，忍受死亡以及一堆堆的屍體，忍受城市幾乎每個角落都遇得到的恐怖景象，也就是數以千計的傷員。他們臨終的嘶喘以及痛苦的哀嚎共同構成我們日常生活的背景。我們同時也得忍受間諜活動以及掠奪，還有降城註定要經歷的一切暴力行為。不過，這支軍隊來自法國，我們也難真正恨它。儘管遭受他們粗暴傲慢的對待，我們還是無法將其視為仇敵。然而我們卻也發現這些和我們操同樣語言、年紀當我們孫子都可以的年輕人如此陌生遙遠，陌生遙遠得教人心痛。不止因為他們對我們表現敵意，還因為他們的行為舉止。曾經有人向我指出：「他們走起路來和他一樣」。這話不假：

---

1. Essling：一八〇九年五月二十至二十二日法國遠征軍與奧匈帝國軍隊間的戰役，戰場位於維也納郊區的艾斯林，雙方死傷極為慘重。
2. Wagram：一八〇九年七月五日至六日，法國拿破崙與日耳曼薩克遜尼（Saxony）、巴伐利亞（Bavaria）及義大利的聯軍在維也納東北郊的瓦格杭大敗奧匈帝國軍隊，並瓦解了英奧的同盟關係。這是拿破崙遠征外國成就最輝煌的一次戰役。

他們走路的速度太快了。他們直挺僵硬，鞋跟叩擊地面，好像一大群機器人。拿破崙的軍官模倣他走路的方式以及說話態度，出其不意開口對人說話的粗魯態度（截至目前，倒是還沒有人模倣他的科西嘉口音）。皇帝經常開門見山、突然問人家最不客氣的問題。那根本不叫交談，而是直截了當開槍射擊。我們認為理想的交談方式便是沙龍裡講究禮貌的對話，善用暗示和影射。說話者置身於燦爛的光彩中，從不粗鄙賣弄知識，只靈巧借個瑣事發揮一番，並在話語交鋒的過程中，從那些瑣事提煉知性的珠璣以及得體貼切的措辭。拿破崙說起話來好像警察問口供似的。我相信他對自己和弗雷德力克 · 史塔普斯（Friedrich Staps）的那段「交談」必然念念不忘。這位學生前一年的十月身懷一把廚刀，打算在美泉宮[3]刺殺拿破崙。

　　「你後不後悔自己的行為？」
　　「不會。」
　　「你會不會再犯？」
　　「會。」

3.　Schönbrunn：坐落於維也納西南部的巴洛克藝術建築，曾是神聖羅馬帝國、奧地利帝國、奧匈帝國和哈布斯堡王朝家族的皇宮，是維也納最著名的景點，亦為聯合國科教文組織認定的世界遺產。

要不是他不得不判處史塔普斯死刑，他應該很樂意和對方多談一會兒。這個年輕人很像他，一如夏洛特・考爾戴[4]酷似馬拉[5]。恐怖份子自然吸引恐怖份子……文明若是奠基於匕首、刺刀和大砲之上，情況便是如此。古人常因自己實踐禮貌的行為而感驕傲。每當需要打仗或是投身軍事活動，他們絕不誇耀吹噓。因此，沒有哪個士兵會身著戎裝出現在宮廷裡。就算他們進宮稟告捷報，或是奪得敵人軍旗、進宮將它擱放在國王的腳邊，他們都會先換掉軍服再說。同樣，在聖靈騎士團勛章[6]（l'Ordre du Saint-Esprit）的藍帶和皇家軍功勛章[7]（l'Ordre de Saint Louis）的紅帶之間，一位高貴出身的人難道竟會左右為難，不知該挑哪個？當然要選能教人引以為傲的藍帶了。

在我們慶生的聚會中，即使我們就著熊熊爐火取暖，同時聽著木頭在柴架上畢畢剝剝響著，還是難免要抱怨起拿破

---

4. Charlotte Corday（1768～1793年），法國大革命恐怖統治時期的重要人物。她出身沒落的貴族家庭，是溫和的共和派支持者，反對羅伯斯比的激進派獨裁專政，後策劃並刺殺激進派領導人馬拉（Marat）。
5. Jean-Paul Marat（1743～1793年），法國大革命時期著名的活動家和政論家。1792年馬拉當選國民公會代表，隔年5月參與起義，推翻溫和派吉倫特派（Girondin）的統治，建立激進的雅各賓（Jacobin）專政。7月13日被吉倫特派的女刺客考爾戴暗殺。
6. Ordre du Saint-Esprit：1578年由法國國王亨利三世成立的騎士軍團，其勛章固定搭配藍色飾帶。此騎士軍團乃法國歷史上最具威望者，成員須為貴族且人數固定為一百。
7. Ordre de Saint Louis: 十七世紀中期，為因應日漸增多的軍功而成立的騎士軍團，其勛章固定搭配紅色飾帶，成員可以來自中產階級，但須信奉天主教並身為服務屆滿十年的軍官。

崙最近的一些計畫。雖說這些計畫不是什麼窮兵黷武之舉，但也彌補不了他那擢髮難數的罪行。有人傳言，皇帝儘管認為凡爾賽宮既侷促又難看，是座「討人厭的荒唐建築」（更有甚者，還要耗費鉅資維修這個駭人怪物），還是提議每年夏季到宮裡住上一個月。他居然有臉說出：「大革命既然都破壞那麼多了，為什麼不把凡爾賽宮一起摧毀算了？」然後又決定偶爾到那裡閒住。不過，根據其他傳言，拿破崙一度打算令人劘平樹林、移走雕像，並在原處起造紀念他各場勝仗的宏偉建物……我們再次取用糕點，滋味多細緻的糕點，然後繼續哀嘆……紀念他各場勝仗的宏偉建物……動腦筋想迎娶瑪麗 - 安托奈特王后的外甥孫女還嫌不足（那個被他雅稱為「奧地利姑娘」的瑪麗 - 路薏絲[8]），竟然還要霸佔凡爾賽宮。就讓他把自己名字起首的字母 N 刻得到處是吧！他下令在路易十六所有的獵槍上刻上 N，而他本人卻連圍獵盛事和獵兔小技都分不清楚。里涅公爵[9]曾譏諷過：「既然要消滅王權，就不要拿國王的排場去狩獵公鹿」……要是他娶不到俄國沙皇的妹妹，我懷疑維也納會承接他這個恐怖的人，也

---

8. Marie-Louise d'Autriche：（1791～1847年），奧地利人。拿破崙一世的第二任妻子。拿破崙稱帝後，她於 1810～1814 年間任法蘭西帝國王后。

9. Prince de Ligne：（1735～1814年）此處係指第七代的里涅公爵 Charles-Joseph Lamoral。出生於比利時的奧地利陸軍元帥，於七年戰爭中戰績彪炳，是奧國皇帝約瑟夫二世的摯友及重臣，而且平生雅好文學。他是本書敘述者雅嘉特流亡至維也納後的保護人。

懷疑首相梅特涅會將可憐的女大公交給這個屠戮奧國的人。在這兵燹連年的地獄裡，在武裝之敵軍的威脅下，在搶劫、姦淫和謀殺已是司空見慣之際，拿破崙對自身正統性的吹擂幾乎是令我最反感的⋯⋯幾乎是⋯⋯真正教我厭惡、教我悲痛、教我惱恨的東西在我們憤慨的言詞裡並找不到，也不在我們經常齊聲咒罵的場合裡現蹤。令我震驚的東西反而是我們從來沒說出口的，源自一種虛偽的順從，服從不准提及路易十六及瑪麗 - 安托奈特名字的禁令，一個強迫所有外國宮廷聽命的禁令。毫無疑問，維也納比起其他任何地方都更嚴格遵循這道禁令。如果不願屈從，仍要提起那兩個不准說出口的名字，那麼註定會招致可怕的困擾。不過，如果你提到的是可憐的路易十六，那麼這種失誤雖然嚴重，卻不至於彌補無望。要是換成瑪麗 - 安托奈特，那就真的罪無可逭。人家對於她的追念竟是在她自己的原居地、在她自己的家庭中、在她自己的城市裡受到最嚴厲的壓制。關於這點，關於她的再度死亡，大家也不能指責拿破崙。恰恰相反⋯⋯我們這樣喧鬧嘈雜、傾吐哀訴，反倒促成忘卻。喧鬧嘈雜？我真太言過其實了。我只不過希望大家還能開口說話而已。

　　我們剛剛在爐火前面圍成半圓坐著。因為扶手椅靠得太近，我們幾乎手肘碰著手肘。話題來到人生幻滅崩解之後苟延殘喘的不幸，有位女性朋友便說：「苟延殘喘畢竟還活著呀。」不過，她的聲音細弱到立場很難教人信服⋯⋯下午幾

乎還沒過完，天色卻快黑了。差不多是客人們回家的時刻。這時，正好有一群小學生走進樓下的中庭裡唱歌。他們的嗓音無比清澈，並且飽蓄活力以及歡愉，如他們疾奔或是滑冰的時候一樣⋯⋯

　　房裡又只剩我一個人了，我把最後一件禮物打開。禮物被一層又一層的紙包起來，那麼多張，起初我還以為只有這些，只是重疊的彩色紙。可是最後，當那個小小的銀盒映入我眼簾時，我才發現這個禮物非同小可。光是它的形狀便已教人驚嘆。那是一枚四周塗飾琺瑯釉的項鍊墜子，也是中央繪有一隻藍眼睛的袖珍畫。那是鮮艷的藍，幾乎像是土耳其藍，好像寶石一樣亮澤，而且瞳仁微微潮潤，好像沾了一滴露水。我將手掌闔上，腦中浮現王后的那雙藍眸子，然後是她整張面容，一如我所熟悉的那個臉孔⋯⋯

　　在我們這批劫後餘生的人當中，禁提先王夫婦名字的命令已被大家依循遵守，彷彿是個協議約定。只要我和他人相聚之際，必定不違背它。可是，等到四下無人，為什麼我還要憂慮自己說出的話、害怕字詞所召回的幽魂，或者恐懼那些字詞逼使我們去面對的未知呢？的確，如今我的生命舞台已被諸多幽影盤踞。不管我醒著或睡著，那些幽影一直不斷幻化或是重覆出現。我慣常稱其為「華梯之幻」。幽影們的面孔也許有遠有近，然而多少有點模糊隔閡。好些宮廷的人

參差站在寬闊的梯級上。他們服飾華麗，然而有點僵硬死板，以致令其無法自在活動。他們有些拄著拐杖，有些沒有，但是一概孤單站立，不成群組。不過無論如何，每個人的身形輪廓絕對是清晰的。「華梯之幻」頑強地縈繞在我的腦海。我總覺得，那些人物正等著我，縱使別人都看不見他們，他們卻默默地等在不遠之處。他們共同建構出我生命中的真實，而平常與我來往的幾位大革命劫後餘生的人反倒變成幻象了。他們的目光迫壓我。我想辦法排解壓力，刺繡、寫信、閱報、讀書，手邊所有的法文刊物都拿來讀，然而他們仍像老虎鉗似地牢牢把我夾住。他們以其虛無的重量壓住我。我對「華梯之幻」已經習以為常，然而伴隨而生的不滿足感卻沒有平息，因為其中那些臉孔儘管模糊，但又不是全然無法辨識。我知道自己以前都認得出來，只是現在不能一一指名道姓。

我以前住凡爾賽宮，是王后瑪麗 - 安托奈特的朗讀官，對不起，應該說是朗讀副官才是。這是一份小差事，又因王后不愛閱讀，這個職位更顯得微不足道了。蒙德哈貢（Montdragon）先生是引薦我入宮的恩人，也是內廷一名管事。他以無比親切的態度接待我，但是對於應該提醒警告的事也都清楚說在前頭。那是十二月底的某一天，和今天一樣都是隆冬時節，只是沒有下雪而已。當天光線亮辣刺眼，幾

乎具有金屬般的特質。黑色樹幹在澄藍天空的襯托下顯得格外搶眼。在城堡裡，壁爐周圍一片火煙，教人嗆得難以呼吸，同時扎得你睜不開眼睛，但是你一走開，彷彿立刻被冰塊封住，將你凍個全身麻痺。除非不停地動，否則隨時就有喪命之虞。蒙德哈貢先生裹著狼皮大衣，負責判定我是否合適那個職位。我一面膽怯回答他的第一個問題，一面禁不住伸縮手指以免凍僵。他隨即下了定論：我很適合擔任王后的閱讀副官。他告訴我：「你的聲音很好聽，調子有些低沈，不致過分突出。」過一會兒，他看出了我的窘態，於是補上兩句：「親愛的夫人，不必拘束，就拍起手吧！用這方法保持暖和比較直接、比較有效。」於是，在接續的談話過程當中，我就盡量不發出聲響地拍著雙手。我的恩人向我解釋王后閱讀副官的職責何在。「總而言之，倒沒什麼真正要緊的事。」接著，他似乎突然感覺不安地問道：「可是，你至少識字吧？不過請你放心，從現在起到王后召你服侍的那天為止，你還有充裕的時間學習。就算王后陛下發現你不識字，我確信她也不會怪罪下來。王后陛下向來以無止盡的仁慈之心待人接物。外人很難想像，在內廷裡，她將『忍耐』這一美德發揚到了什麼境界。關於你職務的其他細節，就等王后的正朗讀官納懿（Neuilly）夫人告訴你吧。不過也得她能想到才行，因為每次她到凡爾賽來，大概你也不難想像，她的時間就被各項拜訪以及許多央託事情的人佔滿……」其實我根本無暇

想像，因為我的雙眼以及心靈都被四周的金碧輝煌所吸引住，彷彿自己置身於美的國度。我向蒙德哈貢先生道謝，結束了我們的晤談。他應該料想不到，凡爾賽宮對一個初來乍到的人而言是個多新奇的世界，單單獨自留在那個牆面繃上黃絲緞的小房間便是個了不起的體驗。我坐在長沙發椅上等著，一方面因膽怯而心神不寧，一方面又被眼前不可置信的璀璨華麗激得異常興奮。最終我還是壯起膽子走出門外，踱了幾步，停在一扇通往寬闊長廊的玻璃門前。我感覺自己被移置到一座只用純金和寶石建造的城堡中，而這印象一直持續下去。如果有人矇騙我，硬說凡爾賽宮屋頂的頁岩遮片實際上都是縞瑪瑙磨成的，我也會信以為真……

　　我在一七七八年進宮，那年王后首度懷胎。這是她八年以來期盼的幸福，也是法蘭西所有教區和所有修道院（哪怕是最偏遠的）萬眾一心祈禱的大事。在國人的眼中，王后在這一年真正成為王室的一員，唯有懷胎，她的后位方能坐得名正言順。我和別人一樣，都知道這樁好消息，而且在我進宮的隆冬十二月裡，王后已經懷孕九個月了。這些我都清楚，同時我也想像過了：身為朗讀副官，自己終有一天會到御前服務。不過，等到我首次見到王后的那一刻，我整個人仍身不由己沈浸在前所未有的狂喜之中，彷彿這幕景象是完全出乎意料之外，驀然出現在我眼前，絲毫沒有適應的餘地。

　　王后穿了一件極寬大的白色羊毛連衣裙，身形看上去十

分龐大，頭上很別緻地纏著一條縫了浮雕玉石的艷藍絲巾，上面又裝飾了幾支孔雀毛，如同鷺鳥的冠羽似的。王后步履雄健敏捷，這令後面那群貴婦跟得十分吃力。明明人在封閉的室內長廊，王后卻彷彿走在鄉間似的。後來我才曉得，是御醫囑咐她要以這種步伐節奏走路的。因此，才跨幾步，她就走到長廊的盡頭。接著，她轉過身子，再以同樣迅捷的速度踅返……由於大感詫異，我的身軀顫抖一下，我的雙腿差點要撐不住，我的臉龐發燙。她的形象包含一種不尋常的東西，一種神奇的成分，往後她出現在我眼前始終帶有那種魅力，彷彿我看到的是一團移動的火球。

　　我在凡爾賽宮住了十一年，住在人家口中稱為「那個國中國」的宮廷裡，雖然自始至終沒能習慣，但也將其離奇之處加以吸收，彷彿那是生命必不可少的養分。十一年吶……如今每當我回憶起來，這一切似乎離我特別遙遠，畢竟將我和那個年代分開的是大革命的恐怖血痕。但有時候，一切又是恍如昨日，也許因為那裡的生活無法用其他的經歷加以比擬。在凡爾賽宮裡，時間純粹是儀式性的，和別處過得不一樣，因為它的座標是獨一無二的。它的切割單位非以年計，也非以月或以星期區隔，而是以日做為基準。早在一個世紀之前，路易十四已為「完美一日」訂定程序：晨禱（Prières）、王室成員參加的小朝見（Petit Lever）、宮廷貴族參加的大朝

見（Grand Lever）、彌撒（Messe）、午餐（Dîner）、行獵
（Chasse）、晚禱（Vêpres）、晚膳（Souper）、就寢前之接
見（Grand Coucher）、接見之後就寢（Petit Coucher）、晨
禱、王室成員參加的小朝見、宮廷貴族參加的大朝見……從
此以後，國王必須依照這套程序度過每一個日子。在凡爾賽
宮裡，上述儀式日復一日重覆，理論上是不該有例外的規矩。
可是在實際生活中執行起來總會遇到困難。嚴格的按表操課
從來不曾完全成功過。朝儀註定要式微的，而凡爾賽宮中的
生活只會一日不如一日地疏懶下去……遇著小阻礙，朝儀便
有些微變化，遇著動盪騷亂的時刻則有大幅度的改動，日子
最後來到一七八九年七月的那幾天，結局是國王稱降而朝臣
離散。不到一個星期的時間，原先我認為應該持續千秋萬世
的整套儀式常規竟崩解了。總之，王后留給我的第一印象如
此深刻，以致往後再也沒有任何以女神為主題的繪畫或雕塑
可以令這印象失色，因為它一下子就將我安置在一個永恆的
世界中。在凡爾賽宮，日子一天一天過下去，彼此之間並無
差異。這就是我深信不疑的儀式常規。

我並非是唯一對這套儀式常規感到目眩神迷的人。人家
口中的「朝廷」指的即是「凡爾賽宮朝廷」，它是朝廷的最
佳典範，各國京城如聖 - 彼得堡、柏林、羅馬、倫敦、馬德里、
華沙、維也納等等都把目光投向那裡。當局心知肚明，縱使

勞民傷財、對四周的沼澤進行排水涸化，凡爾賽宮的建築基地依然不利人體健康，而且這種情況始終未獲改善。大家當然也都清楚，那個地區瘴疫流行、熱病肆虐，而且穢臭逼人。天氣熱時，廳室間到處瀰漫一股難聞氣味。路過的人都會感到極不舒服，這時，人家便會告訴他們：「便桶倒出來的東西本來就是這種味道」。婦女搖頭晃腦，那種綽約風姿好比想要掙脫束縛的山羊。為了避免嗅聞惡臭，她們將手裡的扇子搖得更勤快了。便桶飄出來的！……熏死人了！客人面帶驚懼的表情看著優雅貴婦白皙的胸脯，因為上面長滿因毒蟲螫咬而形成的膿疱。

瑪麗-泰瑞莎，堂堂路易十四的王后，吞下掉在她熱巧克力中的蜘蛛。

路易十五的妻子瑪麗-萊辛斯卡（Marie Leczinska）曾因鼠群的圍困而失聲尖叫。她的嬌嫩嗓音（王后蹲踞在扶手椅上拒絕下來）據說在新婚期間很令路易十五神魂顛倒。但到後來，國王對那可憐的萊辛斯卡以及她的受驚模樣感到煩膩，於是將她冷落，並且聳聳肩膀說道：「王后，朕不是告訴過你，老鼠是趕不走的嘛。」

瑪麗-安托奈特尤其憎惡蝨子和跳蚤。她下令從維也納進口特殊的藥劑（裝進箱籠運來，別人還以為是甚麼財寶），決心按計畫來與之鬥爭。大家把她對跳蚤的恐懼當成外邦女子的一種荒謬習性，和她在化妝前必先入浴的習慣同等怪

異……

　　而我們其他人卻毫無怨言忍受這一切的不適：刺癢、咬傷、膿疱、病態滲液、不明紅腫、可憐硬塊。雖是吃苦，我們卻不埋怨環境造成的諸多煩惱，尤其是教我最感厭惡的那一件事（可是絕大多數的朝臣竟然見怪不怪）：鼠輩猖獗到不可思議的地步。牠們把食物拖到套間裡弄得隨處都是，要不掉落在家具下、遺留在床單間，就是在儲藏櫃裡、在窗戶旁角落中的暖爐上、在樓梯的平台上或在樓梯的下方，任其腐敗發臭。鼠輩極愛凡爾賽宮。牠們在夜裡舉行可怕的巫魔會，好些房間已由牠們當家作主，將那地板和家具糟蹋得體無完膚……恐怕有人要報怨自己喘不過氣來，一方面因為沼澤裡的腐軀散發濁惡之氣，一方面因為宮裡狹窄的空間擠進太多的人。儘管那個地方幾乎教人窒息，但它畢竟是凡爾賽宮。這些不便之處沒有哪一件真正令人無法承受，對於其他巴不得取代我們位置的人而言更是如此。

　　我們住在凡爾賽宮。

　　宮中，命運之神高踞寶座，只要哪個部會首長或是哪個寵臣說一句話，你的運勢可能在一夕之間翻轉過來。也許大紅大紫，也許萬劫不復。

　　那裡流行最優雅的談吐舉止，彎腰行禮的架勢也是最漂亮的。

　　那裡亦是時尚定調之處。就算所戴的花邊被鼠輩咬過也

不打緊，因為這些狡猾的小畜牲可能激發新針法的發明。

在王宮園林中人跡最罕至的區域裡，在小徑的深處或是樹林的入口處，總會顯現美的細節：某座雕像彷彿向人招手示意，石雕的花果盆子因有藍天襯托而顯醒目。

那裡尤其是王后居住的地方。

某些日子裡的早晨，在睡醒前的惺忪狀態中，只要我能讓這種甜美的昏沈感覺延續下去，我就當作回到往昔凡爾賽宮的場景。我想像自己的手指觸摸以往房間的牆壁，想像自己在床上輾轉，想像自己濃密的髮雲披散在枕頭上並且告訴自己：「她就在離我房間不遠之處生活著、呼吸著。」

凡爾賽宮的魅力教我迷醉，而我也不是唯一體驗過這種感受的人。也許它已不再是路易十四統治下的那種神聖處所。可是，凡爾賽宮仍舊令人心蕩神馳。不管你去何方，說話時只要以「想當年我在宮裡……」開場，當下有誰不會屏氣凝神而且對你刮目相看呢？旁人其實無法想像那種日子對自尊心的殘酷戕害。一位朝臣可能在候見室裡等上好幾個鐘頭，然後才得知國王用晚膳時不召見他。那種屈辱的感覺是不言而喻的。那些不獲接見、被打發走的人為了避開旁人目光而在中庭登上馬車，我從他們的面容和步態讀出羞赧。反觀那些「寵兒」卻能從半開半掩的門溜進去仰望聖容，他們的歡快我就無緣目睹了。不過我能想像……甚至接下去在

一七九九到一八〇四年的執政府 [10] 年代，朝廷設在約瑟芬的住處時，即便拿破崙也以模範的共和黨員自居，他對於凡爾賽宮的熱情也未曾冷卻。官式晚宴才一結束，他們便注意大門是否已經關好，然後喁喁私語說道：「我們來聊聊前代的朝廷，讓我們到凡爾賽神遊去吧，孟德斯鳩先生，告訴我們以前如何如何，塔耶杭 [11] 先生，你說說看……」那些較年輕的便把椅子挪近過來，為的是將故事聽個真確……這和今天我們在維也納的做法沒有兩樣。

我下定決心要用文字記錄下這一切，追憶往日的神奇世界。尤其在今天人家慣常打宣傳戰來醜化凡爾賽宮的時代裡，它被形容是揮霍浪費的無底深淵，是空蕩蕩的舞台，是塵埃和死灰堆起來的景觀，而且在那時代便因大家預感末日將至而黯淡失色。頭戴撲粉假髮的傀儡、未老先衰的男男女女，一尊尊註定消失不見的木偶……從勝者的立場來看，被他們打敗的、被他們凌駕的人沒有未來，不配留名青史。年輕人的傲氣要不是如此頻繁地淪為野蠻粗暴，那麼那份傲氣

---

10. Consulat：1799-1804 年間的法國政府，名義上由三位執政獨裁，但其實只有拿破崙一人發號施令。拿破崙於 1802 年被推為終身執政，並在 1804 年宣佈成立第一帝國，代表第一共和最後政權的執政府於是告終。

11. Talleyrand：1754 ～ 1838 年，法國政治家、外交家，歷任督政府、執政府、第一帝國及王室復辟後路易十八的外交部長。1815 年維也納會議時成功利用列強間的矛盾，保護法國的利益。

應能感動人心。

　　我堅決相信，人類並非一直向前進步，最近這世界給我的印象更不可能教我改變此一觀念。人類只會以其他方式調整秩序，使其符合各方的種種期待。種姓制度的階級區分固然有其缺失，但以財富壓迫別人似乎也不可取。那種一心只想發財的頑念……如今已有銀行這種機構，據說是設立在某些首都的小型堡壘，你從外部看它，只覺得它和一般房舍沒有兩樣。嘗試想像這種地方，此一想像本身即是很奇特的經驗。我必定看過銀行，只是不知道那便是銀行而已。我的父母都是窮人。每次我母親明白指出我們一家人的生活窘況時（但她話中並無一絲尖刻火氣，她只想讓自己的骨肉至少活存下來幾個），我那極其虔誠而且深愛子女的父親總是報以微笑。他會把目光從寒傖的室內移開，一面抬頭看著窗戶，一面說道：「生命難道不比食物重要，身體難道不比衣物重要？看看天空的鳥：牠們不必播種，不必收割，不必把糧食堆進穀倉裡，可是天父照樣餵食牠們。而你們難道不如那些鳥嗎？那麼又何必為蔽體的衣物憂心呢？再看看原野的百合花，你看它如何生長。花兒不必操勞，不必紡織。」我母親也將目光投向那扇缺了玻璃的窗戶，臉上泛起和父親類似的微笑……原野的百合花可是一而再、再而三地被士兵踐踏

的。要是說我們這個時代有什麼進步的話，那也只有武器了。從今以後，殺人的速度更快，殺的人也更多……單單一場艾斯林之役就奪走四萬條人命，才打三十個鐘頭的仗就死四萬人……人的心智退化。沒錯，只有殺人武器日新月異。除此之外，我看不到……

凡爾賽宮曾是神聖的象徵又是諸多欲望的滙聚點，但從一七八九年七月首波威脅浮現時就遭眾人遺棄。種種事件都以令人目不暇給的速度進展。路易・塞巴斯蒂安・梅爾西耶[12]是個推崇民主的巴黎人，更糟的是，他還熱中劇場，不過他的心術正派老實，洞察力很公正敏銳。他曾寫道：「七月十八日路易十六在巴黎市政府大樓的陽台上拿起法蘭西的三色標幟並加親吻，大革命本來可以就此打住的。」我不得不同意，他這番話說得有理。一切都在七月十一日星期六（財政部長賈克・內克爾[13]被辭退）和七月十七日星期五（國王在巴黎市輸誠屈從並且放棄王權）決定好了。七月十六日，布賀德伊[14]的政府遭到解散，內克爾重被召回。在同一天，

---

12. Louis Sébastien Mercier：1740～1814年，法國劇作家與作家。他極反對拉辛等人的新古典主義文學，曾任國民公會議員，反對將路易十六處死。恐怖統治期間入獄，將羅伯斯比的政權稱為「血腥統治」。
13. Jacques Necker：1732～1804年，法國路易十六的財政總監與銀行家，係一能力傑出之賢臣。
14. Breteuil：1730～1807年，法國貴族、外交官、政治家，係波旁王朝最後一任首相，巴士底監獄陷落前一百小時方由路易十六任命組閣。

朝廷眾臣紛紛逃離王宮……路易十六完全明白，敗勢已成定局，再無挽救餘地，但他覺醒得太晚了。一七九二年，他向費爾森[15]侯爵坦承：「七月十四日那天我本就應該離開。我是錯失了良機，這個良機一直找不回來。」事實上，良機真的稍縱即逝。但是圍繞在國王和王后身邊的人卻都迫不及待將它牢牢掌握住了。才一轉瞬，廷臣、朋友、親戚全部自顧逃命去了。大批王公貴族以及廷臣動身前往倫敦、杜林、羅馬、巴塞爾、洛桑、盧森堡或布魯賽爾……而我自己也被這股潰退的洪流捲走。我不假思索便離開了，不多探究這項作為的動機。只是聽命於直覺……也許……對此，我是不是應該感到欣慰呢？王后當時曾經訴苦：「沒什麼人來參加國王就寢前的接見儀式。」才轉眼間，整座王宮空蕩蕩的。船才一出現裂痕，我們就棄它而去。大家都逃走了。

我想敘述的是這場垮台的過程，這場如此迅速、如此徹底，但又像秘密一樣不為人知的潰敗。簡直可以說是悄然低調的崩解啊……那是教人驚愕沮喪的沈默，幾場密談、幾道命令、一些化裝成僮僕的爵爺、幾輛奔馳於道路的馬車。一七八九年七月十六日晚上不見月亮，當我轉頭回望凡爾賽

---

15. Fersen：1755～1810年，瑞典貴族，曾任該國大元帥，曾參加美國獨立革命，出使法國期間因其俊美儀表及社交手腕，成為凡爾賽宮的寵兒，並被視為瑪麗-安托奈特的情夫。一八一〇年死於斯德哥爾摩的平民暴動中。

的時候，王宮已被那片比天空還更暗的森林遮掩，徹底沒了蹤影……我很想敘述那離棄的過程，藉此安撫那些入侵我夢境的不速之客，同時緩和我平日的孤立狀態。我的斗室是寂寥封閉的空間，在那其中，我經常保持醒覺，並以寫作度日。我幾乎足不出戶，始終守著被我稱為「遺世之堡」的這房間。我用心捕捉出現在我記憶裡的一切，那是已然覆滅之世界的碎片，我實在不忍心揮筆一刪，教它再度崩解。我在心中將一些相同的事件再三回想掂量，順著我的幻想，令它們不斷地蛻變，至於其他事件，也許更基本更重要，卻反而湮沒了。然而我有藉口：我敘述的可是久遠前的種種，關於一個無以為繼的年代。我們這陰慘的十九世紀絕對不是它的承嗣。有些人使用起數字沒頭沒腦，又看不清自己只是事後諸葛，以致把那年代誤認為是十九世紀的前奏曲，這看法是不對的。

凡爾賽，一七八九年七月十四日

第一次彌撒（清晨六時）

就七月而言，這早晨未免太涼了些。我想，當時我的雙腳踏著矮凳，把頭探出我房間的窗戶外面，那開在複折式屋頂上的窗戶，一面看著那飄雨的天空，腦中掠過的念頭正是上面那一句話。我很快就穿好衣服，迅速套上長筒冬襪，然後在那件睡覺時穿的厚棉裙外面再加上深紫到幾乎算是黑色的連衫裙。最後，我又添了一件灰大衣、一條領巾並且抓起一把大傘。彌撒經本倒不用拿，因為我一直把它放在那件連衫裙的口袋裡；每次只要我換連衫裙，就會把經書放進新的口袋。我匆匆往聖路易教堂趕去，生怕錯過了第一場彌撒。那條路我雖然瞭若指掌，但仍免不了走錯：本來應該立刻右轉走進黑柯雷路（Rue des Récollets），我卻沿著香瑟勒希路（Rue de la Chancellerie）一直走下去。從路程遠近的角度而言，只能算是小小失誤，然而等到走近市場的周邊時，我才明白這項失誤有多嚴重。在那髒亂不堪又腥臭難聞的地方，麕集了一群群渾噩度日的窮人。他們日常的吃食不過是最粗劣的殘餚或是連狗都不吃的垃圾。為了吃上一口好的，他們是不惜拼上性命的。有時為了喝到浸了蕊心的燈油，他們竟然大打出手。當下我雖然一時看不見他們，但是我猜他們就在那裡，聚成一堆一堆，倚靠臨時棲身的木棚，或是分散開來，藏身在任何可以遮風避雨的處所，或是爛醉如泥，乾脆浸在污濁的潺流中。我儘可能加快步伐，但腳底似乎因踩到

果皮菜梗而打滑，雙手不禁放開有些過長的裙子，以至於裙襬的折邊沾上泥濘，沾上由血污和積垢所形成的恐怖混合物。一整區的破屋子幾乎全浸在其中。我身旁的一切都動個不停，車馬熙攘往來，人聲鼎沸喧鬧。我本來應該當心的，不要在這灰濛濛的陰天裡隻身穿越「雄鹿公園」[16] 那個聲名狼藉的地段。

等我到了聖路易教堂，一顆心依舊怦怦猛跳，於是便開始虔誠地祈禱起來。人家建議我們要為王國的救贖而盡量祈禱，為太子的靈魂、為這死於六月四日的可憐孩子多多祈禱。王上已經下令為他愛子的安息舉行過千百台的彌撒。我熱切地祈禱著，然而心裡卻產生一股模糊的感覺，似乎在王上長子的薨逝和威脅法蘭西的東西（某種教人不安的成分）之間有個關連。雖然時間尚早，不過教堂裡面已經滿滿是人。我沿著一排又一排的坐椅向前走，只看到人們幽暗的側影。他們跪著，嘴裡唸唸有詞。蠟燭照亮各個角落，教堂中唯一少許的光源即來自那幾根蠟燭，而非來自彩繪的大玻璃窗。神父登上了講道台，他不是聖路易教堂的副本堂神父尚-昂希·葛呂耶（Jean-Henri Gruyer）修道院院長，而是王后以及王弟普羅旺斯侯爵夫婦的聽懺神父貝爾吉耶（Bergier）修道院院

---

16. Parc-aux-cerfs：凡爾賽市鎮上的一個區域。一七五二年，路易十五的情婦蓬巴杜（Pompadour）夫人結束和國王的關係後便在此區域的一間邸第中收容年輕女子以供路易十五淫樂。

長。你想想看，這位神父知道多少秘密，但是守口如瓶！我試圖從他的話語中聽出另外一層細膩的弦外之音，或許他從聽懺的過程得知什麼秘密，然後間接洩露出來也說不定。當然，貝爾吉耶院長口風很緊，從他那裡聽不到什麼蛛絲馬跡。他用可算是枯燥乏味但又極其謙遜的聲調讚頌聖 - 博納馮杜爾[17]，而七月十四日正是這聖徒的聖名瞻禮日。

我走正確的路回到凡爾賽宮，先是沿著王家的菜園走，然後拐進得‧拉‧須韓唐蕩斯路（Rue de la Surintendance）。外人看來，這趟路程似乎應該比較穩妥，但事實上，卻使我的情緒遭受更強烈的波動。在這處昔日為凡爾賽村鎮的老城區中，住著許多三級會議第三等級的代表。這類人物老是穿著蹩腳的衣服，彼此交談起來彷彿就要大打出手似的。想像自己會在路上遇見他們，頓時便覺得索然無味了。不過，我終究克服了憂懼，從路頭走到路尾，而且對於一切視而不見。等到抵達凡爾賽宮外面第一道鐵柵欄時，我才真正感覺自己安全無虞，同時重新注意起身旁的一切。在那王家中庭，衛隊正在進行換班儀式。我隨著鼓聲和喇叭聲哼唱歌曲，然後走過小愛麗絲那裡的時候，從樓梯下的食器櫃中拿走一壺清水。小愛麗絲是巴爾格（Bargue）夫人的侍女。夫人運氣很好，分配給她的套間正好附帶蓄水槽。

---

17. Saint-Bonaventure：1221 ～ 1274 年，中世紀義大利著名神學家，曾任大主教及樞機主教。

我回房間盛妝打扮起來，脫下羊毛的長筒襪，換上了一雙絹絲質料的，取來一條黑白的蘇格蘭披肩，取代原先那塊方圍巾。我仔細地梳理頭髮，同時也想把原先計畫讀給王后聽的材料整理得更順一些。前一天已經有人通知過我，王后今天準備召我進宮服侍。

小特里亞農宮 [18] 的御前朗讀：馬里伏的《菲莉西》，夏日鮮花與煦陽，王后及其《布料樣冊》（早上十時至十一時）

　　儘管根據傳統，王后星期二必須在凡爾賽宮接見各國大使，但前一天晚上，她仍在小特里亞農宮過夜。似乎因為沒有外國大使入宮覲見，或是王后覺得並無接待必要……我必須直接進入她的寢殿服侍。我殷切盼望這時刻的來臨。王后既然獨處，我就有機會博得她的注意。很明顯的，王后住在小特里亞農宮時要比住在凡爾賽宮時快樂得多。每次獲召進入小特里亞農宮裡服侍時，從她示意我坐下的手勢中，我觀察到她心情十分愉快而且出奇親切。如果宣我進入凡爾賽宮，那麼晨間的朗讀場次就在宮廷貴婦前來參加大朝見前進行。這時，王后通常尚未盛妝打扮起來，只端坐在華麗寢殿那張壯觀的大床上。她示意命我越過環繞於床邊四周的柱欄。我推開柱欄上的小門，然後坐在她那張大床右手邊的小凳子上。我覺得王后十分焦慮，而且尚未全然清醒，整個人心不在焉的模樣。她的心緒已經被當天第一場該由自己主持的儀式佔據了。但她的神情已流露出幾分嚴肅、矜持、冷淡疏遠，這是她故意要為自己營造出的形象。彷彿那些為大觀見之貴婦預備的坐椅，成排成列的坐椅，可折疊的和不可折

18.　Petit Trianon：路易十五下令為其情婦蓬巴杜夫人興建之小型宮堡。興建年代從 1762 年至 1768 年。1774 年，二十歲的路易十六登基後即把此宮贈與王后瑪麗-安托奈特。王后厭倦宮廷生活之時便來此處獨自享受清靜。

疊的，都睜著眼睛在監視她。彷彿透過這些中介，民眾的目光已然投射在她身上，更加重了她不舒服的感受。那幾回的朗讀場次總是行禮如儀、草草進行，並且令她厭倦。我的悉心服侍只令王后感到不快，這點深深教我自憐起來。可是，場景若是換到小特里亞農宮的話就不同了。當她身處這個國王送給她的「花束」之際，情況便會大異其趣。蒙德哈貢大人告訴我的話真是不假：「當你接近王后、當你沈浸在她那處內殿的氣氛時，便只有『溫馨』二字可以形容。要是你也去過普羅旺斯親王府、阿爾托瓦親王府或是王妹府的話，你該明白其間差別有多大了。王后一旦躲回自己的天地裡就盡量避免發號施令，只以點明或是建議的方式代替。每要求一件事，就像人家必然情願為她效勞，而且她也無限感激那樣。即便面對一個身分最卑微的僕役，她的禮數亦周到得無可挑剔，並且從不曾對他們表現出不耐煩或者粗暴的態度。她對年輕的小廝們顯露母愛，同時也樂意和他們遊戲。此外，和侍女們講起話來，語調充滿濃厚友誼，甚至帶有心照不宣和串通一氣的情分。這是故意與人親暱，以致忘掉自己的身分嗎？絕對不是，更何況也沒有人會誤以為那樣，而是她只想優游於這種親熱溫情的氣氛裡罷了。人際關係和言談舉止的和諧柔美使得一切與她有關的物品都染上極其優雅的況味，例如衣服啦、家具啦、裝潢啦。走進凡爾賽宮，我以為走進了美的國度。參觀王后專用的廳間時，我發現「美」原來可

以表現得如此個人、如此細緻、如此精巧。

　　我要入宮晉見的事是預先安排好的。我登上那道通往二樓王后寢殿的樓梯。至今我仍記得那道樓梯的曲線以及放置在階級上的藍白陶罐。看到那些陶罐，我不禁想去荷蘭旅行（我最喜歡風車了）。我也記得那條有點窄的通道，窄到兩人交錯而過必會相互碰觸。此外，門上會用粉筆寫上一些名字，都是少數備受尊敬、有資格在小特里亞農宮過夜的朋友。（每回王后下鄉到馬黎、楓丹白露、或聖 - 克魯小住，為了安置那些宮殿容納不下的隨行賓客，會向民間徵用臥室。這時，一樣會用粉筆在門上標示賓客的姓名。）另外，小特里亞農宮的許多角落也可看到臨時為僕役們搭建的小屋棚，裡面架設一塊塊可拆卸的木板，讓他們晚上鋪上薄薄的褥墊，等到隔天早上再捲起收藏。在小特里亞農宮裡（大特里亞農宮和凡爾賽宮也是同樣局面），白晝會將黑夜的痕跡徹底抹淨。可是在王后專用的廳間裡，情況就不同了，那是瀰漫著她溫柔和香澤的私密畛域。在那其中，白晝以及黑夜兩相滲融起來，互為延續，彼此交錯。在她的寢殿裡，尤其如此，因為那和任何官式空間截然不同，最是令她珍愛。房間窗戶開向一泓池塘以及「愛之殿堂」[19]，而後者則被窗外近處的

---

19. Temple de l'Amour：建造於小特里亞農宮附近的裝飾性建築。安置愛神雕像的圓形基座上矗立著通透的環狀列柱，頂端罩著半球形的屋頂。

「蘆葦森林」遮掉了一部分。怎麼說是森林呢？王后正是如此稱呼窗外那十來株蘆葦的。每當窗戶開著的時候，那沙沙響的聲音傳送進來，於我而言，正是小特里亞農宮這寢殿的一種迷人風情。水流聲以及風動蘆葦聲，伴隨花邊女工、縫紉女工、紡紗女工、以及在洗衣間工作之熨燙女工等的歌唱，一切都是王后所愛聽的。這就是留存在我記憶底層之小特里亞農宮的天籟。能教我念念不忘的倒不是宮裡接續不斷舉行的盛大音樂會啊！那天籟源自花園深處，由婦女的嗓音構成。那麼香氣呢？香氣和音樂一樣，都從外面飄移進來。芬芳如此淡柔，春日時節，園裡繁花似錦，香氣經常變化不定。唯有一種經久不散，從這一季節飄到另一季節，那是每天早膳為王后端來的咖啡所逸散出的好味。我進寢殿晉見時，如果王后正在享用咖啡，她就命人為我端來一杯。這種黑漆漆咖啡的口味相當濃烈，於她而言，那是晨間甦醒的滋味，於我而言，當它滑過我喉嚨的那一刻，就與我生命的況味結合在一起了。要是我盡力再往記憶中搜尋，那麼又能找到另外一種意涵更加深遠的香氣，儘管濃烈卻又甜蜜美妙，只有我進小特里亞農宮時才聞得到。然而，每次嗅到那種味道，我的心中難免興起一陣惴慄，因為它和王后的身體關連過於密切，也說明了王后對於自己的肌膚如何細心呵護。那是茉莉花香味的髮蠟，用來塗抹她的髮根，據說可以防止掉髮，甚至可以令其增生。多少婦人渴望購入使用，但是蒙彼利埃

（Montpellier）市「香水天鵝」（Cygne des Parfums）的法賀吉雍（Fargeon）先生嚴格將這項產品保留給王后御用。

人家傳喚我進寢殿晉見時，王后正喝著咖啡。房裡地毯的白地撒花圖樣、水晶花瓶裡一大束的大理菊、精工刺繡的透亮薄紗，在在都能教人遺忘室外陰灰的天氣。我才一腳跨進房間，她的嘴角已經初透笑意，等到我行完禮站直身子，那笑容的魅力已使掛毯、板壁、地毯、鏡子、寫字枱、羽管鍵琴都染上最歡快的暖意。在御床那微微掀開的帷幕四周佈置有成簇氣派的蜀葵，連這些也染上暖意。要是少了她的微笑，我對現場任何東西都將無動於衷。

「您真熱心，大老遠走路來特里亞農為我朗讀。而且時間約那麼早……怎麼謝你才好呢？」

「只要王后陛下樂意，再遠的路臣妾也是甘之如飴，熱切情願為您效勞。」

「這我曉得，你是真心誠意待我。一想到這麼多人樂意為我服務，我就大大感覺欣慰。」

有位侍女替我端來一杯咖啡。出於感動，我大口吞下那過燙的液體。桌子已準備好，旁邊放置一張圓凳，只等王后示意，我便坐下開始工作。我的喉嚨有些灼痛，以致一剛開

始並不順利，嗓子似乎一反常態沙啞起來，真教我很不自在。起先，我計畫先為王后朗讀一件輕鬆俏皮的作品《瑪麗安娜的一生》（La Vie de Marianne），因為王后很欣賞它的作者馬里伏[20]，接著再讀一篇遊記，最後則以幾頁宗教文學結尾，例如波緒埃[21]講道文的節選或是弗萊須耶[22]寫的哀悼文。王后自從嫁到凡爾賽後，始終遵照其母瑪麗 - 泰瑞莎女皇的叮囑，每天都要聽上幾頁這類材料。我進宮服侍王后的那一年，瑪麗 - 泰瑞莎女皇已經駕崩九年，不過據我觀察，在那幾年之中，女皇意旨的力量不僅未曾減弱，反而還更強化。就算王后並不情願依循，至少也沒有逃避的跡象。

王后前一句話才讚美我選文的目光獨到，後一句便補充說道，既然於我而言，朗誦何種作品反正毫無差別，那麼她寧可從頭到尾就聽一件作品。還是馬里伏吧，但不要《瑪麗安娜的一生》，而是想聽一齣篇幅短又逗趣的《菲莉西》[23]，一齣幻夢劇。王后對戲劇比對小說具有更強的領悟力。在她看來，劇中人物具備獨特的真實感，是小說中的角色無法比

---

20. Marivaux：1688 ～ 1763 年，法國小說家及劇作家，被認為是法國十八世紀最重要的劇作家，曾為法蘭西喜劇院及巴黎義大利喜劇院寫出多部傑作。上文《瑪麗安娜的一生》是他一部重要但未寫完的小說。

21. Bossuet：1627 ～ 1704 年，生於法國第戎（Dijon），法國主教、神學家，以講道及演說聞名，公認為法國史上最偉大的演說家。他曾擔任路易十四的宮廷佈道師，宣揚君權神授與國王絕對統治的權力。

22. Fléchier：1632 ～ 1710 年，法國佈道家及作家，1687 ～ 1710 年擔任法國南部尼姆（Nîmes）城主教。

23. Félicie：馬里伏發表於 1757 年的散文獨幕劇。

擬的。於我而言，朗讀哪件作品絕非毫無差別，和王后有關的任何事物沒有一件可以等閒對待，但我不敢向她稟告，只能紅著臉，尷尬地走向書櫃，找來她想聽的那本作品。王后拒絕了我準備好的選文，我的自尊心雖然受到傷害，然而同時卻也十分滿足，因為可以和她一起朗誦對白，能夠為她答腔接話。如此一來，我便有機會在想像中深入那處既私密又愜意的殿堂，那個絕妙的神秘地方，也就是小特里亞農宮的御用小劇場。我嘗試想像裡面那些藍色天鵝絨的扶手椅，還有以馬糞紙做成的金色和藍色道具，脆弱不牢固的道具。在我的幻想中，那座劇場應該像是娃娃劇場，因為王后雅好袖珍版的東西，喜歡各種縮小模型，凡是一切迷你的物品都合她的胃口。她以饒富滋味的方式唸出 Petit（小）這字：起首的子音唸得過硬，但後面則就軟得彷彿黏在一起，隨著輕嘆吐出，嘴唇似乎在親吻著空氣。小，凡是和瑪麗安娜有關的一切都很小。比方，王后很喜歡聽我高聲朗誦如下的文句：「我根本不想提起幼年時的教育，因為在那階段，我只學做不知多少種女人的『小』玩意兒……」，可是當天王后並不想聽《瑪麗安娜的一生》，於是我們就來唸《菲莉西》的對白。王后和我各自負責仙女和少女菲莉西的台詞。

我先開始：

「菲莉西──說實在話，天氣真好。

霍爾湯絲（仙女）——我們散步好久了呀。

菲莉西——和您相處，我始終很快樂，但從來不像今天的感覺那麼特別。

霍爾湯絲——菲莉西，看來你愛上我了。」

我以全副的心緒應答，並嘗試克制自己的熱情，可是這時候卻發現，王后那邊的語調卻是平淡無味。她只像背書一樣憑著記憶唸出來，字裡行間聽不到半點的抑揚頓挫。她的雙眼閉合，神情專注，嘴裡吐出段段戲文，彷彿正在複習不規則動詞的變化，完全忘記一旁還有我這朗讀副官。看情況她徹底沈浸在背誦的活兒裡，只為自己喃喃唸出字詞。我靜默下來。接著，她又再度提高聲量，幻夢情節得以繼續搬演下去……

仙女問少女道，對方最想獲得何種贈禮，少女回答：「美麗」。仙女立刻滿足了少女的願望，這令後者異常欣喜。

「霍爾湯絲——你很快樂，但我不知道你是不是該因此擔憂。

「菲莉西——仙女，您別操心，您絕對不會後悔的。

「霍爾湯絲——但願如此。不過，在我剛才送你的禮物之外，我還想要附帶一樣東西。你去外頭見見世面，我要讓你過上幸福的日子。為了達成這項目的，你必須完全瞭解自

己的天性，以便確保賜與你的那種幸福生活是最適合你的。你明白我們現在身在何處嗎？正是外面的花花世界呀。

「菲莉西——花花世界！我以為還在家裡附近呢。」

唸到這裡，王后覺得可以停了。剛才她在我放置桌上的幾本書裡瞥見最新一期的《法蘭西與英格蘭的最新時尚總覽》（*Magasin des Modes Nouvelles Françaises et Anglaises*）。現在就要我讀給她聽。刊物裡介紹各種無邊軟帽以及宮廷各種禮服和禮袍的裝飾配件：「以前大家偏好用金網或銀網裝飾禮袍，今天則時興以絹網或網兜點綴，附加由各種鮮花紮成的花環，而花環中則裝上愛心結飾的搭扣。」我的聲音必然若有似無顯露出那麼一點疑惑，因為王后帶著不悅的窘態吩咐我繼續唸下去……「還要加上中國結或豐饒之角。豐饒之角溢出花朵和小小果實，由布料襯托著。這種底襯布料如果是單色的，那麼人家也要用仿的花朵和植物加以點綴，比方向日葵、百合花、風信子、鈴蘭草、山楂花……」王后聽得十分入迷，等到我唸到刺繡那一章，她更是屏氣凝神聽著：「女士酷好各色上等細麻布做的繡花短背心，這種風氣不消多久便影響到她們對禮袍的品味。如今連禮袍上都用刺繡。刺繡著實賞心悅目，女士忍不住要令這時尚走上精益求精的路。」

刺繡正是那年七月份的時尚新寵。王后彷彿突然興起什

麼靈感，以好幾天來我都不見她有過的活力從枕頭上坐起身子，並且要求下人呈上《布料樣冊》（*Cahier des Atours*）。我的朗讀服侍至此告一段落，接下來要由侯茲・貝赫丹（Rose Bertin）一展她的長才了。正當我忙著把帶來的書收起並放進自己那個大型的書袋時，王后已經全神貫注看起她那本珍貴的樣冊。她的雙眼緊盯著黏貼在樣冊扉頁上的布料樣本，此時此刻，她是處於與世隔絕的狀態了。面對這些絲料、這些天鵝絨、這些軋制凹凸花紋布料以及這些專門為她開發出的絕美精品，她似乎覺得視覺欣賞仍嫌不足，所以還要以手指輕撫，同時貼上皮膚感受一番。然而這時，她的目光空洞洞的，魂魄好像出竅似的。她漫不經心地摘掉頭上的花邊軟帽，極其金黃的蓬鬆髮雲披開在枕頭上，整個房間頓時瀰漫著濃烈的茉莉花香。她的肩膀一側裸露出來，而我一動也沒有動，整個心思被吸引住了……我猶豫到底該不該告退。我不知道自己對於王后所求為何，我只知道自己要求越來越多。

最後，我究竟還是告退出來了，不過臨去之前，我又看了最後一眼：她熱切且仔細地盯著那些小小塊的布料。那一刻她彷彿才十五歲，彷彿剛到法國的年紀啊……頂多十五歲吧。

在「小威尼斯」午餐（下午一時）

我到水邊吃午餐。那咖啡館位於凡爾賽宮花園大運河北

段橫向支流的水邊。先王路易十四時代，運河沿岸便已築成俗稱「小威尼斯」的仿真漁村，其中設有這類的咖啡館。村中可見打扮成船夫的鄉下人（不需服勤演出海事的戲碼時，他們就回去耕地種田）為你端來魚膳，材料都是英吉利海峽各港口直接送過來的。我問端菜上來的人，漁獲情況是否理想，他就不厭其煩娓娓道來：漁船出海多麼危險、狂風如何侵擾，又是如何差點發生船難。咖啡館的露天座還有其他顧客，其中幾位我以前曾見過。她們津津有味聽著茫茫大海之中暴風雨如何肆虐的故事。這些長住凡爾賽宮的人有種本事，便是在彈指之間輕而易舉從現實跳上劇場舞台，此刻他們已沈醉在這虛構的故事裡了。

用完餐準備離開時我指著大運河波平如鏡的水面問道：「現在立刻出海應該不會太魯莽吧？」。

「的確有點危險，不過我會替您安排一位經驗豐富的船夫。他可是不止一次和颶風搏鬥的老水手呢！」

隨即出現一位年輕船夫，我便登船坐到長椅濕漉漉的墊子上。這小伙子姓帕爾梅里尼（Palmerini），他的家族一百多年前從威尼斯遷來凡爾賽宮的「小威尼斯」。對於大運河上來來去去的船隊他能如數家珍說起種種軼聞趣事，可是我完全不想聽。「還是為我唱首歌吧。」於是，他開始用義大

利語高聲唱起，而那近似冬季天色的灰濛轉眼竟被陽光驅散了。就這樣，我逐漸遠離特里亞農宮，最後抵達運河另一支流的岸邊，靠近動物園城堡（Château de la Ménagerie）的地方。我並沒有非在那裡下船不可的念頭，但這麼做亦無不快之處，反而還覺得高興呢。得・拉侯施（de Laroche）先生是城堡的戍衛隊隊長，面色紅潤的一個人物，此外，於我而言，他的陪伴總是如此友好和善。當天下午我又閒來無事，所以心境特別適合訪友。

拜訪動物園的戍衛隊長得・拉侯施先生（下午二時至四時）

得・拉侯施隊長無論走到哪裡都是獨一無二的人物，而且毫無疑問是整座動物園最突出的奇觀。他很與眾不同，以致我克制不住想要將他描述一番。訪客常裝出認真觀察動物的神情，但事實上，人家會來園裡就是為了看他……可是別靠太近。和他接觸來往最好在戶外空氣流通的地方。

得・拉侯施棕色頭髮，身形魁梧，儀表堂堂，渾身上下掛滿飾縧和緞帶，又是戒指又是鑽石，活像個金融家，但他身上散發出的惡臭，你想像有多臭便有多臭。和他相距幾步之遙，就算你的眼睛閉著，也立刻能察覺他在附近。他的臭味可抵三十六隻公羊，又像母豬成群結隊在泥地裡打滾，又像野豬在爛泥巴坑裡玩耍。和他相比，凡爾賽宮花園那座

人稱「臭塘子」的積水處都變成香水池了。他出身普羅旺斯莫瓦札德（Moizade）此一既古老又富有的家族。起先，族人根據傳統，打算讓他從事外交工作。不過如此一來，法國恐怕會因此和所有的盟國斷交了。得‧拉侯施的體臭可比炸彈爆開似地威力驚人。你得趕緊奪門而逃，不然準備吐個唏哩嘩啦。他年輕時，這項特點就已讓人不敢領教，隨著年歲增長，他的體臭終於變成一種超自然的現象。他那時候首次入宮晉見陛下，由於人家無法逼他就範，將他先用皮條綑緊然後扔進浴池（他因此揍斷一名小廝的胳臂，又將另一名小廝的一口牙齒打得到處噴飛），只好把一桶桶香水往他身上潑去，並且為他套上兩雙鞋子，但這一切都是徒勞無功，因為根本遮掩不了那刺鼻的腳臭。更有甚者，香水和他的體臭混合成為令人大感恐慌的氣味。這位「新人」才一踏進殿裡，國王（那時還是路易十五在位）便後退了一步。這年輕人對剛才的拳打腳踢還未釋懷，正當他為儀節而把右臉湊上去時，國王竟然轉過身去。先王用雙手捧住自己那張俊俏的臉龐，這是他慣有的動作。然而當天，此舉除了預告他將陷入憂鬱症的頑強發作，同時透露他將飽受恐怖偏頭痛的折磨。為了避免類似事件重演，同時為了小心安撫一個目前在朝廷當紅之家族的敏感情緒，不知哪個想出此等妙計：把他送進動物園裡任職，換句話說，人家期盼這年輕人的體臭能和大型野獸的羶味混淆起來。他的正式官銜如下：凡爾賽宮動物

園戍衛隊隊長。這可是個各方艷羨的大肥缺，一來由於工作輕鬆好做，二來由於有權（同時也是義務）住進那座八角形的小城堡裡（該建築物是路易十四命令孟薩爾〔Mansart〕起造的）。動物園設在大運河一條支流的盡頭處，位於大特里亞農宮的另外一邊。在隊長尚未就任之前，這裡似乎是個雅緻迷人的好地方。城堡底層是一間岩石砌成的大廳，因有噴泉並且引進涓流使其穿過蕨類植物，空氣總很清新涼爽。溽暑時節或是暴風雨來襲的傍晚（在凡爾賽頗為尋常），這裡便成為絕佳的約會處所。可在這裡自在暢談，可玩猜字、猜謎遊戲，大家都說，再也沒有比這裡更好的地方：耳裡盡是淙淙水聲，身旁凹凸不平的石壁上鋪陳開的鮮軟青苔好似掛毯一般，直教人的情思奔湧，幸福感受綻放開來。是得・拉侯施令這種悠閒的好時光一去不復返的。由於凡爾賽宮已經擠太多人，有些就得住到動物園這邊來，不過，他們只願來此短暫居留，而且想方設法不要搬進八角城堡，湊合在附屬的獨棟小樓裡過日子。總之，盡量遠離隊長那污穢的住處便是。我仍記得，那年的七月裡，該處住著拉利（Lally）先生、古維爾內（Gouvernet）夫人以及她的姑母。從我抵達那裡，從我登岸之後，始終沒有看見上述的任何人。我只看到得・拉侯施隊長。他站在自己管轄範圍的入口處，頭頂上方的黃楊樹枝交錯得像座拱門。他正抽著煙斗，一如往常，隊長一派精力充沛的模樣，但據他說，這和他個人的衛生原則息息

相關。他曾說過：「每次洗澡，人就損失一點自我。」從他戒指迸射出的光輝比起陰鬱的天色要明亮多了。得・拉侯施是自成一格的太陽。對此，他真深信不疑，但還不至於犯下目無國君之罪，因為他死心塌地以狂熱之情扮好路易十六的忠僕角色。長久以前，王上睡前的謁見禮都因有他才顯得輕鬆活潑。

他從遠處向我打了招呼：「你好，可愛的小姑娘！是不是來打聽鴕鳥的近況呢？鴨子也都不很健康……反正鴨子一直都是這樣：凡爾賽宮的水質不好，害慘牠們。」

一七八九年，我的年紀已經不適合再讓人稱呼為「可愛的小姑娘」，不過得・拉侯施和我說起話來就是這種調調。我知道他獻殷勤時心裡是不懷鬼胎的，而且（就承認吧！）我雖然不曾真正鼓勵他這麼做，倒也從未因此便拒他於千里之外。

自從他住進來，岩石大廳的水漸漸枯竭，歡欣聚會的場面已不復見，居住在城堡近處的賓客個個意興闌珊。得・拉侯施是個太陽……同時也是瘟神。首先，大象淹死在一個池塘裡，在那個甚至連池塘之名都不配的水窪裡。上述事件教人驚訝不已，經過短暫的調查後，真相浮現出來：大象由於酒醉，一旦跌倒就再也起不來了。那頭大象是得・拉侯施最鍾愛的一隻動物，因為牠的驟逝，得・拉侯施哭得很是悲

切。根據他說，那頭大象每天固定要喝上五公升的布根第酒，只是出事當天日照猛烈，而牠喝酒又喝得急。得・拉侯施可沒把事情交代完整，因為配給給大象的酒，此後便悄悄由得・拉侯施繼承下來！大象遽逝，這隻如此溫馴、如此聰慧、如此柔順、如此容易顯露情感的巨獸啊……隊長動不動就引用自己最崇拜的博物學家布豐[24]說過的話，說那大象「將真心掛在長鼻上」。隊長喜歡走到國王陳列館那一帶蹓躂，因為該館的入口矗立著布豐的塑像，那是他最樂意欣賞的。起初他還以為那不是塑像，而是用布豐遺體剝製的標本！

　　大象死後，接著又是獅子開始脫落鬃毛，開始不舒服了。獅子不像大象溫馴，但是具有十足魅力。這頭猛獸當年人家以極大的陣仗從非洲塞內加爾護送過來，是未開化國度的國王送給我們這虔誠信主國王的禮物。我國宮廷同時以接待外國大使和囚徒的方法應對，以鮮紅地毯鋪陳牠的尊貴通道，從凡爾賽宮的大理石主樓梯迤邐到阿波羅殿（為了慶祝此一大事，國王命人將寶座暫設於此）。獅子到了，關在一個鑲嵌寶石的獸籠裡，由三名女奴隸負責運送，她們的膚色比烤焦的麵包還黑。第一名女奴隸的髮雲編成辮子，辮子再堆繞成極複雜的結構，其中綴飾一個小紙卷，那是當地國王寫給王上的便箋。友邦國王向路易十六保證，眼前三個年輕女子

---

24. Buffon：1707～1788年，法國博物學家、數學家、生物學家、啟蒙時代重要作家，其思想影響了之後兩代的博物學家，包括達爾文在內。

都是他自己的財產，所以路易十六可以全權作主，要麼留下充做侍女，或者轉送別人，要麼丟給獅子飽餐一頓也行。路易十六將她們轉送給動物園。她們後來一直住在那裡，三個形影不離，終日彼此互相梳頭之後又把頭髮拆亂，說不到兩句話，語句突然迸出笑聲，那種尖嗓令聽者渾身起了雞皮疙瘩。她們突如其來的短促手勢教人費解。她們僅能用簡單的法語命人為其取來各式奢華的布料。布料到手之後不必剪裁縫紉，直接披在身上。穿衣服的過程是她們難得能夠安靜下來的時刻。這時，她們彼此低聲交談或是一言不發觀賞自己，表現出沈思冥想的神情。要是我們不怕犯下瀆神的罪過，硬說她們也有靈魂，那麼她們簡直像在默禱了……還有另外一種時刻她們也能保持肅靜：每當從河岸凝視小船駛往特里亞農宮的時候。她們定睛看著那像威尼斯鳳尾船的大艇（載滿朝廷文武）或是遊船、三桅戰艦及三桅小帆船。她們的目光十分專注，彷彿被眼前陌生的風景迷住，而船上的文武官員也都一言不語，只是瞧著她們。因此，在那三名非洲女子以及王后的賓客之間彷彿灑下令人化做木雞的魔法……那麼，她們和王后的關係又如何呢？以前，我確信其間沒有交集，如今，我依然不做他想。王后沒和她們往來，然而，布料能夠令王后興奮，這和她們對布料的熱愛倒有一點點我說不上來的相似之處。隱隱約約的一點點……是愛的微露嗎？

　　沒錯，正是如此。就像那天早晨我看到她的樣子。她的

花邊袖子那樣寬大，整個人看上去既粉嫩又弱不禁風，嘴唇微微張開，身軀文風不動，眼睛直盯著樣冊上的小布片樣本，每一片都呼應了一件她最豪奢的禮袍。如今回想起來，首先浮現的便是「愛」這個字……

　　他的獅子還是死了。得・拉侯施歷經了一股可怕的無力感，於是請求面見王上。那時年紀尚輕卻已博得「美德人君」外號的路易十六（其實他寧可別人說他「嚴酷」才好，不過我不曉得到底他要「美德」與「嚴酷」兼備，還是以「嚴酷」取代「美德」）聽取了得・拉侯施的請願：設法別讓動物園的野獸大批死去。王上儘管秉性仁慈，卻也沒有安慰隊長，只表現出支吾含糊的態度。天氣轉熱，凡爾賽突然出現各種疫病。有不少人健康情況堪慮，其中幾位甚至即將死去。他提到一位姓拉（Las）的男士，因從馬背上跌下來，摔成了開放性骨折，如今命在旦夕，躺在一處狩獵小屋裡。他的家人將他送到那裡，為的想求耳根清淨，不要再聽他哀嚎了。

　　「人類可以將那些令自己煩憂的事傾吐出來，然而我的動物卻只能用臨終的目光向我哀求，但所受的折磨卻一點也無法說出來。」得・拉侯施先生一面擰絞手中的一方帕巾，一面繼續說道：「陛下能明白嗎？微臣可是心如刀割啊！」
　　王上回答：「朕的確是無法明白。真看不懂。」

接著，王上也許為了懲罰自己不近人情，於是把手裡原先湊在鼻孔下的那束百里香扔掉，然後傾身靠向這位絕望的臣下，同時深深吸了一口氣。哎唷，此刻國王的君權神授本質發揮作用了：他絲毫不因對方的體臭而感不適，精神反倒抖擻起來。他挺起綿軟長臂上的鬆垮肩膀並且露出微笑。陛下斷斷續續說道：

　　「得・拉侯施，朕對你的表現相當滿意。你有時不妨參加朕就寢前的接見禮，朕看你來會很開心。至於動物園的那些畜牲，你就不必再為牠們憂心忡忡。這塵世間的動物多到數不清呀！天主自會照拂牠們，充分供應牠們，而且隨時補足，豈會斤斤計較的呢？比方白熊，北極地帶不就遍地都是。」

　　「那麼以後微臣就坦然接受那些無法避免的事便是了。我那頭白熊病了，病得很重，而我完全束手無策。也罷！算了！別再提了！」

　　從那時候開始，得・拉侯施上朝就不再說起他那些動物的健康情況，只有在園裡才會談論。然而，和王上談過話後，他從此用上了「別再提了」這句口頭禪，動不動就拿來當作

談話的收尾。這句話後來竟成為朝臣們的濫調套語，起先用來嘲弄得‧拉侯施，繼而不知何故變為他們交談時慣用的短句。某些時日，彷彿我的耳邊只有「別再提了」繚繞不去。

　　得‧拉侯施靠攏過來，他的體臭吞沒了我（我在心裡背誦起為臨終者所唸的禱詞：「哦，天主啊，懇求祢寬恕我一味追求芬芳味道、追求嗅覺歡快，赦免我執意逃避難聞的東西……」）。他悄悄問起我到訪的目的。鴕鳥，哦，真的嗎？不，不，也不算是鴕鳥啦……我們也好久沒碰面了，因此掛念起你了……他喜出望外並拿幾句恭維話回敬我。他也一樣，有人能來和他一起度過當天下午那幾個百無聊賴的鐘頭，豈不快樂？他指指凡爾賽宮並問道：

　　「上頭一切可好？」

　　「我倒沒有注意到什麼不尋常的。朝臣之中，三個有兩個染了傷風，其他的就打噴嚏擤鼻涕，算是盡到唱和的禮貌了。可惜你問的人並非消息最靈通的。最近我是書不離手，而且也沒受邀參加什麼御前會議！」

　　「就算人家邀你也不要去。看看他們變的把戲！王上秉性公正，可是他的近臣佈置多少陷阱讓他跳進去啊！好個御前會議！才一想到，我整個人就氣得沸騰起來。他們膽敢

向王上提出所謂的諍言，光是這層心機就夠蠻橫無禮的了。比方那個內克爾（Necker）大人，你還能想出比他更自命不凡的傢伙嗎？有誰比他更會玩弄數字？真是可怕！我聽他在三級會議開幕儀式上致詞時，我差一點就無聊到哀叫起來！數字，數字，還是數字！佔掉整整兩個鐘頭。連他自己也沒辦法撐完：才過半個小時，他已命人代他唸完講稿。本人生平從沒見識過這種事情：演講者像教書匠一樣絮絮叨叨，吩咐自己的學生如何完成罰寫作業，但在他們還來不及動手之前，自己倒先放棄了計畫！」

「無論如何，這種場面日後你想看也沒有了，至少主角不會再是內克爾。」「此話怎講？該不會因為他學會說話帶趣的技巧了吧！」

「我懷疑他能如此改進，總之，不會再有內克爾了。他被撤職。您還沒聽說是嗎？星期六人家叫他捲鋪蓋走路。這可是頭條新聞吶。」

「我的那群動物消息一向很不靈通，所以連帶地我也是，這是因果關係。話說回來，內克爾被撵走了！這消息聽起來真悅耳。請您告訴我這事件的細節吧。」

「我只知道，七號星期六下午三點，他的朋友拉・盧傑賀尼（La Luzerne）侯爵，也就是海軍部的秘書長，為他送來一封王上的親筆信。陛下令他立刻辭職，然後悄悄離開法國。」

「換成是我，準要把他扔進監獄。」

「布賀德伊（Breteuil）男爵也是這種想法，他建議逮捕內克爾。」

「三級會議的那場致詞真折磨人。囉嗦兩個鐘頭，他這粗魯的蠢蛋！成百上千的數字，最不可原諒的便是這種討厭的人。不過，親愛的姑娘啊，您未免太過謙虛。事實上，您的消息管道通暢得很吶。這類消息在拉法葉特夫人[25] 或是馬里伏或是東桑夫人[26] 的小說裡可是找不到的。」

「大人，您過獎了。這件事情人盡皆知，大家議論紛紛。起先我也聽得暈頭轉向，所幸莫侯（Moreau）大人樂意為我說明原委。經他解釋我便懂了，畢竟他從自己的高度考察歷史，排除那些瑣碎細節或是軼聞，只掌握事件的本質。」

「那麼這位法蘭西史官對於廢物內克爾被攆走的事有何意見呢？」

「他和大家一樣都巴不得內克爾辭職。不過他也說過：『情況以後還會更糟』，這是好長一段時間以來他反覆強調的。」

得·拉侯施的臉色轉為陰沈，不過為時甚短。轉瞬之間，

---

25. Madame de La Fayette：1634 ～ 1693 年，法國小說家。其作品《克萊芙王妃》（La Princesse de Clèves）被視為法國首部一流小說，並為心理小說先驅。

26. Madame de Tencin：1682 ～ 1749 年，法國女作家及文學事業贊助人。她與著名作家及政界人士過往甚密，從而成為十八世紀法國社會的知名人士。

他的腦中已然浮現一個宏偉計畫：

「既然內克爾被**轟**下台去，那麼他的職位便空出來了！要是換我來做，必然是絕佳的財政部長。我的拿手絕活將是撙節支出，大刀一揮，不必要的和必要的通通砍掉。首先我會削減必要的支出，接著等到對付不必要的開銷時，法國人想必早已喪失抗議的力量了。」

「你得當心。如果開銷砍得太兇，將會冒出一種風險：連你自己都會成為精簡政策的犧牲品。內克爾會垮台正因如此。他凡事講究節約，關於軍糧補給的事過於焦慮，而且面對巴黎猖獗的搗亂勢力時又畏畏縮縮，取締或是打擊的力道太弱、速度過慢，不妨說他立場搖擺不定，老兜圈子……」

得·拉侯施聞言大笑，他的笑聲如此唐突，沒有餘地讓你陪著他笑。（他自以為和王上一樣，具備公正的決斷力，其實只有笑聲和王上相像罷了）。接著他轉身朝向毗鄰動物園的那片草原，並且補上一句：「您看，才下幾天的雨，這裡就滿眼的翠綠。」

草原上有座佔地廣袤的農場，由佃戶耕種這片隸屬於凡爾賽宮園林的土地。只見肥壯的畜群夾雜野鹿以及騾子，四散啃食青草。牠們是宮廷重要的乳品來源，另外不足的部分則由小特里亞農宮的農場供應。凡爾賽宮園林的此一角落給人的印象是富足和清新。根據貝桑瓦勒（Besenval）大人的說

法，這讓人聯想起他的祖國瑞士。對於我這個出生於濱海地帶的人而言，倒沒什麼特殊感受。

最後，隊長把目光從那片農村的景緻移開，沒有多瞧農場旁的養雉場一眼，便轉身面對動物園盡頭處的聖－西賀（Saint-Cyr）路。

「從來沒有人走這條路。要它做什麼呢？每隔一段時間便有苦役犯來將它重鋪一遍。一連幾個星期，那裡稍微有點人氣。他們歌聲真好，這些傢伙！完工之後全部消失得無影無蹤。好冷清啊！」

「騎馬的人難道不走這條路嗎？」

「沒這回事！如果他是貴族，道路便只是限制自由的障礙，因此他寧可直接穿越田野。比方進巴黎城之前遇上關卡，一個名門子弟才不屑勒馬停步，反而揚鞭猛抽，將那攔阻他的不識相小吏踢翻在地。我年輕的時候也是這樣，時下的年輕人大概也沒有太大的改變。」

「我從來不去巴黎。天主保佑！」

「我也不去。去巴黎幹什麼呢？所以剛才只跟您說起我年少輕狂的事。」

「您當年一直以名門子弟自居囉？」

「當然。我都是一路快馬加鞭進巴黎城的。至今我仍記得路上行人驚恐的叫聲。站哨的人哪裡敢把我攔下，於是只

好找那些貧戶出氣，憤恨難平地用尖矛猛刺一車又一車的乾草，為的是要揪出妄想秘密混入城裡的旅客。」

「把他們揪出來？」

「或者乾脆殺掉！……王上心腸也太好了……他為臣民犧牲奉獻，其中卻有一些下流胚子壓根不值得如此厚待。王上下令為他們建設馬路、城鎮，下令鞏固各港口的防禦工事，又以船舶投入海上競爭。真有大智慧的話袖手旁觀就好了。不必建設，不必修葺。讓它塌讓它垮……我來出任無為部的部長，懶透部的部長……『等到社會中所有混雜起來的人等都被重新揀選分類，都回歸到他們最原始的地位，那麼天主將令全然的無為懶散統攝這個世界，目的在使組成世界的每個份子安居在其天性所設下的界限內，不再妄想任何不相關的、所謂更棒的東西。在下等人的社會中，大家不應談論或是認識上等社會中的一切。如此一來，他們才不會貪圖自己無法擁有的東西，才不會受這種非分欲求的折磨。』這是我敬愛的希臘先哲巴席里德[27]說過的至理名言。他比布豐更勝一籌……『目的在使組成世界的每個份子安居在其天性所設下的界限內，不再妄想任何不相關的、所謂更棒的東西……』上頭宮裡的人想找人替代內克爾的話，恐怕要大費周章了……不過既然你斷言一切平安，我相信你就是了。」

---

27. Basilide：117 ～ 138 年活躍於埃及亞歷山大城的諾斯替派宗教教師，主張神秘的宗教頓悟，即「神授真知」。

「不止一切平安，簡直就是無比順利。」

「果真如此，那麼事事都在最佳狀態。在我的視界中，唯一暗影（而且只與我有關連）便是折磨我那隻鴕鳥的病痛……不過，我怎麼沒聽見王上出來狩獵，昨天不曾，今天也沒有啊……夠了，別再提了！」

我說：「不，才不夠呢，我們繼續談呀！」

因為我心中再度模模糊糊昇起一種不安的感覺，就像當天稍早我走在凡爾賽的街道時所體驗到的怪異感覺。

可是得‧拉侯施先生已經切入另外一個話題：

「王上就寢前的謁見禮情況如何呢？」

「好像不太熱鬧，沒什麼人肯去。」

隊長顯得洋洋得意。他認為由於人家不准他參加，所以群臣才會對這儀式冷淡以對。關於這點，得‧拉侯施並不怪罪王上。他很清楚，作梗的是底下的人，路易十六只是聽從那些參加接見禮的傢伙所進的讒言，尤其是那班聽候差遣的小廝，因為他們無法偷偷摸摸打開窗戶，並躲在通風之處。那時，王上的首席侍從把小廝們一致不肯讓得‧拉侯施參加寢前謁見禮的心聲反覆灌進王上耳裡。路易十六也只好從善如流了。從此以後，王上再也沒有心情開懷大笑。以前得‧

拉侯施進謁之際，有時把別人戴的假髮扯下，扔到御床華蓋的上面，或者專挑怕癢的人下手搔癢，這些歡樂點子惹得他自己以及王上爆笑如雷……得‧拉侯施說：

「以前參加王上就寢前謁見禮的時候笑得多麼過癮啊！」

接著，他把我拉到猴子籠前面，然後彷彿陷入發癲狀態似的，整個人倒在地上打滾，同時狂叫起來。只見籠中的猴群從這一端跳到另一端，再用單臂勾住籠頂並且開始擺盪。發作過後，隊長從地上站起身子，若無其事地以嚴肅的語氣說道：

「夫人，在下十分敬重你啊！因為你經常以真面目待人，這可是既罕見又卓著的優點吶。做國王的什麼時候真的是國王了？當然，他一直具有國王的身分，然而在某些情況下，他的國王特質會比在其他的情況下明顯一些。在那當下，陛下完全符合天賦王權的狀態，也就是任何人都無法取代他的那種時刻。關於我們的路易十六國王，我自己倒是經常可以確定他有生而為王的命：每天晚上，每當僕侍為他進行寢前更衣的節骨眼，每當他將口袋掏空，把劍放在床頭櫃的那一刻，我就輕易可以明白這點。此時，陛下一舉手一投足都

流露出教人嘆為觀止的王氣。」

　　我朝河岸走去，然後在一張長椅上坐下。所有船隻都停泊在港口。短短一句「別再提了！」已經悄然對我發揮作用。我不再感到憂心，只覺得內心無比寧靜，而且橫亙在我眼前的唯有無垠的光陰。

和歐諾希娜一起聊天和刺繡（黃昏，晚餐前）

　　天氣儘管陰鬱，凡爾賽向晚的天空每每露出晴色，美得教人揪心，此刻當然也不例外。我和好友歐諾希娜坐在一起，她是得 · 拉 · 杜賀 · 杜班夫人的貼身女侍。我們窩在屬於她女主人的一個小房間裡。她這女主人的居所和艾南公主的居所毗鄰，位於「王子長廊」（Galerie des Princes）正上方的寬敞套間，下面便是組成凡爾賽宮南翼的廳間。夫人的套間一側有窗開向得 · 拉 · 須韓唐蕩斯路，而另一側則面對那柑橘溫室旁的露天平台。我特別喜歡待在那裡，一方面因為我和歐諾希娜很談得來，二方面由於我自己房間的視野不如這裡。我的房間位於南翼，是頂著複折式屋頂的閣樓，雖能看盡壯麗的天色變幻，卻無緣一睹園林風采以及市鎮美景。所以，夫人那華麗的套間使我感覺掌握到了一個整體。我和歐諾希娜快要繡完一張掛毯，那原先是夫人開始繡了之後又放棄的。我一直喜歡刺繡，只是不如歐諾希娜那樣心細手巧。

不過她天生動作沒有我快，所以我們倆的節奏挺一致的。窗戶開著，音樂從年輕公主瑪麗-泰瑞莎[28]的套間那邊傳過來。我們品論著自己一天中的大小事情。我對歐諾希娜說道，王后雖然承受喪子之痛，但近來情緒似乎平靜不少，甚至可說是快樂起來了，教我看得心裡生出暖意。歐諾希娜聞言也覺欣慰。我們身處林木蔥鬱的美景中，腳邊擱著線球，繡針挑得高高，一個針目刺過一個針目，一面閒聊，一面專心繡出各種青綠漸層。

為了逗她發笑，我向她描述自己如何在動物園度過下午的時光，又提起非洲女子的事。她回答我：「我才不信。」怎麼？竟然不信？那些女子我可是親眼瞧見的，而且不止一次。她們只會咯咯笑得刺耳極了，比起一整座的鳥園還吵呢。「我就不信，何必多說。反正凡爾賽宮絕對沒有非洲女子，就連在非洲也看不到，因為壓根沒有非洲這種地方。那些旅行探險的人一回到國內就大放厥詞。誰能證明他們說的是實話？」歐諾希娜擺出不信邪的頑強態度真把我惹火了，於是生起悶氣不理睬她。這氣沒生多久便突然煙消雲散了：不知誰在門上怯怯敲了三下，接著有個男的探腦進來，說是要找王后，有件東西要呈給她看。什麼東西？他遲疑了一下，然後現出整個人來。他說：「你們看，就是這件。」他挺直身軀站在我們面前，兩腿稍稍叉開。我們仔細將那傢伙上下打

---

28. Marie-Thérèse：1778 ～ 1851 年，路易十六和安托奈特的長女。

量一番。除開那身打扮，他和某甲某乙並無二致。他穿了一件衣褲相連的彩色服裝，好像義大利喜劇中的丑角阿賀勒甘（Arlequin），但圖案並非菱形色塊，而是紅白藍的三色條紋。他重覆剛才的話：「我想求見王后，要將我設計的這套三色國服展示出來。」

總後勤樓 [29] 晚膳

晚上我們在宮中度過愜意的時光。晚膳只有「豐盛」一詞可以形容：我們品嚐從陛下餐桌上撤下來的菜餚。我記得主菜吃的是鵪鶉以及從美洲紐芬蘭運來的鱈魚。到了九點左右，有幾位修道院院長進來與我們同桌共餐。他們因為剛從蒙莫杭西（Montmorency）樞機主教作東的盛筵中出來所以不餓。當天是樞機主教向王上宣誓效忠的大日子。這些院長向我們描述甜點：除了糖漬水果、果泥、冰淇淋和牛軋糖，另外還有一百多種。艾希塞院長特地帶來好幾瓶檸檬燒酒以及櫻桃甜酒，說是要讓我們嚐嚐。我和歐諾希娜由於平常沒有飲酒習慣，很快便有醉醺之感，一聽他們開口講話便笑個不停，更何況他們的態度如此嚴肅正經。賓客接著聊到路易十六最新頒佈的法令：在軍隊中禁止以劍的刀面擊打士兵，

---

29. 凡爾賽宮的廚房和官員餐廳位於名為「總後勤樓」（Grand Commun）的獨立建築裡。該建築由孟薩賀（Hardouin-Mansart）設計，起造於 1682 和 1684 年間，除做廚房餐廳使用，樓上亦供廷臣住宿，1929 年被法國政府登錄為「歷史建築」（monument historique）。

我們明明口鼻還探在酒杯裡便已噗哧爆笑出來。如今回想起來感覺有些羞愧，怎奈當年我們就時興那樣。雖說凡爾賽宮裡沒有小孩，但空氣中盪漾著飽滿的童稚歡快，而我呼吸的正是這種氛圍。

酒瓶不停傳來遞去，賓客們的興致越漲越高，然而卻沒有人逾越合宜舉止的尺度。有人拿出小提琴來演奏，我們開始跳起舞來。

我在晚間十一時左右回到凡爾賽宮，這裡和方才我們用膳的那棟建築僅僅數公尺之遙。夜色剛剛籠罩下來，我挽著歐諾希娜的手臂向前走去。她和我的住處只隔幾個房間。連接凡爾賽宮和總後勤樓廚房的那條地下道裡仍不時有人群往來。此時，點燈工正用引火棒將宮裡長廊牆壁上的火炬點燃。眼前這幕景象每天重覆，我們已無觀看的好奇心。不過，目睹部長側翼（l'aile des Ministres）的窗戶仍然燈火通明，我們倒覺得十分訝異。

「天哪，新政府已經開始辦公了嗎？還是尚未下班呢？這麼晚了還不休息嗎？布賀德伊男爵的幹勁教人印象深刻。」

「要是他的工作能力和他的階級觀念旗鼓相當，那麼就是國家的福氣了。」說出這句話的人是個對布賀德伊家族極

其尊崇的男士。

「我懷疑這時候政府還在辦公，他們搬進宮裡，還沒安頓好呢。那批高官現在只忙著分配辦公的空間而已。」

「這些新貴究竟是誰？是不是所有的職缺都佔滿了？」問這話的是我的好友歐諾希娜。清涼的夜風令她清醒過來，而且由於她所服務的得‧拉‧杜賀‧杜班家族一向醉心於政治，對於朝廷發生的事瞭若指掌，想必她也受到影響，此刻才會搭話。

我聽他們說起一長串的名字，這令我十分高興。我對名單情有獨鍾，因為我天生喜歡臚列出來、卻又不必細數的東西，喜歡一切自然排成儀式般規矩的東西。

當你眼皮沈乏、昏昏欲睡之際，一長串的名字便脫胎成搖籃曲。儘管入宮朗讀時候情緒波動，儘管白天走了遠路，儘管拜訪了動物園隊長，然後看到穿了三色服的阿賀勒甘，然後跳舞，喝下榲桲燒酒以及櫻桃甜酒，那天夜裡，我仍無法闔眼。我直挺挺躺在床上，定睛看著天窗外幽暗的天空。樹林中的夜鳥發出陣陣啼聲。貓頭鷹的叫聲詭異，幾乎和人類的啜泣聲沒兩樣，教我打個寒顫。外面車聲馬聲依舊持續不斷，而人的嘈雜聲尚未消退……然而，那些名字再度佔了上風：

阿賀吉勒公爵；

安潔利卡・得・索利；

聖-高龍布大人；

戴桑代勒總管大人；

吉曾朵夫侯爵（來自大韃靼國）；

伏德賀伊侯爵（首席獵鷹訓練官）；

歐松維勒侯爵（王室捕狼主獵官）；

彭提埃福賀公爵（王室獵犬狩獵隊隊長）；

朗貝斯克大人（王室騎士侍從隊隊長）；

騎士隨從，所有騎士隨從；

編成分隊的騎士隨從；

騎士分隊隊長卡瓦卡杜；

朗巴勒公爵夫人，王后內宮總管；

席梅公爵夫人（王后首席女官）；

歐孫侯爵夫人（王后梳妝女官）；

隨侍長公主的命婦……

一七八九年七月十五日

白天

有人膽敢驚擾王上安眠

　　天才剛亮，消息便沸沸揚揚地傳開，教我聽了異常震驚：王上三更半夜被人喚醒。這怎麼可能呢？王上半夜無論如何是不見客的。鐵柵欄的大門關閉，所有的入口和主要樓梯均派人守衛。誰能突破設於宮前廣場入口的第一道警戒線、繼而闖越設於羅浮中庭的第二道哨兵防備站呢？接著，如何又有本事潛入宮殿的內部呢？竟然直搗王上居住的大宮廳，到達王上寢殿的門口？王上貼身的禁衛軍應在那裡站崗。除了他們，還有侍寢小廝，整夜值班，留在隔壁的房間裡待命。好吧，就算摸進宮裡的是聞所未聞的秘客，是超自然的角色，是穿牆人或者空氣精靈，那麼也還有最後一道防線：睡在王上床腳邊的僕侍總管。然而，傳來的消息卻直截了當到不合情理的地步：有人喚醒王上。

　　在我們住的那屋頂下的樓層裡，大家跑出來沿著走廊敲門，不可置信地把這個荒誕的消息傳播開去。我提出的解釋是：也許是消化不良的結果？路易十六常因腸胃病的猛烈發作而痛不欲生……人家聞言可毫不客氣地糾正我這看法。王

上是被人喚醒的。那個人有要事向王上稟告。

　　下著毛毛細雨，鋪石路面烏亮亮的。鐵柵欄邊上整排的店鋪看上去很不體面。我走進總後勤樓的廚房裡，一股教人難以忍受的酒味和食物味撲鼻而來，那是前晚的殘餚剩菜……我的心底掠過一種既寒冷又噁心的陰慘印象。人家端來給我喝的湯有股嗆人的澀味，搭配的麵包硬得難以下嚥。除了那些修道院院長外，昨天同桌用餐的人幾乎全部再度聚在一起。歐諾希娜正好不在場，因為她下樓到得・拉・杜賀・杜班的套間去。我等她為我捎來進一步的消息。我不是唯一想探知更多消息的人。她可算是我們的情報中心，這位歐諾希娜小姐。最後她終於出現，頂著一頭未梳理的蓬鬆亂髮，身上裹著一件說綠不算綠的大斗篷（女主人給她的，女主人是身材高瘦的金頭髮，而她卻是身材矮胖的褐頭髮）。每一張臉都望向她。怎樣？快告訴我們吧。真誇張吶，為什麼大半夜被喚醒呢？是誰幹的？訴求什麼？直接闖進陛下的寢殿是吧？歐諾希娜向來健談，而且心思敏銳愛出風頭（這份輕快伶俐令她如此迷人，這與她南方人的機靈特質有關；至於那身傲骨，可能是得・拉・杜賀・杜班夫人影響她的。夫人精明聰慧，因此恃才傲物，全天下都被她看輕了），但此刻卻悶聲不響。她可憐兮兮地坦承，不知道該如何招架我們的追問。那天早上，得・拉・杜賀・杜班夫婦家裡事實

上熱鬧得很，但是，為了不讓家僕聽懂他們談話的內容，他們自然經常以英語交談。歐諾希娜說道：「不過，我聽到他們多次提起『巴士底』」。

上午稍晚的時刻，陸續有人匆匆忙忙從巴黎市趕來，開始浮現一種斷定的說法（有人信之確鑿，認為是有憑有據的東西）：凌晨兩點喚醒王上的人應該就是王上的衣飾總管拉・佛施福果-黎安古賀（La Rochefoucauld-Liancourt）公爵，為了向他稟報有關巴士底監獄的事。是囚犯越獄嗎？還是發生火災呢？關於這座要塞，先前我已聽過不少故事還有別人的回憶（有位老先生曾嘆道：「哎呀！巴士底啊，我那一整段的青春歲月！」），但現在傳來的卻是石破天驚的消息：巴士底被群眾攻佔了。當下針對這項消息的挖苦話、憤怒聲和噓聲至今仍在我的耳畔繚繞。可是，到底是誰傳的消息？我是從哪裡聽來的？現在全然記不起來了。或許那時我壓根就不相信，所以沒有注意。以前我曾經親眼見過巴士底監獄，這已足夠令我堅信：那是一座固若金湯的防禦工事。它那龐大的建築體彷彿重壓著整個聲名狼藉的聖-安端（Saint-Antoine）城郊。就算你乘坐馬車，車門緊鎖又有佩劍帶刀的隨從伺候，人家也會勸你不要橫越那個地帶。

傳消息或是送書信的人接踵而至。大家攔下他們，探詢那件離奇的事情是否為真。他們大部分人都和我們一樣，抱

持著懷疑的態度。有些甚至斬釘截鐵：「巴士底監獄被民眾攻佔？快別鬧了！那是反對王室的叛亂份子編出來的謊言，是種宣傳。」要是人家不肯罷休，繼續追問，他們總是補上一句：「京城並未發生什麼大不了的事情。」我自己下的結論是：巴黎人仍為上星期日發生的事件騷動不已，但是一切僅止於此……這個深植我心的想法彷彿是當年自己一切信念的背景，也是那時大部分住在凡爾賽宮的人（不分位階高下）所持的信念，而且始終堅定不移：「杞人憂天是毫無用處的。當然，我們正面臨艱困的時刻，但這也不是第一次了。這股作亂歪風並不比王上登基後第一年所遭受的反抗更猖狂。當年他以二十歲的年紀便可鎮壓下去，如今他更成熟穩重，對付這種局面應該不是難事。」

　　為了讓這觀念在我心裡扎根，我到各部所在的套間轉上一圈。那裡繁忙的活動連稍微減少的跡象也沒有（他們不至於徹夜加班吧？）。有人發號施令，有人搬移家具：辦公桌、椅子、扶手椅和獨腳小圓桌快速地從我眼前經過，彷彿自己生出腳來跑似的，彷彿這股興奮激昂的搬遷行動飽含著樂觀鼓舞的成分。我倒沒有親眼看到哪位部長，但這也不值得大驚小怪。有人告訴我，他們正在商討國是。不消太久，一切將會很快重返常軌，因為唯一唱反調的聲音，也就是吉內瓦

地區 [30] 的抗議，已經被排除在外了。

　　另有一種信念更加教我安心，那是在凡爾賽宮各長廊裡流佈的消息：「一切都是新聞記者杜撰出來的。其實什麼事情也沒發生，或者說幾乎沒有什麼事情發生，然而他們硬要在白紙上面印滿黑字。」不過，陛下怎麼看待這種局面呢？他會如何反應呢？大半夜的，拉‧佛施福果-黎安古賀大人膽敢擅闖他的內寢？這位衣飾總管該不會誇張到親手扯開床鋪的帷幔吧？還是他畢竟在這一點上還懂得遵守君臣間的儀禮呢？果真如此，那麼扯開帷幔的該是同房伴睡的僕侍總管了……禁衛軍的隊長那時人在何處？我迷失在各種臆想之中。我身旁沒有任何人能提供我哪怕是一丁點也好的準確消息。拉‧佛施福果-黎安古賀大人根本不見蹤影，而我們的新政府可曾對那事件表示意見？有人說道：「新政府剛接手，不可能同時管那麼多啊！」說這句話的人還說：「所謂的『人民』其實並不存在，那只是個抽象的群體。我呢，我提議把那些下賤流氓關起來，逮捕他們並鎖進巴士底監獄裡，這可是個具體的好建議。」但這建議沒有立刻受人附和，於是有位立場折衷的人補充說道：「不然把帶頭煽動的人關起來就好了」……

　　奇怪的是，一般說來，輿論通常只愛談論王后，可是在

30.　Genevois：位於日內瓦附近的法屬領土。

王上半夜受擾一事上面，大家對她卻又絕口不提。我的腦海當時仍殘留前一天她接見我時的微笑，她的勻整臉龐散發光采，傾身專注看著《布料樣冊》。我從這群人走向那群人。只是好奇而已，沒有別的。傳聞就算再如何令人驚奇終究不能構成事件。

國王和兩位弟弟前往室內網球場（早上十一時）。王后在陽台上

一小群人突然從我右手邊冒出來。毫無疑問，這才算是前所未聞的大事情。他們從又名宇貝賀‧侯貝賀（Hubert Robert）的「小劇場」（Petit Théâtre）走出來。這座劇場是依照王后的懿旨裝修的，位於建築物未完工那一翼的中間部分。那一小群人後來走進負責看守「小劇場」入口的那些瑞士籍的衛兵中間。歐諾希娜過來和我站在一起。我們都在宮前的王家廣場，倚靠著鐵欄杆。

這一小群人（當時我只覺得像在做夢）包括王上和他的兩個弟弟，普羅旺斯侯爵親王以及阿爾托瓦侯爵親王。他們沒有衛隊護送，沒有隨扈跟從，更不見平日華麗的服飾旗幟。這三個人步行走出凡爾賽宮，而且盡量低調，只求別人不要注意他們。幾位顯貴包圍王上等人，看上去好像是朋友，而不像是隨扈。歐諾希娜爬上鐵欄杆的基牆，希望能看得更清楚一些。她對我說：「國王沒戴羽毛裝飾的帽子」。他只戴

一頂不起眼的濶邊天鵝絨帽。眼前那幕景象真正教人驚訝：三個兄弟一齊走在高低不平且因潮濕而滑溜的鋪石路面。早上十一點鐘！這種時刻他們是不可能出來散步的，更何況不是朝著園林方向而是朝著市鎮而去！王上獨自一人走在前面。普羅旺斯侯爵親王和阿爾托瓦侯爵親王似乎有些不情願的樣子。王上身軀高大笨重，拖著沈重腳步，不優雅地左搖右擺，臉上流露他的招牌表情，彷彿不管做些什麼，都是不得已被逼的。對於普羅旺斯侯爵親王而言，這樣外出不是苦差事而是活地獄，所以只能舉步維艱慢慢地走。親王身軀矮小痴肥，且下肢患有僵直病，走起路來疼痛難當。口舌惡毒的人背地裡管他叫「肥親王」，我們雖然無意傷人，然而也不得不同意，這個渾名的確很適合他，就像人家把遠嫁到義大利的王妹克蘿蒂爾德 [31] 喚做「胖公主」一樣貼切。有人在鋪石路面扔下麥稈以及糞土，防止馬匹腳步打滑跌倒。親王腳下那雙緞鞋搭扣上的寶石生輝耀眼，他以厭惡的表情環顧周遭的一切，想必生平首次遇見這種狀況吧。軍器廣場（Place d'Armes）上士兵住的簡陋屋棚應該教他看了倒足胃口。至於阿爾托瓦侯爵親王，他的身材勻稱體面，魅力十足，不悅神色沒有那麼明顯，因為他在舉手投足的每個細節中都注入優

---

31. Clotilde：Marie Clotilde de France 1759 ～ 1802 年，路易十六的幼妹，嫁與義大利薩丁尼亞國王查理 · 艾曼紐四世（Charles Emmanuel IV）。其政治手腕高明，成為其夫統治期間的實質首相。

雅。一剛開始，他很明顯不情願向前走，可是一旦跨出宮牆之外，他下決心邁開步伐，不過仍得小心翼翼，以免變成這個奇特代表團的領頭人物。我和歐諾希娜一直跟著他們，但是很快便和凡爾賽市鎮的居民混在一起了。這些居民認出徒步前行的王上和兩位親王也十分地驚訝，並且都擠到他們的左右兩側。婦女嘻嘻哈哈，各自從窗戶探出頭和鄰居閒聊，同時不忘叫回自己那些佇立在王上及親王前面的小孩子。每個人都很好奇，到底他們要走向何處。

事實上，他們的目的地並不遠，僅僅走到已有國民議會進駐的室內網球場。兄弟三人對那地點毫不陌生，因為他們年輕時代在那裡不知道打過多少局網球賽了。不過，在目前的情勢中，這個場所在他們眼裡必然已經褪去往昔的親切感。在群眾的歡呼聲中，王上低頭而且腳步越來越快。和王上幾乎齊頭並進的阿爾托瓦侯爵親王卻被大家喝倒采或是嘲罵。至於普羅旺斯侯爵親王則是遠遠落後，滿頭大汗同時氣喘吁吁，只圖找張椅子歇息。我們陪著他們一直走到門檻，然後以羨慕的目光看著身為貴族代表的得 ‧ 拉 ‧ 杜賀 ‧ 杜班大人直接走進室內。我們留在屋外，四周群眾越聚越多。起初的數分鐘，我們沒有聽見任何動靜，接著突然響起掌聲以及歡呼，然後又是一片沈寂，最後再度爆出歡快的叫喊。歐諾希娜低聲向我說道：「你聽，是好兆頭！」王上以及兩位親王尚未步出網球場，早有一些異常興奮的年輕人先來告

知消息。事情的頭緒漸漸理清楚了。

　　王上當著議會議員的面宣佈：「當今最緊要的事，最令朕極度懸念的事，便是京城裡恐怖的失序狀態……」起初，議員懷著敵意聽取王上講話，因為大家以為他會將以往發佈的敕令重覆聲明一次，並且強調自己無論如何絕不妥協。然而，當他表明來訪的目的後，聽眾立即報以熱烈掌聲，久久不能平息。王上這示好的措施所引發的喧鬧教人難聽清楚他接下去所說的話。先前的每次集會，大家都在一致的緘默中聽他發言，而今天議員的熱忱則令王上感動不已。王上受到干擾，一時無法把話說完，後來幾度努力，終能勉強提出結論：「……考量到臣民對於朕的敬愛和忠心，朕已下令軍隊撤出巴黎及凡爾賽。這裡允許諸位將朕於京城所採取的措施公告天下，朕甚至請求諸位如此進行。」議場裡面熱烈與溫馨的氣氛已經高漲到頂。議會主席巴伊[32]提醒眾人，國家陷入動盪，主要肇因於多位賢能部長被撤職了，然而現場的歡呼與喝采之聲依然鼎沸。

　　王上步出議場，民眾從未見過比他的表情更幸福的神色。他的演說取得勝利。就我所知，這是王上發表言論時第一次引發氣餒沮喪以外的反應。這份雄辯家的成就感令他陶

---

32. Bailly：1736 ～ 1793 年，法國天文學家及演說家，法國大革命的早期領袖人物之一，於 1789 ～ 1791 年間擔任巴黎市長，恐怖統治期間被推上斷頭台。

醉。在他回宮的路上，夾道的民眾不停高聲歡呼，有人喜極而泣。一些最狂熱的竟然倒臥地上，甘願讓王上從他們身上踏踩過去。

　　王上先前出宮時舉止十分低調冷靜，可是回宮時卻難掩興奮。從網球場到凡爾賽宮的短短路程，他花費一個鐘頭才走完。這次，他的兩個弟弟都走在他前面。包圍或跟隨他們的人便是方才議場裡的議員。迎接王上的是民眾沒有停歇的歡呼聲：「王上萬歲，祖國萬歲，自由萬歲！」組成會議的貴族、教士和平民等三級的代表手挽著手步行，共同構成一條隊伍以及一個圓圈。而在圓圈中前行的便是王上、普羅旺斯侯爵親王以及阿爾托瓦侯爵親王。王上儘管步伐依舊沈重、困難，但是至少不再低頭。在他身旁的普羅旺斯侯爵親王已經顯得精疲力盡，幾乎是倚靠在兩位權貴大臣的胳臂上被架著走的。至於阿爾托瓦侯爵親王，由於天性那股鄙俗氣質發作起來，便用粗話辱罵那些靠他太近、碰到他身體的議員代表。親王們的惡劣情緒並未感染王上。他在欣賞自己所締造的勝利，他在品嚐子民們對他的孺慕之情，並且因之醺醉。議員們手挽著手，設法將民眾阻擋在防線之外，然而很難控制得住他們。大家都想盡量靠近王上，觸摸他的身體，有個民女甚至意圖擁抱王上，不料王上卻說：「讓她過來。」那個民女立刻欺上去摟住王上的脖子，但因衝勁太強，令王上搖晃了一下。王上彷彿從人民那裡領受了聖體似的，因狂

喜而神魂顛倒。往日他經常恨不得疾言厲色「喝斥」人民，但現在似乎能夠珍愛他們，在這種喜相逢的氛圍中，王上因愉悅而軟了心腸。王上回到宮中之後，很快便和王后、太子以及公主、王子現身於王宮正面二樓的陽台上。可是，改變為何如此迅速呢？方才浮現在他臉上的快樂神情現在竟已煙消雲散。他身旁的王后僵僵站著，並沒有向外界揮手。年幼的太子站在她前面，被她抓起一隻手掌搖晃，算是代她向群眾致意。最後也是她示意王室人員應該退回宮裡了，而且率先帶領太子離開。她的小女兒瑪麗-泰瑞莎公主，也就是被她暱稱為「不苟言笑的小精靈」，只是攀著她父王的胳臂，沒有跟著退入宮內。她好奇地看著聚集在她腳底下的群眾，那群嚷著敬愛她父王口號的人民。此刻，王上看起來很沮喪。他跟著王后離開，接著是普羅旺斯侯爵親王夫婦、阿爾托瓦侯爵親王夫婦以及他們的兒女。

嘉布里耶勒‧得‧玻里涅亞克[33]這位王上兒女們的教師並未出現在陽台上。就像有人說的：「玻里涅亞克公爵夫人好像一隻土撥鼠，專在地下暗來暗去，不過我們會用十字鎬將她挖出。」

---

33. Gabrielle de Polignac，本名 Yolande Martine Gabrielle de Polastron，受封玻里涅亞克公爵夫人，生於 1749 年 9 月 8 日，卒於 1793 年 12 月 9 日，是出生於法國巴黎的貴族。她相當受瑪麗-安托奈特重用，之後還成為王后子女的家庭教師。而玻里涅亞克家族則仗著瑪麗王后對夫人的寵幸得到榮華富貴。法國大革命爆發後，該家族拋下瑪麗王后逃往奧地利避難，公爵夫人不久後即去世。

群眾欣喜若狂。我以為是王室勝利（下午）

　　人民的敬愛以及感激情緒仍舊藉著歡呼喝采表達出來。稍後，王上前去望彌撒時，那片喧囂之聲又更形尖銳刺耳了。先前教士已先唱起拉丁文的經文歌〈鼓掌頌讚吾王〉（*Plaudite Regem Manibus*）。掌聲雷動，這是耿耿忠心的表露啊！多少人熱淚盈眶啊！整批人民陷入崇拜的極度興奮裡。他們用力跺地，拼命鼓掌，強大的聲浪淹沒了王家的聖樂。

　　從那時期開始，我深刻領悟到「群眾」和「暴民」的含義。他們可以隨心所欲對任何人或任何事高聲喝采或是穢言辱罵。情緒發洩的對象為何並不重要。一旦自覺是群暴民，那麼暴民便能興奮激動起來。當他們那詭異的自覺意識或是無我意識高漲上去，那種狂亂譫妄也就愈演愈烈。暴民會說：「我什麼人都不是！」這份虛無感一旦乘上千乘上萬，就會變成一股不可抗拒的力量。而我竟也置身於這激情爆發的一刻，那是可掌握可理解的一刻，因為我似乎聽見了，似乎在我感官能及的範圍內抓住了人民景仰王上的確鑿證據。這個證據被我掌握住了，可是當時我哪裡明白呢，世間竟存在著翻臉如翻書的群眾，前一刻還因溫情感召而流淚，下一刻卻嚷著要殺人了。這便是法蘭西的人民啊……當時我正是沈浸在此種憨直的想法裡，所以才會跟著別人鼓掌喝采。我叫喊

道：「王上萬歲，祖國萬歲，自由萬歲！」歐諾希娜原地跳起舞來，並和身旁的人又摟又抱。她的嘴巴反覆叨念得 · 拉 · 杜賀 · 杜班夫人也許需要她去幫忙，可是卻絲毫沒有動身的樣子。最後她總算拿定主意了，並從密集的人群中擠出一條通路。我沒跟她走開。小教堂裡不再傳出聖歌或是祈禱，徹底沒有聲息。王室成員大概已經四散離去，回到各自的家，回到分配給他們的套間裡面。現在仍然聚在一起的也許只有王上三兄弟了。他們經歷了早上那急就章的移駕出宮以及隨後那了不起的勝利，大概寧可暫且不要相互道別，並邀各自配偶同享晚膳，地點就在普羅旺斯侯爵親王夫人的套間裡，這是他們經常習慣聚餐的處所……群眾繼續逛來逛去看著熱鬧，人潮漫過軍器廣場，最後湧進聖-克魯、巴黎、蘇歐等幾條林蔭道的入口一帶，但是鼓掌歡呼之聲漸漸轉弱。我們本來期待有人出面號召一聲，以便大家再度投身熱烈的行動中，但這呼喚遲遲不來。我彷彿覺得自己置身於劇場當中，在演員最後謝幕退下之後，我仍不顧一切翹首期盼他們回到幕前，再演一次……我的等待徒勞無功。事與願違，我看到凡爾賽宮絕大多數的窗戶都關上了，窗簾也拉上了。突然，傷心的感覺竄了上來，和當天早上我感受到的淒冷沮喪一樣深刻。先前我彷彿見證了一座巨大而完美的、為了頌揚王上榮光的紀念碑被人高高豎起，但是此刻，我只明顯覺察到那上面的裂痕將會導致紀念碑傾頹，而且它的基石已經

開始動搖。流連忘返已太久了，於是我移步回到王宮的側翼，那是我棲身之處的南翼。

　　方才我略去不談的，而且或許也是激發我用紀念碑這意象做譬喻（貼切與否有待商榷）的事實便是：掌聲逐漸轉弱，議論再度出現。我身旁的凡爾賽鎮民（其中有一位在「麗景」酒館當差，以前固定會送檸檬汽水到宮裡，我是見過他的）正為京城最近發生的各種事件爭論不休。他們非但毫不猶豫認定巴士底監獄被攻佔是件離經叛道的事，甚至更進一步，津津有味地評論道：「人民倡議在巴士底監獄的原址建造一座紀念碑，獻給『振興自由之王路易十六』，新廣場就起名『自由廣場』」。

　　我開口問：「那不就要先拆毀巴士底監獄了？」

　　四周突然一片靜默，狐疑的眼光從四方射向我。那群鎮民從我的身邊走開。酒館老板在我附近轉來轉去，同時盯著我瞧，然後向他那些推心置腹的密友耳語幾句。

夜間

在法蘭西史官的辦公室裡（晚上九時至十時）

　　歲月流逝，但我個性中的某一特點卻遲遲不見改善：我沒辦法坦誠面對現實。先前我聽人說過：「人民已攻佔巴士底監獄。」我也注意到王后站在宮殿陽台上時臉上僵硬不開朗的表情，還有她那舉止：非但不把太子介紹給人民，將他展現在人民眼前，反而試圖將他帶開藏起。她讓孩子站在自己前面，不過才短短幾分鐘，然後將他拉到身旁，最後那孩子漸漸被他母后的禮袍遮去了身影（此舉足以招致站我附近的人說出怨毒的批評）。王后多次轉身向後張望，好像有人應該要來帶走她的兒子（那是她唯一倖存的男嗣），只是遲未現身而已。有人……當然就是王上兒女的專屬教師囉。這一切我都親眼目睹，本來也值得我的心緒在上面稍事停留，同時思考其深層的意涵，然而當時「它」硬是沒辦法，「它」偏偏就無法如此運作。於我而言，得 · 拉侯施隊長的那句口頭禪「別再提了！」真藏有不可抗拒的魅力（或是更精確講，幾乎不可抗拒），畢竟我這心緒同時具有固執頑強的力量或是潛在的焦慮，它會對於來自外界的信號產生反應，並或多

或少強迫我觀看那些信號。

　　然而，王上的勝利姿態真能教人信服嗎？果真如此，那麼他的欣喜照理應該擴散瀰漫在宮廷中，可是，情形正好相反。群眾激動的歡呼喝采以及陽台上王子公主們的僵硬表情和國王本人的木然神色形成多麼強烈的對比啊！彷彿他們全都被蠟像取代了。

　　國王何時才算國王？這是得・拉侯施隊長提出的疑問。絕對不是當他站上陽台的那一刻。就更別提王后了。

　　晚餐之後（我單獨一人留在自己的房間裡吃，食物是我用托盤端上來的，包括一小塊鱒魚醬、一朵朝鮮薊以及幾顆草莓。這得感謝我的一個朋友。她在某位侯爵家裡服侍，而那侯爵擁有「享宮膳」的特權，也就是說，能在凡爾賽宮裡由王上管他吃喝），我到賈科布-尼古拉・莫侯（Jacob-Nicolas Moreau）的辦公室裡，而且確信能找到他。就算出乎意料之外找不到他，我也可以大大方方進去他辦公室隔壁的小圖書室中拿走一兩本書，這樣睡前便有東西可讀了。

　　我這位朋友雖身為法蘭西史官，但是他的住宿條件極不理想。說實在話，簡直就和無處可住沒有兩樣。在他那已被蠟燭燻黑的辦公室裡有只巨大的衣櫃。他在衣櫃裡面鋪了一塊草墊。每當他過度疲憊、體力不支的時候，便在那裡躺上

一兩個小時。對他而言，「回家」也就等於躲進那個滿是灰塵且又侷促黑暗的辦公室裡，那間堆滿書籍、位於王宮北翼四樓頂層的辦公室裡。王上擁有五間或六間的私人圖書館，其中名為「頂樓」的那間距離莫侯的辦公室不遠。「頂樓」圖書館經由狹窄的甬道通往附屬的第一及第二圖書館以及幾間物理及化學實驗廳室。這類設施如此靠近，史官因之感到不安，只覺得自己的生活延續了王上勤奮鑽研學問的熱忱。賈科布 - 尼古拉‧莫侯總是孜孜不倦地工作，整個心神已被自己重要的任務給盤踞了。他同時也被如下篤定的信念所激勵：必須發揮自己的長處和優點，秉承法蘭西歷代史家縣長的道德傳統，擊潰以不信教之伏爾泰為代表的惡勢力。

我從來不擔心貿然造訪會打擾他，因為他相當信賴我，即便我真的給他添麻煩了，開門見山直說就好。可是，這回我才一踏進他房裡，立刻發現史官竟然閒來無事，這可是絕無僅有的。他並沒有坐在書桌前面，而是陷進兩落書籍間的扶手椅中。一看見我，他便立刻起身，先把椅子讓給我坐，然後自己坐在一張更低矮的圓凳子上。如此一來，我們被周遭一落落高聳的書陣困住，變得微不足道。在這毫無秩序的堆疊物上懸掛著一個巨大的十字架。射進房間的那一點慘淡光線照亮了十字架上受釘刑的耶穌基督。我這朋友拉起我的雙手，並以死沈的語調對我說道（我甚至覺得剛才他曾哭過）：

「我們全完蛋了。王上解僱了外國的傭兵部隊，那支以前由普伊塞居（Puységur）大人引進的部隊。當初王上自信滿滿地將內克爾大臣撤職，便是仰仗這支外國部隊作他靠山，那是他唯一的支柱，如今卻將它解散了。王上是受到所謂國民議會的壓力才出此下策的。讓出這一步，接下去他就步步讓了。親愛的朋友，您想想看，王上竟然是光著頭站著向那些議員講話的。這是世界末日。長久以來我就這樣預告，可是事到臨頭，我還是第一個感到震驚又是第一個喪膽的人。」

我沒說話，只是靜靜坐著。

「我們如今只能指望國內的正規軍不要動搖。人家都說巴黎的駐軍已經有些靠不住了，凡爾賽這裡的目前沒有問題，但能維持多久呢？」

「那麼巴士底監獄呢？傳說已經被佔領了，而且民眾還打算將它夷為平地呢！您對這種離譜的事有什麼看法？」

「您自己不就說出答案了：這事確實太過分了。以前也有人如此看出端倪並警告過我，但我只是斬釘截鐵回他：『笑話，這不可能！』目前情勢確實教人憂心，這我承認，但也不能因為這樣就胡亂相信一通。親愛的朋友啊，得用理智推敲才行。要是王上不下命令，誰敢採取這種行動？」

「不……行」

「就你所知，國王下過這種命令嗎？因為，我說真的，拆除巴士底監獄也曾經是他的一項計畫。」

我疑遲了一下說道：「就我所知，沒這回事……」

「既然如此，您為什麼還要操這個心？」

開始下起大雨。莫侯先生站起身子。他的身材中等（其實應算矮小），臉色蒼白，面龐偏圓，兩邊臉頰鬆垮垮的。他坐到桌子上，然後點亮一支蠟燭。我只覺得自己被扔進書堆下的暗夜裡。等到我再度站直與他面對面時，那種「在下面」的感受依然揮之不去。他接續方才的話題說道：

「巴士底不可能被凡人攻佔，只有超人才辦得到，那和擊碎阿爾卑斯山或是曬乾大海有何差別？儘管如此，我們已是窮途末路。套句親王的話便是『沒屁用了』。」接著史官又補充道：「奇怪的是，像親王這樣細膩而且平常對於遣詞用字如此苛求的人竟會說出那種俗俚語句。『沒屁用了』，我真聽不慣吶。雖然我尚未有幸和王上交談，所以無從親自判斷，但聽說他的用詞十分雅正。親王普羅旺斯侯爵的風格又更上一層樓了。他是道地的詩人啊。什麼『沒屁用了』，也許是那天早上他累壞了，由於身心俱疲才會這樣。您想想看：竟然逼迫親王從王宮走到室內網球場，然後再走回來。就算只走其中一趟也是慘事一椿。」

「我們全完蛋了……」我想到王后，想到她表情木然，高高站在陽台上面，想到那被暗色禮袍襯托得更顯眼的慘白面色。回憶起王后好比回憶起一尊象牙雕像，輪廓清晰立在服喪眾臣之前，又像抖落在黑布上面的銀珠。我的思緒繞著王后打轉……將來她該如何？那王上呢？要是他再也沒有軍隊，要是他再也沒有籌碼可以鎮住國民議會……

「王上的心情深受這次敗績的打擊，披著勝利外袍的敗績仍應算敗績。大家都不曉得王上下一步如何走。他把自己關在套間裡面，王上陷入長思……今天早上，他前往室內網球場前曾經含糊表示，想把國民議會遷往諾瓦雍（Noyon）或者蘇瓦松（Soissons），然後和王室成員搬到不遠的孔比埃涅 [34] 城堡。如此，他便能避免和議會共處一地，卻仍可以與其來往溝通。畢竟，現在這種雜處凡爾賽的情況只有百害而無一利。」

說到這裡，我們聽見隔間板的另外一側響起了腳步聲，急促的腳步聲。有人在聽我們說話。

我們豎起耳朵，半晌沒有發出聲響。不管是他是我，全

---

34. Compiègne：法國城市，位於皮卡第（Picardie）大區的瓦茲（Oise）河畔，離首都巴黎東北 80 公里，是瓦茲省的首府。1430 年聖女貞德在此被擒並轉賣給英國人。

都陷入各自的苦惱中。我不自覺地辨識起賈科布 - 尼古拉 · 莫侯著作的書名。那幾冊書四平八穩排列在他頭部上方的書架上，我一看見，對於作者油然生出崇敬之意。

宮人夜不成眠。大宮廳[35]旁遊蕩閒逛（從晚上十時至半夜）

可疑的聲響令我驚慌極了。我極害怕走出房間。我的朋友看出我的恐懼，因此提議陪我走回我自己的住處。然後他又回到書房繼續筆耕那部名為《倫理學講義》的著作。才一走進那條位於鏡廊上方既漫長又迂迴的甬道，我立刻察覺到不尋常的氣氛。這條甬道通常在夜裡這個時刻應該熱鬧非凡才是（這個樓層設有數間廚房，不分晝夜都有人在幹活），可是那時竟然鴉雀無聲。但到三樓，情況正好相反。那裡設有多個套間，平常夜裡應該靜悄悄的才是，此刻卻有一大群人竟和我們一樣，往王上大宮廳的方向走過去。我們不知道該如何解釋這個現象，但絕對不是因為夜裡正舉辦什麼歡慶活動，更何況那年代王室不再流行娛興花樣，那些人的表情和服裝更無半點玩樂的氣息。我甚至覺得其中有人根本是穿著睡衣戴著夜帽就出門來。

---

35. Les grands appartements: 凡爾賽宮最重要的核心部分，包括北側的「國王套間」（Grand appartement du Roi）與南側的「王后套間」（Grand appartement de la Reine），為國王與王后各自起居與施政的一套相連宮廳。此二區域以鏡廊相連。

我們越靠近大宮廳人群就越密集。每一個人彷彿都是六神無主，對於自己壓不住的出門衝動有點羞愧，羞愧自己被吸引前來這四下黑漆漆的大宮廳和廊道。此舉唯一的目的不外乎想要「接近消息源頭」（引用歐德尼斯夫人的話）。他們是不約而同群聚此處的，但是有些後來回到自己的套間吃宵夜（那天晚上，外賣菜餚的人還肯送貨），接著又玩上幾局雙六棋，因為他們漸漸體會：就算枯守在大宮廳外面其實也打探不到什麼第一手的新鮮事，同時辜負了消遣娛樂的玩興。於是他們開始互相串起門子，要別人的家僕通報他們來訪。最後，因為誰也無法定心待在誰家，由於聊天越聊越沒滋味，由於他們似乎覺得就在自己閒散群聚之時，說不定政府正巧發佈攸關生死的決定，因此，那份焦慮便使他們暫且忽略做客禮節。他們紛紛提前結束拜訪，告辭出來，然後和我以及史官一樣，驚訝地發現所有人都到外面去了。對於住在宮廷的人而言，「到外面去」一般有種特殊含義。自家住處外面公眾來來去去的空間中，總是有人在那裡等著王上和王后走過，尋求機會露臉或是獲取青睞。然而那天晚上，「到外面去」的意味和平時大不相同。或許這在凡爾賽宮還是首次發生。大家因為過於焦慮，導致那份無所不在且又折磨人的露臉衝動不翼而飛。樓梯上走廊裡或是候見廳中不時人影幢幢。無人開口說話。大家一概失魂喪膽，預見將有極嚴重的禍事降臨。我的心神很快便被這份驚懼攫住。史官左右為

難，不知是否該回書桌前面用功。他覺得自己當下肩負了兩種任務，其一是見證者的（職責敦促他應記錄路易十六朝代的大事），其二是道德家的（因為上帝意旨乃是透過歷史表達出來，必須清楚將之呈現）。最後，撰寫《倫理學講義》的急迫性終究佔了上風，於是他便坐回那份天書手稿的前面，丟下我一個人到處閒晃……我十分不自在，而且多麼期待遇見哪位熟識。這時可以聽見人家喁喁私語，彼此打聽消息。我雖聽見一些風聲，但心裡反而更加不安了。據說可能拆毀貴族們的獨棟豪華宅第，並將住在裡面的人悉數處決。還有人說，在巴黎集結的軍團正在摩拳擦掌準備進攻凡爾賽宮，現在已經動身上路。從巴黎挺進凡爾賽，那該要花上多少時間呢？十二個鐘頭呢？還是十五個鐘頭呢？恐怕早上就會抵達。拂曉之前，我還有些許苟延殘喘的時間。現在我回想起，當時曾意識到自己忘記拿走夜裡床頭要讀的書。

大家繞圈子走。哪怕是最細微的聲響都足以讓人嚇一大跳。時鐘敲完十一聲響。走出戶外其實無法消除恐懼。恰好相反，我們互相看見對方那驚惶失措的模樣，故恐懼感又變本加厲起來。失眠伴隨恐懼而來，令人感覺快要窒息。在這種局勢中，任誰都脆弱得不堪一擊，基於這一層令人恐慌的認知，大家都將窗戶關上，都將窗簾拉攏。在某些廳室中，甚至連百葉窗和外面的護窗板都緊緊閉著。我們在既悶熱又

黑暗的環境之中前行。由於擔心被他人從外面窺見,大家盡量只點燃幾支小蠟燭,而這也符合王上儉省節用的習慣。據說在他的字典裡並找不到「大蠟燭」這個輝煌氣派的字眼。在幾處房間裡,原先亮著的燭台都已熄滅了。那裡應和密林深處相同,黑得伸手不見五指。我們一不小心便會彼此碰觸,彼此推擠。幽暗之中有些眼睛閃著詭奇光芒。

有人渴了,想喝葡萄美酒,想喝啤酒,想吃水果。他們呼叫僕役,拉扯喚人鈴鐺,但是無人應答。他們不肯死心,再扯一次。喊人聲音起先自信飽滿,然後越叫越沒把握。叫人的人原地呆立,手仍握著鈴繩,只是百思不得其解。好奇的人聚攏過來。「那些下人在搞什麼名堂?主人叫喚都聽不見是嗎?到底人在哪裡?我們的僕人躲哪裡去了?」許多僕人都住進了主人位於凡爾賽市鎮上那嶄新豪華的獨棟宅邸,而主人自己則寧可蝸居於凡爾賽宮的某處套間,就算分配到的套間多不舒適也不要緊,因為需要更換衣飾、整理儀容之際不必每次老遠跑回自己家裡,而且還能始終等在王上附近,在他視線範圍之內。然而此時,這批主人突然驚覺自己的宅邸竟被敵人佔領了,自己再也別指望能重返家門。他們只能眼睜睜地站在自己那大門緊閉的獨棟住所前面。樓上有人樂不可支、粗口叫罵,又將酒瓶直接摔碎在中庭裡。摔在「主人的」中庭裡。凡爾賽宮的僕役全數消失得無影無蹤,候見室裡空蕩蕩的。準確說來,這種事何時發生的?什麼時

候開始的？是宵夜之前嗎？抑或稍早一些？走到鏡廊，我注意到衛士溜得一個不剩。以前每到夜裡，他們總會在那裡架起行軍床。難不成他們正和僕役共商陰謀嗎？他們會不會串通起來窩裡反，幹出對凡爾賽宮不利的事呢？他們該不會為那批正朝凡爾賽宮挺進的逆賊匪徒做嚮導吧？

夜色一團團一塊塊，整個鏡廊以及諸多套間被它填個密密實實，各處甬道、門廳和候見室都融化成為漆黑的混沌，加深了我大難臨頭的惡兆感。有人點亮幾支小的蠟燭，但那只提供了外在方便，此外沒別的功用了。有了亮光，通行起來較為容易，然就精神而言，壓力同樣難以承受。焦慮並未將我們的心串連在一起。我們私下偷偷相互打量。我們這一些「居宮人」（logeants）（指有特權居住在凡爾賽宮裡的人，以前我多麼喜歡在心中反覆品味這些字眼或是句子：居宮男士、居宮女士……我住宮裡……），如今紮紮實實體驗到孤立隔絕殘酷的一面。住處遠離庶眾，這樣多麼舒服、多麼奇妙，這樣眼不見為淨多麼高尚啊。但又同時教人不安，對於外界徹底隔閡（或者幾乎如此）多麼恐怖，這時全體國民都聯手來反對我們。我們對現勢的認知如此不足，而所聽聞到的，盡是些難以置信的內容。會不會因為我的作息時間一概配合王后的朗讀服侍，所以我才與現實世界完全脫節呢？也許在這個「我國」裡，我比其他國民都更封閉，可是在我四周，似乎每個人都在晦暗中跌跌撞撞，不比我強多少。

我遠遠避開了窗戶，寧可躲在房間角落或者甬道拐彎之處，反正都是一些名稱多樣可變、利用時間極其短暫而又不易清楚區隔開的空間。這類空間在凡爾賽宮多的是。若是哪一面牆開有窗口，那麼我一定貼著它對面的牆悄悄行進，因為會從窗外猛不防地冒出這一種糟糕的東西：**事件**（L'ÉVÉNEMENT）。這個字眼在宮廷裡的人聽來是極其新奇的，畢竟他們只懂重視「軼聞趣事」、「當日花邊」，講究輕薄，務必無足輕重，但要想方設法將它巧心鋪陳開來，然後口耳相傳，不出幾個小時，必定人盡皆知。要是這些素材被哪個文采淋漓的短篇小說作者看上，便加工成為了不起的故事了。反過來看，事件可就不同，它從開始便具份量，沒有你加油添醋或是杜撰的餘地。這碼子事教我驚愕，這個字眼令人翻胃。我故意用盡可能含糊的方式唸它，不要清楚區分音節。然而當我發出字尾的 ...ment 時，對於其中某種即將鑽出來的東西還是必須佯裝無動於衷。

二百八十六人的名單，如要進行必要改革，他們就得人頭落地

深夜所造成的疲憊教人忍無可忍。朝廷為官的人，首要的能耐便是禁得起久站，但是現在這項本事不管用了。大家尋找可以坐下來的地方，無處不可深沈入睡，有的直接躺在

地面，有的倒臥地毯之上。我則小心翼翼，注意不要踩踏他們的手。我走進了通往露台的小書房，儘管那時已經無法借路該處走到其他地方，我還是挺喜歡待在裡面，因為光聽它的房名便足以讓我想像路易十五朝代的凡爾賽宮。當年宮中廣設鳥園，植有葡萄株和爬藤架的沙龍，露台邊上滿植九重葛花……如今在這小書房裡，我只看到了東倒西歪的狼狽人群，走著走著，就被他們絆倒。有條長凳貼牆立著，長凳前面排列幾張折疊椅子。一小群人躲在暗處交談，各自深陷在自己的苦惱折磨之中。不過，我漸漸感到舒服起來了，應該是再度又能聽到類似交談的活動。那時我很相信（但是基於什麼理由，我倒無法清楚推論），如果人們彼此還能交談，要是我們成功確保那如聖火般永恆存續的對話，自從朝廷設在凡爾賽宮以來就不曾中斷的對話，那麼這棟巍峨建築以及整個王朝將能永存不朽。

說出口的盡是蒼白無血色的句子，從某甲的嘴巴輪到某乙的嘴巴，語調如此疲乏但又頑強硬撐下去，然而足以教我精神重新振奮起來。不太能回憶起當時大家談些什麼……是無關痛癢的話題……也許是王上將在宮中小教堂的御用席安裝新式取暖設備，為年底的冷冬預作準備，也許是巴黎昂比居（L'Ambigu）喜劇院那齣當紅的《馬拉巴的寡婦》（*La Veuve de Malabar*）。總之最後，身兼王家苗圃總管的老修道院院長諾蘭（Noslin）鼓起勇氣直截了當評論道：「似乎各

方面的勢力都串聯起來了。」他說這話態度出奇平靜自在。回想十年以前，他曾以相同的語氣說動了年輕的路易十六，讓對方下令連根剷除許多棵老樹。老樹剛除，園林看上去也許有一點空曠寂寥，可是到一七八九年，景觀可就無比輝煌燦爛。園林裡有幾處樹叢也許疏荒一些，可是整體卻達到完美的平衡境界。我喜歡剩下的那些樹木。在我最喜歡散步的那幾個區域裡，我覺得自己可以一棵棵將其辨識出來，而且那些樹也都認得我。大多數的樹木和我一樣，都是從外地遷移過來的。有天它們移來凡爾賽宮，然後便在園林裡生了根。我對眾樹說話，而眾樹也向我吐露心跡……我剛搬進宮裡定居那時，蒙德哈貢大人曾帶我到園林裡面逛上一圈。不過，當我對於大自然的壯麗表現驚嘆之際，他立刻點醒我，凡爾賽宮裡裡外外一切都是人造、都有安排心機。最早移植來的樹木原先是種在伏 - 勒 - 維貢特城堡[36] 裡的。每當路易十四看著園林中的這幾棵樹木時，就想到那是從權臣傅蓋（Fouquet）家裡奪來的戰利品，是他戰勝這位窮極奢華首相的紀念物。除了貴族之外，凡爾賽宮沒有任何東西交代得清源頭出處。貴族才是根本，其他一切只配充當他的佈景而已……蒙德哈貢大人不忘補上一句：「女士，這樣您明白嗎？」我連連稱是，但那也不全是真，不過我想日後有的是

---

36. Vaux-le-vicomte：是一座巴洛克風格的法國城堡，位於巴黎東南方 55 公里處，興建於 1658 到 1661 年，主人為路易十四的財政大臣傅蓋。

時間，足夠讓自己徹底了解⋯⋯然而，現在所談的和樹木毫無關連，也和葉簇形狀沾不上邊。年邁的修道院院長重覆說道：「好像有人合謀起來、串聯成一氣了。」四下一片闃靜，然後古拉這位喜愛豪賭美食和感官逸樂的大人接續說道：「修道院長，有人勾三搭四起來是嗎？我相信你，不過是誰和誰搞私通呢？」

諾蘭院長無法說得更加清楚，不過得 · 伏特希（de Feutry）先生代替他回答了。他說：「就是那些不滿的人。」然後他描述了一件他親眼目睹並且就發生在凡爾賽宮裡面的事端。前一天晚上六點鐘左右，他走過鏡廊之際注意到：靠近戰爭廳（Salon de la Guerre）的一端，所以就是非常接近國王大宮廳的那裡，站著一群行跡可疑的人。四個五個正在發送印刷傳單。僕人以及庶眾都擠過來爭相索取。得 · 伏特希吩咐他的小廝前去幫他討來幾張。小廝不辱使命將傳單弄到手，但是不管主人是否急著想讀，他竟兀自和那發送傳單的人攀談好一會兒。得 · 伏特希先生因為渴望知道傳單內容，也不去數落小廝了，只是迫不及待瀏覽起來。那是一本潑糞刊物，封面印著「二百八十六顆人頭」！坐在天鵝絨長椅上的人瑟縮了一下子。諾蘭院長問道：

「您記不記得哪些人的腦袋被看上了呀？」
「院長先生，您的肯定沒有，我的沒有，似乎我們這些

在場的人都沒在名單上，不過這話也許說得匆促，畢竟現在我還沒有榮幸認識在場的每一位。今天晚上大家都不拘什麼繁文縟節了……名單上開頭的兩個名字是王后和阿爾托瓦侯爵親王。這點倒是錯不了的。」

我打了個寒顫。有一位我完全不認識的女士說道：

「進行改革就得人頭落地，這我不明白了。」

她的聲音清澈但是幼稚。沒人答腔。有位男士向得·伏特希先生問道：

「依您看，那些人是誰？到底是誰在發送潑糞小冊呢？」

「我不知道。唯一能確定的是：他們一副窮凶極惡的面目。」

對於現實不滿的人聯手起來，他們個個面目猙獰，這番描述將我的腦海攪得一片狼藉。那麼先前他們在何處呢？為什麼會突然竄跳出來呢？他們一向不都是興高采烈的嗎？在報紙上清一色讀到：「人民歡欣鼓舞，天下海晏河清」或者「群眾高聲歡呼、熱烈鼓掌，他們瞻仰君王，興奮溢於言

表。」

　　有人告訴我說：「正是如此，人民早就不可同日而語。他們被收買了。收買他們的是僱傭士兵，是外國人，或是手持粗棍的大鬍子莽夫。他們混入社會底層，出言煽惑民眾，分送烈酒以及金錢。有人開始議論，整座整座的監獄傾卸出一批又一批的罪犯。他們瘋狂追逐自由，並且殺人取樂，彷彿置身什麼熱鬧慶典，擲石塊揮鐵棒與人搏鬥。」

　　我差點暈過去，只能心懷驚懼想像：在醫院裡住的痲瘋病人以及花柳病人，誰來禁止他們四下流竄，禁止他們強姦我們，令我們染患相同的疾病？他們將用沾滿膿血後乾掉的繃帶塞住我們的嘴⋯⋯天哪！我倒寧可立刻死掉還乾淨些。我的腦中甚至浮現一個念頭：巴不得宮廷裡的人都去自殺算了。等到那些土匪逆賊到達宮中，他們只看得到一屋子的死屍。多可怕啊！天主！多恐怖啊！

　　接著有人說道：

　　「聽說在第戎市，屠夫已經幹下最傷天害理的惡行。此外在維濟勒、里昂以及馬賽，所有同業也就有樣學樣效法起來。不止屠夫這樣，其他行業亦將踵隨：豬肉食品商啦、皮鞋匠啦、泥水工啦、屋架工啦、廢鐵商啦、馬蹄鐵匠等等。他們握有工具並且知道如何利用。」

凡爾賽宮裡也有不少泥水工、塗灰泥工和製釘匠……我們的大限之期不遠了……左右的人在我頭上你一言我一語。每個人都忙著勾勒那聞所未聞的暴虐場面。這處通往露台的小書房變成恐慌之室，眼看要爆炸了。剛才那個清澈但幼稚的嗓音再度響起，這次還帶呻吟味兒：

「這算什麼鬼話？王上淚流滿面從書房走出來，因為他談到人民的時候直說『孩子們教朕吃足苦頭了』。在這同時，巴黎市民走上街頭遊行，同時高呼：『把內克爾先生還給我們，他是我們的父親吶！』誰才是父親呢？王上抑或內克爾先生呢？還有，『孩子們』究竟在索討什麼？」

再一次沒有人接話。我只覺得可惜，因為要是有人答腔，我就好想弄明白這一切。接著，我又聽見：「孩子們想選自己的父親，侯爵夫人，這是什麼新福音啊。」我雖不懂，只是全身克制不住打著哆嗦。

昔日，在那美好傳統的年代裡

小書房裡太暗太狹窄了，會把人逼瘋的。我朝向比較亮的房間走過去，而且立刻察覺出來：有點亮蠟燭的地方，人的儀態舉止會較講究，比方公函郵件的收發室就是這樣。我認出了普糾爾先生和薛伏賀盧先生，他們全都忙著議論（通

宵熬夜的人總是如此，累癱之後體力恢復，體力恢復之後又會累癱）。他們彼此討論，為何朝廷會淪落到這步田地。起先他們設法將責任推到英國人頭上，因為那些人總要看到法蘭西災禍不絕才會開心，接著他們又怪罪啟蒙主義學者以及共濟會會員，最後更篤定地推論，禍源絕對是興風作浪的哲學家……什麼哲學家……我的耳朵豎起來了。那個被我帶進帶出凡爾賽宮的書袋裡根本不裝那類的書籍啊。這兩位先生儘管不苟同哲學家們的見解，卻似乎都已讀過他們的著作。根據兩位先生的看法，哲學家們有計畫有系統地努力在搞破壞，頑強地散播不信天主的思想毒素，同時又把工作幹活說成爭自由求解放的工具，簡直就害人民的心思偏離了正軌。這些人直接送到十八層地獄都不為過，反正盡是一堆思路不清、徹頭徹尾的陰謀家。說什麼人民有享受幸福的權利，誰能想像更可怕的災難呢？

　　哲學家很快便壟斷了話題。在場任誰都可以針對他們發表幾句意見。不消多久，這裡的氣氛已被炒得和我剛才離開的房間一樣熱烈。普糾爾先生重開火力：

　　「說實在話，那些以平等歪理教我們煩不勝煩的哲學家哪一個不是野心勃勃的傢伙呢？他們心中只有一個願望：『勝過他們的同儕』，總之，整個人被野心吞噬了，都是自大狂嚴重發作的可憐蟲啊！他們無法容忍王權，那是因為他們在

心理上已經自立為王了。自立為王！自立為神！哲學家自認為人家該設祭壇來崇祀他們呢！」

「應該把他們趕回原位；各位記憶猶新吧⋯⋯讓我們回想從前。在先王路易十五的年代，即便是愛好文學成痴的孔提[37]親王也斷然不肯和哲學家同桌共食。就算離開朝廷到他鄉下的領地時亦復如此。」

不知道是「先王路易十五的年代」抑或「鄉下的領地」作祟，普糾爾先生的話鋒偏掉了，整個人陷入懷舊的情緒裡，於是開始離題絮叨起來（時至今日，我耳畔仍迴盪著縣長憂傷的節奏，其中透著如威尼斯船夫歌般的慵懶，並且浸染在極有滋味的南法腔調之中：「在路易十五那時代中，在美好傳統仍維繫的日子裡，每位王公貴族都在自家宅邸供養一名文學作家。比方考萊（Collé）屬於奧爾良老公爵，羅戎（Laujon）則定居在孔戴[38]親王府。遇上重要慶典，大家便紛紛向他們討教。他們寫出優美詩節，精心雕琢的限韻詩經常逗樂我們。大家都以周全的禮貌對待他們。我甚至要承認，和他們來往交談是多麼愉快的事。儘管如此，有些已定下的

---

37. Prince de Conti：1717-1776 年，身為王室核心成員的孔提親王卻是在政治上批評路易十五不遺餘力的人。他同時也是十八世紀下半期一位最重要的藝術收藏家，在 1740-1750 年間的凡爾賽朝廷中具有舉足輕重的地位。

38. Prince de Condé：此指第八世的孔戴親王，1736-1818 年，法國大革命期間的流亡親王。

原則規矩還是不能逾越，例如他們不和我們同桌共食，只能和膳食總管或馬廄人員一起。說到要和王公貴族平起平坐（普糾爾先生神經質地狂笑出來）……想都別想！文學家說什麼都上不得王公貴族的餐桌啊！頂多午膳之後准許他們到沙龍裡來吃點冰淇淋吧。有時，王公貴族要是樂意的話，文學家可以稍後進來撞球室看球，但也只能站著，和吃冰淇淋的時候一樣。他們通常只逗留半小時，頂多四十五分鐘，如此罷了。（最後這一句話伴隨手杖擊地的動作、一個字一個字吐出來。）

普糾爾先生只是教大家都想起自己已經知道的事，但是大家還是聽得心蕩神馳。也許因為耽溺於消逝的時光太過殘酷，突然，對於當下那無可避免的意識知覺再度甦醒過來。路易十五時代已經過去。今天，那些有才華的人任何時刻都可以吃冰淇淋，甚至躺著品嚐……圍桌而坐的男士都把頭枕在手臂上打盹，好像偷懶的學童一般。我自己也很樂意坐下，只是所有的椅子都佔滿了。我正準備動身離開（想到「犬之書齋」［Cabinet des Chiens］去，因為那裡有一張寬大的長椅）的時候，入口處突然爆出一個專橫的聲音，盛氣凌人的聲音。

是男聲，還是女聲？並不清楚。唯一可以確定的是：來者有意教人刮目相看，而且此人具有充沛精力。這個聲音起了震懾作用，直令聽者消沈洩氣，以致誰也不再能有興致議

論任何事情，尤其不想再提哲學家的話題。可是這個初來乍到的人似乎準備和人脣槍舌戰。這個威風凜凜的聲音重重拋出如下見解：「並不是所有的哲學家都是機智健談或在宮中曲意承歡的人。正牌的哲學家都很獨立。他們積極工作，努力思考（最後這幾個字以強調的語氣說出，目的在於冒犯得罪別人……）。哲學家裡面有好的，甚至有極佳的。誰沒有讀過埃勒維提烏斯[39]的《論精神》或是盧梭的《社會契約論》，誰就無法掌握這時代的鮮活脈動。」

黛安娜 · 得 · 玻里涅亞克

聽到最後這一句話，我認出這夸夸其談的人原來就是黛安娜 · 得 · 玻里涅亞克女侯爵。當下我更想要悄悄溜開，但我不敢，因為這個女人令我驚呆了。果然是她沒錯！眼看我們都快墜入無底深淵，她卻侈言什麼「時代的鮮活脈動」。這便是她的作風：不管置身何種處境，她總能站上那個能將她拱得高高的浪頭頂端……她就這樣霸佔了房間的中央。男士們立即站起身子，每個人都懊悔得不得了：面對如此重要的人物，他們竟然放縱自己歪歪斜斜打著瞌睡。身軀橫肥且無美色可言的黛安娜 · 得 · 玻里涅亞克只以她的才幹以及

---

39. Helvétius：1715-1771 年，十八世紀的法國哲學家、辯論家，曾資助過當代的啟蒙哲學家。其哲學名著《論精神》一經出版便在主流社會中引發憤慨，因為這本書攻擊一切以宗教為基礎的道德。

傲氣鎮住別人。在這一些「長處」上面，她又毫不掩飾添上粗暴。若是站在她的對面，你就會有錯覺，覺得正在應付一位驍勇戰將，不過，當她要定一個男人，她會用盡各種奇招以擄獲他。歸根究柢，真正能夠和她匹配的人應是她自己的兄弟。玻里涅亞克公爵具備迷人的風度舉止。他在事業上發跡的速度教人瞠目結舌。才被任命為王室侍衛官之後不久，他即升官出任王家驛站以及種馬場的主管。然後錦上添花的是，他又獲頒世襲公爵這一頭銜……大家都猜得出，他能如此飛黃騰達，靠的並不單是他的才幹能力，而是他對自己姊姊無條件的信任。公爵徹底洞悉，她的政治手腕要比自己強上百倍千倍，因此便把自己的命運前途交給這位姊姊經營，並且一絲不苟執行她所下的指令。黛安娜個性堅決果斷，膽子大臉皮厚，而且天生善於盤算，能在轉瞬之間看出對她弟弟有利的事。多虧她的這種直覺，王后才剛開始顯露對嘉布里耶勒 · 得 · 玻里涅亞克（Gabrielle de Polignac）的好感，她便看出後者將會掌握無上的權柄。黛安娜和她的兄弟實際上統治著凡爾賽宮，不過這兩個人為了達成目的，知道如何善用嘉布里耶勒此一釣餌。因此，由黛安娜操控作主的玻里涅亞克家族，其富貴昌盛全部繫於一個脆弱的、情感的和愛欲的關係，亦即王后對於女寵的疼惜珍視。換句話說，加諸此一家族身上的無上恩惠旦夕之間可能化為烏有。王后欣賞嘉布里耶勒的微笑和優雅，欣賞她的特殊神情，渾然不知自

己身處凡爾賽宮何其幸運的那神情，然而有朝一日，王后如果再無那份感動，那麼一切也就完了。嘉布里耶勒走過宮中的大宮廳時就彷彿逛進私家花園那樣神色自若。那份悠哉閒適教人看了能夠倒抽一口冷氣。仔細將她觀察一下，你不禁要相信，她對於自己的當頭鴻運似乎毫無知覺：她受王后注意，成為王后密友。儘管他人費盡心機要計謀使她們失和，這份情誼依然不受影響。有人將漂亮優雅的女子薦入宮中，目的在於移轉瑪麗-安托奈特的注意力，但她始終視而不見……

黛安娜不止一次破壞王后攜伴（指的是她的密友嘉布里耶勒）乘車出遊的興致。後者對夫姊的知性熱忱可以充耳不聞，因之並無難適應的問題，但是王后可就痛苦極了：她無法將黛安娜說的話當成馬耳東風。也許這是因為王后無法想像，一旦有她參與話局，除了談她自己，還能移轉到其他的主題。也許這是出於自己一項根深蒂固的舊習慣：當年剛嫁來法國時，由於對自己的法文程度沒有信心，和人說話必定全神貫注，就怕遺漏對方哪個字詞。當黛安娜長篇大論發表她對盧梭的看法時，王后把頭偏轉過去並且拿起扇子。黛安娜的目光炯炯，弓挺肥短身軀，正在闡述某個觀念。抵達聖-

克魯城堡 [40] 後，王后累到連下車都提不起勁，於是馬車只好
在貝勒維戴賀（Belvédère）大道上面來回行駛。王后寧願直
接趕返凡爾賽宮，不想看什麼噴泉啦、玫瑰園啦或是茉莉花
叢。嘉布里耶勒將頭後仰靠上墊子，臉上漾著笑意。黛安娜
抓住機會繼續追擊。王后好不容易壓下一聲呻吟，因為抽象
理念引發她生理的不適。那份伶俐機智只懂高調吹擂，此舉
令她敬謝不敏。她所欣賞的聰明才智應該是融入個人和煦性
格的那一種……

　　女侯爵倚靠著壁爐吸起鼻煙。她的激進措詞不時被鼻孔
使勁的吸氣聲音打斷。我站在靠她很近的地方，注視著她那
張貪婪的嘴，那張上唇人中覆滿細密絨毛的嘴。黛安娜以她
一貫的姿態語氣滔滔不絕，她的胸口積滿煙草屑末。面對這
樣一位專橫的女侯爵，在場的人都活像做壞事被逮個正著的
孩童。黛安娜津津有味地注視他們自慚形穢的那難堪模樣。
至於我呢，我則被她那兩片塗紅的肥厚嘴唇吸引住了，被她
那宛若垃圾傾倒場的前胸以及她那雙粗短的手所吸引。我站
著站著就打起盹來……一直到伏特希先生發表起議論時，我
才再度豎耳傾聽。先生和我一樣，剛才都從那間通往露台的

---

40. Château de Saint-Cloud：位於巴黎西方五公里並可俯瞰塞納河的城堡，1780 年代
　　瑪麗 - 安托奈特曾下令加以擴建，但毀於 1870 年的普法戰爭，原址今為聖克魯
　　公園。

小書房溜來這裡，現在重新談起那份潑糞文宣。就和先前相同，大家無論如何都要知道，自己名字是否列在那份黑名單上。一份死亡名單……這可不像兒歌一樣，隨便哼哼唱唱就完事了。它必然已被人公開貼在巴黎市的各處牆面。

在這份名單上，黛安娜佔的可是一個上選的位置。也還沒好到獨佔鰲頭就是了，因為那是保留給王后的，不過離那位置也不遠了。起先她還拿這一份名單開開玩笑，可是，等她重重吸上一次鼻煙之後，她的語氣突然變了調子。對她而言，這種急轉直下其實是司空見慣的。然而，這一回的截然翻轉卻深深烙印在我的腦海，一來由於發生的時機點，二來由於黛安娜突然以令人無可抗拒的自信和誠摯語氣抒發己見。

她收斂起揶揄挖苦，開始屬詞責備大家，怪罪大家虛擲時間，只會瞎說亂講無濟於事的話。依照她看，我們大家（她也包括在內）正將僅剩的一點時間浪費在自私自利的盤算上，而不是用來動員眾人的力量以便效忠王室。她以舌燦蓮花闡明何謂「忠誠」，又說援助王上以及王后如何迫在眉睫，接著激勵大家犧牲小我利益、必求堅守義務。女侯爵一直說，不停地說。我距離她近到不能再近，整個人沈浸在她的煙草味中。聽到她那一番慷慨激昂的表述我驚訝極了，只能把頭垂下。忠誠啦、犧牲啦、拯救國王以及王后等等訴求……隨時準備好為王室赴死，畢竟我們都是王上的子民、王上的臣

屬……她的聲音越變越宏亮了，因此更加教人無法抗拒，她的話語直接就鑽入我們良知的深處……現在黛安娜砲火全開了：「在在都證明了、都顯示了，不肖之徒有組織有系統在違抗反叛、在藐視法律。王位繼承這種天經地義的事竟也遭受質疑……已經有人倡言廢除封建權利，硬說就等於廢除吃人的制度。但願王上在貫徹自己意志的時候不會遭逢任何阻礙，他那既公正又敏銳的天性難道會決定犧牲、羞辱這一個古老、勇敢又值得尊敬的貴族階級嗎？這是個曾經為祖國和歷代國王拋頭顱灑熱血的階級啊！談到貴族，那些和諸位流著相同血液的貴族，他們的豐功偉績難道還不夠振振有辭說服你們……」黛安娜口若懸河繼續講述，便給口才教她欲罷不能。但是我再也看不見她的雙唇開合，我只聽見自己那源於良心的譴責。就在這時，出現幾幢人影，然後匆匆聚攏在那公文信件收發室的兩處門外。坐困愁城的人團結起來了嗎？武裝起來了嗎？莫非拒受死囚宿命，寧可背水一戰？我渾身打起了哆嗦，腦海浮現十字軍的形象，那種英雄衝勁以及宮廷愛情……我彷彿見識到王后身穿甲冑、跨馬疾馳，在她身後軍旗翻飛，還有國王以及眾家王公貴族……黛安娜使我的心靈同時受罪惡感和過激情緒所折磨。我移步穿越其他廳室時，期待看見所有住在宮裡的人磨拳擦掌準備迎戰……天主，敬請垂聽子民們的心聲，那希冀天下太平還有確保王權威勢的心聲……我王心中只存臣下們的福祉，因此最值得

敬愛、最應受服從……還有諸位親王……阿爾托瓦侯爵、孔戴親王、波旁公爵、孔提親王……他們用鮮血在胸口畫十字架，我也一樣，不惜自己鮮血流淌。」

我並非不知道黛安娜・得・玻里涅亞克的為人厚顏無恥，但是我內心仍不禁湧現出罪惡感。我以為她的態度和意見發生徹底轉變，於是突然了悟，自己虧欠君主到了何種程度。我不應該浪費時間專聽蜚短流長，應該飛奔前去王后身旁。我心裡想，應該回去我的房間。呆杵這裡沒有任何意義。於事無補。幫不了她。怎麼我沒想到，要是王后下令召見，我竟遍尋不著。念頭及此，我已把主意拿定了。真糟糕啊！難得這麼一次，如果我能在場，對她應該能有實質幫助，而我卻逃避了這項職責。我應該上樓回到自己的房間，等待王后派人將我傳喚。哎呀！可是我已經透支體力了，連稍微動一動的力氣都沒有。多麼希望喝杯熱巧克力來提振精神啊！我瞥見歐諾希娜站在人群裡，就去向她要吧。她上身披著我當天早上看見的那一件要綠不綠的長斗篷，棕褐色的鬈髮好像吊掛在腦袋旁的小獸角。我都還來不及開口，她就猜出我的心意：「沒問題，雅嘉特，立刻讓你喝巧克力。我叫僕人為你端過來吧。」她的鬈髮亂顫，整個人盡全力攀掛在喚人鈴的繩索上。我本來想高聲制止她這樣做，然而已經來不及了。歐諾希娜隱身不見，繼而出現在我面前的並不是哪個僕

人，而是站得直挺挺的一大隊人，沒有為我送來熱巧克力。他們站在那裡，密密麻麻一片，能發磷光似的，教人無法逼視。他們制服的顏色真叫人眼花撩亂，凡爾賽宮的僕役穿藍的，王后那邊的穿紅的，阿爾托瓦侯爵的那邊穿綠的，里涅親王那邊的則穿粉紅的，不過僕人們的制服（通常人家在意他們的唯有制服的顏色）如今已然無足輕重。他們人多勢眾、集結場面如此壯觀，這點早就勝過顏色區別。他們的身軀高壯得不可思議，個個臉大額潤，骨骼粗大的手紅通通的，看來教人懼怕。他們渾身上下沒有一處不帶威脅況味，尤其是那雙在各自面前揮動的手，好似一把把鋒利的鐮刀。我在心裡告誡自己：別看他們，快把視線移開。《禮儀指南》中的句子驀然闖入我的腦海：「不要盯著僕役，不要直視狗兒，否則等於作賤自己。」但我哪裡控制得住，目光依舊移不開呀。下人趾高氣昂近逼，他們面目突然變得清晰可辨，還有一雙一雙裸露的手，這種醜事竟有幾分教人興奮教人驚恐同時又引人入勝的東西。

　　等我恢復知覺之後，發現有個男的坐在我躺的長椅上打盹，一隻手竟恰巧搭住我的腳踝。他的氣息短促而且極不順暢。我不敢動。近處，兩位男士彼此加油打氣，其中一位說道：

「就我個人而言，我對布賀德伊男爵具有百分百的信心，由他出任我們這個新政府的首相，真是上上之策。」

「篤信舊教又是保王立場的法國籍首相，總好過先前那一個新教的銀行家，瞎搞什麼共和主義的瑞士人。這番改變可真大快人心吶。」

「更糟糕的還有，這個賈克・內克爾也不知道從哪裡冒出來的！他是誰啊？這個阿貓阿狗誰聽過他的親爹呢？他的女兒得・史塔埃[41]夫人倒是有所風聞，可是說起他的祖宗，那就無可奉告……我還挺相信諺語裡所包藏的智慧……龍生龍，鳳生鳳，老鼠的兒子會打洞。布賀德伊男爵大人和他祖父同樣傑出，外國使節入朝履新都由他來引見，熟悉合度儀節，真是無人能出其右。光這一點也許足以解救我們並且匡正……呃……亂象。」

「布賀德伊大人知道晉用賢能。」

「我還要說，他的治國計畫沒有餘地可供辯駁。他向王上請求撥發一億經費並且派出十萬兵力，如此便能遏止叛亂活動。你看，這計畫多精準又多高明，實在教人由衷敬佩。」

（握住我腳踝的那個男的睡得很不安穩。他這不正經的

---

41. Germaine de Staël，1766－1817年，全名安娜・路易斯・傑曼・得・史塔埃-奧斯丹（Anne Louise Germaine de Staël-Holstein），以得・史塔埃夫人而著名。法國女小說家、隨筆作者。祖籍瑞士法語區。

動作令我全身僵住。我不曉得是否整個晚上自己的腳都得任由一個陌生男人擺佈。）

「本人毫無保留贊同他的計畫。一億經費外加十萬兵力。你看，徹底一個不會虛張聲勢的政治家，不必締約議和，直接就從根本解決問題。但願王上（僅僅一次，吾願足矣）不要盲從自己斤斤計較又無用的市儈吝嗇天性（明明是聖王路易的後裔，心胸卻像開店維生的吶！），速速將錢將人撥下，以便我們能夠邁向遠大前景。今天這種騷動不安未免持續太久了呢。」

睡覺的男人終於醒過來。他驚覺自己的行為多麼失態而且我的羞報多麼難堪（我把腳抽回來，整個小腿肚是赤裸裸的），慌張到不知如何向我賠不是才好……

在王后鬃金的大書房裡。王后為了動身離宮預做準備（從半夜至凌晨二時）

我的腦袋嗡嗡鳴響，太陽穴脹痛著，恨不得有噴泉讓我掬水潑灑自己，或是，簡單一些，讓我睡回自己的床稍事休息也好。當我走過王子中庭之際，王后手下一位男僕將我叫住，並交給我一張王后侍女總管康彭夫人親手寫的便箋。才瞥見她那胖墩墩又一絲不苟的拘謹字體（就像她本人一樣卑

屈而愚蠢），我更加倍疲累。然而，念在便條寫的內容非比
尋常，我心中並沒有絲毫躲避她的意思，反而對於這張突如
其來、命令我即刻前往她家的便箋心存感激。王后若是選擇
這個時間宣我進殿進行慣常性的朗讀服務，那就未免太荒謬
了。可是已經有段時間，王后如果確定失眠（就算如何晚睡
也睡不著），便會命人將我宣進寢殿。在推薦我入宮的恩人
蒙德哈貢大人的耳裡，我那「沈穩」嗓音具有不侵犯的低調
特色，而王后應該也察覺出它有安神鎮撫的功用。我大可以
跳過一段不讀或是相同一段唸上兩遍，王后反正聽不出來。
支配她的是股想遺忘一切的欲望，讀出來的字詞彷彿有種弦
外之音，我的嗓子似乎勸慰她說：「閉上眼睛，好好休息。」
我睡眼惺忪的，幾乎還來不及重整儀容，隨意在睡袍上搭件
外衣便趕過去，然後匆匆登殿。這時早有下人備妥一張桌子，
上面擱著四支蠟燭。我閃進幽影裡，然後翻開書本。有時，
由於夜風流動，跳躍不定的火苗會像左右搖晃的波浪一般，
將我唸出口的字詞捲走。我的扉頁像是浩瀚汪洋，而王后像
是橫躺在子午線上，我唸文章，而她像在聆聽夜曲。字詞接
續讀出，幾乎可比波谷中的呢喃。起先我被強烈的沮喪感壓
制，但是不久便克服了，因為我將音量提高，而且感覺它強
烈到足以將我倆從深夜的苦惱中解放出去。凡爾賽宮還不曾
有人為這種時段制定任何合適儀禮。「我倆」，我竟膽敢在
心裡面這樣遣詞。如此私下褻瀆可真教人臉紅。我迅速朝王

后瞥了一眼，彷彿她已經猜透了我的放肆無禮。她似乎不舒服到了極點，伸伸懶腰之後坐直起來，然後以手捧頭。接著，王后重新躺下，閉上雙眼。我這種非常態的服務通常要在夜間最安靜最沈寂的時段提供。這是一個最令人生畏的時段，曾經發生在你身上最壞的事會再度踅回來將你痛毆一頓，然後在這個會淹死人的區間之中，將你扯進水深之處。我是一個擺渡女子，凡是過不去的就由我來擺渡。王后有時候會帶聲嘆氣央求我道：「女官，幫助本宮入睡吧。」

男僕用他那戴上白手套的手舉起一支火炬。我亦步亦趨跟著走。經過王后衛隊室旁邊時，我聽見混雜了男人說話、玻璃杯碰撞以及兵器落地的含糊聲響。我也聽見以方言土腔唱出的副歌，由於極難明白，起先我還以為是外國歌曲呢。我甚至誤以為他們都是剛剛被解聘的外國軍隊士兵，不顧王上禁令，現在轉來保護王后。這片喧鬧之聲同時淹沒主餐室旁那空蕩蕩的候見廳，可是再走過去一點，只需推開我面前那一扇繃有襯墊並以杜爾（Tours）墨綠色布為面料的小門，也就在貴族廳的角落裡，我便可以尋回圖書館的靜謐。如果再往裡走，進入隔壁「圖書館附廳」的小房間中，這份靜謐又更加明顯了。等我再走到王后小套間的正中央，那種備受保護並且與世隔絕的安全感便達到了極致。這是一整套的狹窄房間，照明相當不足，我身處的房間稱為「內大書房」，

別名「鎏金書房」。

　　「內大書房」其實不大，不過鎏金倒是名副其實。金粉塗佈在白色的細木護壁板上，在明鏡四周的花圈造型或緞帶造型上，在極其細緻的帶狀裝飾框緣以及人面獅身側面像上，甚至在壁爐的邊緣、扶手椅的扶手、桌腳或是豎琴的金屬弦都有金粉點綴，彷彿構成一張教人驚嘆的雨簾幕。王后就像透過這張簾幕向我顯身，而她自己身上也綴滿了小小金珠。王后上身略傾，坐在一張寫字枱前，正在讀著信函或是其他文件。她的目光朝我轉來，但似乎又對我視而不見，完全不是我前一天所目睹的形象，那少女的甚至是女童的形象，也不像在陽台上瞥見的象牙雕像。康彭夫人則一副自命不凡的樣子站在現場，不但無所忌憚而且故意誇大臉部那審慎的表情，而且忙著將我推往前行。我斜著走，同時還要彎腰行禮。她則像一隻又大又肥的母雞，擋在我和王后中間。接著，這個姓康彭的女人將我趕進浴室，然後再逼我退入入浴準備室。我很納悶，為什麼不乾脆把我鎖進馬桶間算了呢？康彭夫人遞給我好幾張文件，然後又將一張擺滿香水瓶的桌子指給我看。我才伸手想要摸摸那些瓶子，她就氣呼呼地對我發出噓聲並且說道：

　　「你該不至於過分到想亂動王后的香水瓶吧？」接著立刻又補一句：「王后陛下忙著閱讀文件同時揀選一些個人資

料，所以並不需要你來朗讀。」

我都還來不及表達不滿，她便已進一步向我強調：

「現在你只需在一張紙上寫下幾本書的書名，就十本左右吧，反正在你看來，王后如果移駕鄉下時必定要帶上路的。這件事情康彭先生（她的公公，經常被她掛在嘴邊上的公公）當然樂意親力親為，只是人家要求他執行另一項更緊要的任務。」

我立刻想到國民議會莫非要遷到蘇瓦松或諾瓦雍去，連帶王室也必須移居孔皮埃涅城堡呢？果真如此，我可要大大開心了。不過康彭夫人下的命令仍然教我覺得荒謬，因為王后停駐的各城堡都有好幾座圖書館。不過，我並沒有針對這點表示異議，只對在何處執行康彭夫人的命令表示偏好：我比較喜歡在圖書館做。這位王后的侍女總管回答道：「拉伯賀德夫人，不僅是圖書館而已，待會兒連圖書館附廳和子午線書房裡都會堆滿行李。如果你想堅持己見，那就是和我們過不去了。」這些話聽起來彷彿是有人用手肘狠狠撞了我的胃部似的。

因此，我只好在入浴準備室裡幹起活來。通往隔壁房間的門半開半掩，壓低音量的交談聲持續傳進我的耳朵，但我

仍盡可能集中起注意力。說話的人是康彭夫人以及她的手下佛施賀伊（Rochereuil）夫人，一個專門替王后倒馬桶的小角色。她們邊談邊揀理王后的貼身衣物。只要汰舊下來，通常會被佛施賀伊夫人佔為己有並且拿到宮外賣個高價，這是眾所周知的事。她的手指又長又尖，好比猛禽的爪，被碰過的東西一律變成她的禁臠。她的指甲經常戳破手套尖端，望之令人生畏。只要一聽人家提到她的名字，我就不禁渾身打起寒顫。我心裡想：「終有一天她會親手挖出王后的眼珠子。」

目前她還不敢，所以只能暗中策劃。她竭盡全力要將康彭夫人拉進敵營裡。後者倒是奮力排拒，可是佛施賀伊的論證源源不斷冒出來：

「我們被人看得輕賤、受人鄙視，不該繼續忍氣吞聲下去。我們和她一樣也都是人，所以也有自己的尊嚴啊！憑什麼她用的馬桶是配上鍍金銅配件的漆器呢？甚至在那節骨眼上，甚至蹲下來大便的時候，她都覺得自己比全宇宙高上一等。昂希耶特，你覺得這很公平嗎？」

昂希耶特慌亂得快瘋了，不斷比手勢要佛施賀伊速速閉嘴。一想到王后可能會聽見，她就怕到快氣絕了，然而對方秉性奸邪，眼前這位女性朋友如此易受驚嚇，反而讓她看得津津有味。她說：

「你別疑惑，我的工作正好讓我看清她的本質。這些為王為后的人，當他們越是處於生理的本能狀態，你就越能觀察出來：刻意將他們和其他人區分開來的諸多制度只是騙局罷了。他們並非天生就該統治我們。我們唯一的主子必定是我們自己挑出來的那個，是由我們以自由意志做前提自己選出來的。」

「快閉嘴，你怎麼還說呢。我們以後再談，腦筋清醒一些再談吧！」

「你看，你被我說動了，只是嘴上不好承認而已，畢竟舊的框架仍然將你罩得死緊。你要多聽聽你弟弟傑內大人的意見啊……」

「哎唷！你不要在我面前提起那個小伙子，人倒善良，可就是……怎麼說才好呢……」

「他推崇共和理想，最能直視事物的真諦，他選擇了最好的黨派。你該聽他暢談，他能為你指點迷津。」

「他嗎？那個混帳。」

「是他沒錯。你該為他感到驕傲才是。好一個又聰明又正直的年輕人呐！無論身在何處，他總不忘到處宣揚：『看到國王我就厭惡』。我們國家正需要像他這種新世代。」

康彭夫人一直想躲開馬桶夫人的惡劣建議。我懷疑前者

一旦沒有目擊者在場、一旦距離王后稍遠一些,她的忠誠便要打折扣了!她走過來探探我的究竟,我把擬好的書單交給她。她對我說:「我會派人把書備齊。」過了片刻(接下來的事情變成留存在我回憶中的一幕奇特場景,因為那和以往我奉召入內朗讀的例行任務迥然不同),我和康彭夫人同時受召謁見王后。王后人在鬃金書房,有事等著我們去辦。

王后吩咐我立刻去查閱幾本有關法國東部的書,如有地圖那也可以(王后堅持,地圖必須「很詳盡的」),目的要在凡爾賽和麥茨[42]之間盡可能規劃出一條最理想的行程路線。

換句話說,王后準備動身下鄉,到麥茨去!好新奇的事啊。桌上的文件都不翼而飛。撲鼻的燒焦味說明那些文件不止被她讀讀就算。她的動作充滿焦躁難安,臉部線條繃得緊緊,不是「疲憊」一詞說得盡的。她的面色暗沈,臉皮佈滿痘子,還有她那出了名的撅嘴。嘴巴讓她如此一撅,整個面部表情便染上瞧不起人的可惡調調,但事實上,也許她心裡並沒有任何明確感受。兩個青灰色的眼圈延展到了臉頰,令她的雙眸看起來變得很大,而其中流露出的冷酷是我不曾見過的。不能說她沮喪,至少不能說她沮喪到底,或者,她曾一度沮喪,但是此刻她已不再沮喪。恰恰相反,她散發出來

---

42. Metz: 法國洛林地區首府,位於巴黎東北方的摩澤爾(Moselle)省。

果敢的力量，一種銳氣。

　　我喜歡看著她。我生出第六感，它能讓我判斷何時王后已經心不在焉，已經被雜事或幻想控制住了。此時，她就把自己的空殼子留給我。我幾乎不曾有定睛注視她的經驗，但前一天在小特里亞農宮她的寢殿中我卻領受到了。大多數情況下，我倒可以自由自在欣賞她反射出來的形象。例如我待在鎏金書房的角落，所有的鏡子都幫我達成心願。

　　她那張臉如今憔悴枯槁、未老先衰，年輕時代那份漫不經心的優雅已經蕩然無存了，但是依然具有魅力，甚至以她那獨特的方式加以強化。若干時日以來，王后受損傷了，被擊垮了。儘管我竭盡全力要將自己的想法導上新的方向，但史官的那一句話我仍揮之不去：「我們註定完蛋。」然而她的目光犀利，那雙瞳仁进射出的冷峻光芒教人難以遽下斷論，說她已經告饒投降。

　　王后命人搬來她所謂的「可攜式桌」，好一件細木鑲嵌的精巧家具，桌面乃由兩塊可摺疊的木板構成，下方設有一個深屜，可以收納她一整個珠寶匣子。當然不是把她所擁有的珠寶都放進去，只是經常佩戴的那一些罷了。王后坐在桌前，試著分揀她要帶上路的以及不帶走的。這簡直是難上加難的任務啊！「我想全部帶走……康彭夫人，你負責把托座取下，然後再把寶石集中起來，放在一只旅行用的木箱

子裡。我要把這箱子留在馬車車廂我的身邊。艾斯特阿茲（Esterházy）侯爵會率領他的軍團在半路上等著我們。一旦抵達麥茨，我們立刻徵調軍隊，然後憑藉武力打回巴黎。這個城市斗膽逼迫王上服從它的命令，這是滔天之罪。欺凌王上還嫌不夠，還要對整個法蘭西頤指氣使。巴黎可不等於整個法蘭西啊。巴黎市民終將學到教訓……康彭夫人，快站起來……至於前往麥茨的路線圖，如果你真沒辦法畫得好（她看一眼我隨興畫下的地圖），本宮就命令梳頭官雷歐納效勞吧。他這個人很有辦法兼又多才多藝。還有，你也是啊，女官（她應該注意到我臉上的愁苦表情），你的才華也很可觀，只是地理並非你的專長罷了。謝天謝地，王上特別偏愛地理這門學問。也許我下決心先行出宮，然後再將整個國家光復，那麼便是我交上好運了。康彭夫人，這個計畫你怎麼看待呢？請你快站起來，總不成到地老天荒還趴在這櫃子下面。那顆珍珠以後再找，凱旋歸來再找不遲！」

就在這個節骨眼上，康彭夫人興奮得發出一小聲尖叫，因為她看到失物了。她又往前鑽去，然後現身出來。只見她的臉色稍微漲紅，頭髮蓬亂，但表情是喜孜孜的。我真恨她入骨。

事實擺在眼前，我是沒能力畫路線圖的（我懷疑康彭夫人蓄意向王后推薦我去負責這項差事，然後高高興興等著我

出洋相）。另一方面，我的嗓音在這種局勢中已經派不上用場了，所以一顆心怦怦跳，等著自己被人解僱，加入暗夜裡四下遊蕩的幽影行列。要是人家尚未將我辭退，也許只因為王后在倉皇出宮的前夕寧可希望我留下來將寶石一顆顆從托座上取出來。果真如此，那麼在目前這種混亂的情勢當中，王后也就沒有工夫計較我到底是朗讀副官還是聽使喚的女侍。

於是，我在康彭夫人身旁坐定。她已經把「可攜式桌」裡所有的寶石從托座上拆離下來，現在忙著處理收藏在一個雕花高櫃子裡的首飾。裡面的好貨色多不勝數：戒指、手鐲、項鍊、耳環、別針、胸針、圓形或橢圓形鍊墜、后冠……我揀出一只只戒指，將托座上緊扣寶石的夾爪子撐開，取出寶石，然後小心翼翼將它放進箱裡。我心裡想：「王后到了鄉下，到了麥茨，難道要把這些散裝寶石直接灑在身上不成？」幸好，這一句話我沒脫口而出，否則我的蠢話、我的冥頑不靈勢必會招惹康彭夫人的冷嘲熱諷。我們全速趕工，盡可能快。我們的指尖撫弄著翡翠、黃玉、紅寶、肉紅玉髓……還有藍寶及鑽石鑲嵌的首飾。只消三兩個精準的動作，寶石便剝離下來了。王后再度說起：

「我要離開，這是顧全整個王國、顧全我們大家，這是生死攸關的時刻啊。王上不應該在這個已經不受他控制的國

家多待一天。」

　　但是說來奇怪，這時她本應該催促我們加快速度才對，然而她卻站起身子，走過來欣賞自己的珠寶，彷彿是被迸射出的鮮艷光彩迷住心竅，根本無法自拔。最後，王后再也把持不住，開始套上一枚戒指，二枚戒指，然後再把項鍊一條條往脖子上掛，接著，連前臂也都戴上許多沈甸的鐲子。她彷彿已被人催眠似的，站在她那梳頭官的鏡子前面，全神貫注看著自己那珠光寶氣的形象。康彭夫人和我誰也不敢亂動，最後還是她（總是自以為是，不過這次她的考量倒很周慮）將王后拉回現實世界，並以無比尊崇和溫婉的語氣提醒，如果王后希望隔天踏上旅程，那麼趕忙準備是有其必要的。王后驀然從幻夢中醒轉過來：

　　「若說本宮心境只是『希望』離開，那這話的語氣未免太弱了些。我們其實是『不得不』離開凡爾賽宮，如果不這樣做就會一敗塗地。我們開始崩毀，端倪已露出來，未來也許更加難堪……本宮決意離開，走出這座宮殿。本宮曾經千方百計想要將它變成我的宮殿，然而沒能成功。我只感受它的寒冷、它的潮濕以及那些無法讓人安居其中的廳間啊……還有它的破敗。你們想想，王上躺在御床上竟差一點被掉落下來的天花板壓死……本宮嘗試過了多少改善方法，比方將

宮殿內部的空間越隔越小，並且下令為各房間添製窗簾帷幔、鏡子以及掛毯。我又命人到處廣設樓梯，以便大家輕而易舉便可登門拜訪朋友，從朋友處獲得慰藉。從一開始，凡爾賽宮就排拒我，因為已經有人霸佔其中，那便是太陽王，一刻也不肯出宮的路易十四。不管哪個房間，只要我走進去，他都捷足先登，年輕人的樣子，老年人的樣子，或是舞者姿態、情人姿態、戰士姿態，始終光彩奪目。整座宮殿都在他的監視之下，我總有入則靡至的感覺。凡爾賽宮也不是先王的，連路易十五都不是它的主宰。」

有個女人進來為她搬走堆得像座小山似的珠寶首飾。剛才王后便是利用這些東西將自己粧點得好似蠻邦女神。王后六神無主站在鏡子前面問道：

「我們旅途上穿戴的東西在哪裡呢？可都準備好了？我兒子要穿的那一套小水手服呢？我女兒要戴的那一頂草帽呢？還有茶壺、咖啡壺和巧克力壺呢？不要忘記熱水袋、暖手壺、小爐子和畫具，還有我的顏料罐子、我的畫筆、我的毛線織針、我的紡輪等等！我還真不曉得，到了麥茨如何打發晚上的時間呢？」

這時，她做了一個怪異的動作。她舉起手臂擺出保護自

己的姿勢，接著她的身軀搖晃一下，彷彿被鏡中她自己的面容刺得睜不開眼睛。最後，王后一面思索如何遣詞用字，一面緩緩說道：

「路易十四寬容對待王上和我，因為我們擔負起看守維護他那陵寢的重責大任。然而他並不滿意我們的效勞，所以我才避居到自己的小特里亞農宮，躲進我那小村落的窩棚。王上也是，他也擁有自己的庇護所。王上老喜歡把自己關進餐室，然後坐在自己的肖像畫前面，是伍德希[43]畫筆下的獵戶裝扮。更精確說，應該是坐在路易十五獵戶裝扮的肖像前面，只是後來王上令人將畫中人物修改成他自己的容貌而已。可是在餐室中隨時可能會有不速之客擅闖進來，於是王上進一步躲進自己最私密的書房裡。那裡牆上掛的畫不再是王上獵戶打扮的肖像畫，而是描繪眾仙女的作品。這無所謂，王上窩在自己那極私密的書房中根本不看仙女，他只專心致志數他的數。他在日記裡面記錄所有他數過的事物，例如我的母親奧地利女皇駕崩時，入宮來吊唁的賓客總共行了多少次屈膝禮，或者王上本人每個月的入浴次數，或是他從八歲以後共騎乘過多少匹馬，或是狩獵過程中殺死過多少獵物，每天殺死多少隻，每月殺死多少隻，前六個月總結多少隻，

---

43. Oudry：1686-1755 年，係法國洛可可畫風的油畫家、鏤刻家及掛毯設計家，最拿手的主題為動物與狩獵。

每年總結又是若干隻，公鹿的量、野豬的量，幾百隻，幾千隻……還有我們婚禮當天的那墨水污漬，他難道也計算過了？我只造成一處墨漬，可是永遠無法將它抹除。這處墨漬如此見不得人、如此屈辱，簡直比被地毯絆倒更要難堪……那幕景象老在我的腦海徘徊不去：當時我正彎腰簽下那個當年自己仍覺陌生的新名字。因為我的視力不佳，所以不得不把整張臉幾乎貼在紙面上。瑪—麗—安…托…我的手勁很強，真太強了。鵝毛筆刺耳吱吱響。墨水噴濺出來，甚至弄髒我的臉頰。」

在這插曲發生之前，王后還是璀璨耀眼一尊偶像。可是當下她只穿著一件素面灰色長袍，以手擦著臉頰，一心想要抹去那塊墨漬。一大絡的髮絲塌垂到她的額頭上。儘管出糗，她依舊很標緻！

康彭夫人不耐煩起來了，因為有件首飾上的寶石遲遲剝不下來。我看著她那脹高的肥厚胸脯，聽著她那急促的喘息聲。這個房間著實狹隘，令我感覺十分燥熱。她的長袍壓擠我的長袍，不禁使我想到一朵凋謝瀕死的花硬要貼近它的芳鄰，與其錯雜一起。

從她每一個毛細孔鑽出來的焦慮同時嚷道：「我呢，我會和您一起走嗎？」而那令我渾身綿軟無力、無以名狀的痛苦也以顫聲詢問道：「那麼我呢，您會留下我嗎？」

疲累至極，淒慘黎明（凌晨二時至四時）

接下去的時間是如何度過的？我已經想不起來了……我再度投身於那些遊蕩者的行列，夜間的逡巡又繼續下去。但這隊伍越來越稀疏、越來越猶豫、越來越受於事無補的悲觀所侵蝕。對我這個知道王上即將攜眷逃亡此一秘密的人（也許還是唯一一個）而言，徹夜不睡也無濟於事的真相殘酷地折磨我。折磨我的還有那種孤絕狀態，每個人都成了它的俘虜。這種狀態包藏深沈的不確定成分，混雜了想更進一步瞭解王上意向的欲望與擔憂。在王后的遊戲廳裡，女士們都平躺在桌上或是瑟縮在窗洞裡面，彼此低聲交換最新消息：「他們一定會綁架我們的小孩，然後勒索高額贖金。」我看到憔悴枯槁的臉孔，盡皆擺盪於呆滯的絕望以及非理性的病態昂奮之間。隨處有人就地臥睡。在那堆放輿轎的房間裡，人家已把這些坐乘工具搬下並且鑽進裡面，有些甚至乾脆拉上帘子。

我離開遊戲廳，走過鏡廊，進入底層走廊。沿走廊之各套間的大門全都關著，裡面沒有傳出任何聲響。接著我便拾級而上，好像要去歌劇廳的樣子，然後溜進那條和包廂同在一個樓層的通道。這時我瞧見那片駭人的水面，位在北翼盡頭上方那個蓄水池的水面，那一大片墨汁般的平靜水面。這微型的湖泊彷彿仰天懸在半空，這幅詭奇景象使我不寒而慄。我究竟是不是為了逃避那個恐怖場面，同時為了摒除它

在我心中造成的不祥預感，才會盲目隨便走上一道樓梯？才不管那樓梯通往哪處轉彎角落，也不在乎它是臭氣熏天、潮濕難耐。那是位於更幽暗角落的狹窄樓梯。好一段時間我都沒有碰上任何人。接著開始迎面湧現憂心忡忡的人，好多我以前在凡爾賽宮裡面素未謀面的人。難道本能告訴他們，這艘船的前途將在幾小時內決定，所以他們才從底艙向上爬了？先前我從不敢闖進這個區域，如今我看到的人物都不像真實的，精力如此衰竭，好像被淘汰下來的東西，長著一張一張瘦削蠟黃的臉，蜂湧而至的盡是一些外觀令人驚疑的、畸形的、駝背的、獨眼的、瘸腿的、脖子腫的、癡肥的或是骨瘦如柴的。他們那呆滯的眼神、病態的肌膚以及滿口的黑牙教我嫌惡。有些人的身體散發出酸臭的汗味。大家都用破爛得好像花邊的舊衣包裹自己，活像一具具木乃伊，雖說尚能走動，但要好久工夫才能跨出一步。又有一些模樣挺嚇人的婦女，像小鳥那樣踩著猥瑣步伐的村婆。我匆匆地閃避開去，因為（我的記憶至今猶新）當我看到她們帶著渾身臭味鬼祟前行之際，當我看到她們那長圍裙的口袋塞得鼓脹脹，當我聽見她們脖子上掛的避邪物彼此碰撞發出聲音，我立刻聯想到幾樁啟人疑竇的暴斃案，原先我還不肯相信有人下毒的傳言呢。我真害怕，她們不費吹灰之力便可以把一隻又冷又黏的大蟾蜍直接扔在我背部的凹處。我那毫無根據的恐慌發作得未免太過火了。我集中起全身力氣拔腿就跑，我逃開

了，至少暫時逃開，畢竟，如果她們突然決定要在鏡廊的水晶吊燈下舉行巫魔狂歡夜會，那麼我們也只好把地方讓給她們⋯⋯

我汗流浹背而且氣喘吁吁地回到宮裡的大宮廳。像這樣的夜晚，其實不應該離開大宮廳附近，必須盡量留在原處，留在自己熟悉的地盤上（假設最後這一句話仍能意味一點什麼）。熟悉人語再度沙沙籟籟傳來耳畔，我立刻就感覺放心許多。接著，更能教我安適的是，我辨識出一個和我很親的人正在高聲侃侃而談，完全不顧人家勸他說話要謹慎的暗示。我看到了一個身軀魁梧的人試圖說服一個體型比他小上很多的人。說服對方或者乾脆說壓迫得對方幾乎喘不過氣：那小個兒費勁要和那個體型幾乎比他大一倍的巨人對峙。大個兒開口道：

「四百年前，我家高攀王室結成親家，這既不是我家祖先的錯，更不是我們這一代的錯⋯⋯人家對待努阿伊先生的手段可以說不公不義到極點。最近他的家族因得寵而迅速崛起，這事竟激發外人強烈的嫉恨。大家都說他們只是過氣的舊貴族。然而我卻認為，因為他們和我家的淵源頗深，所以更有理由稱他們為優秀人才。」

其實也不必看到他的臉才足以認出那是拉・舍內侯爵。

這位鼻子長了一顆大贅疣的貴族在朝廷裡擔任王上的首席切肉官。他有兩個最鍾愛的談話主題：其一是他家的歷史淵遠流長，其二是凡爾賽宮的改造計畫。由於過往歷史對他產生牢不可破的影響力，他老是把宮裡每一個廳室在不同朝代所起的不同名稱混淆在一起，甚至連當朝某個廳室換過不同名稱他也無法弄清楚。是他父親、他的祖父或是他的曾祖父藉由他的嘴巴在說話，所以他才會不加區別地在新舊名稱間自在來回，例如他把「公鹿之庭」說成「沐浴之庭」，把「子午線書房」說成「小禮拜堂」，把「溫泉室」或者「明鏡室」說成「假髮室」……對他而言，在目前王室的「酒窖中庭」還矗立著「大使樓梯」，而白大理石建造的小教堂裡仍閃耀著戴提斯（Thétis）洞窟的微藍反光……不過，當時話題只圍繞他家悠長縣遠的歷史打轉。他覺得凡爾賽宮最教人不勝唏噓、令他覺得最需譴責的是：此宮竟然沒有一個足以和它那巍峩建築匹配的大門。拉‧舍內侯爵的態度咄咄逼人，那受氣包被他鎮得死死。他身上配戴的珠寶小飾物和多枚勛章相互觸碰，跟著琅瑠微響起來，彷彿以巧妙的樂音為他單調而冗長的敍述伴奏，讚頌他列祖列宗的汗馬功勞。拉‧舍內侯爵停頓了一下。他瞥見我：

「唷！拉伯賀德夫人啊，我們剛才一直在談努阿伊家族的人呢。我認為他們的正派人格應受讚美，這是天經地義的

事。努阿伊侯爵夫人是王后首席朗讀官納懿夫人的密友，所以你應該不陌生才是。你對她的評價如何呢？」

我一時間結巴起來，由於坦承根本不認識她而感羞愧。我沒見過她，就算有也是遠遠地看。對我而言，納懿夫人更形重要，但相同的，我和夫人也幾乎沒什麼交情。拉・舍內先生問的事情造成我內心一陣倉皇不安。我從他身邊走開。

我再度碰見伏特希先生，這回他有賈科布-尼古拉・莫侯先生陪著。後者由於厚重書袋從不離身，走起路來總是偏斜一邊。這回，他偏斜的那一邊正好朝向伏特希先生。不明就裡的人乍看起來，似乎我朋友只和伏特希先生分享心底的話，但這並非實情。

「親王妃私下把她的高見透露給我。您知道的，普羅旺斯侯爵夫人一向睿智明理，所以我對她的判斷評價很高。我把她說的話一字不漏轉述給您：『本人覺得時局已經顯現惡兆。』」

「喔唷！難不成您贊同她的看法？」

「昨天晚上我不就對拉伯賀德夫人如此說的（他前一刻瞥見我已在場）。我毫無保留地相信，我們的的確確完了。」

「這種說法我也不是第一次才聽你說起。」

「沒錯。人類太過藐視上天，儘管上天寬容為懷，最後

決定要報復了。天譴的條件已經具足了，只是我不知道將以何種方式呈現。此外，我也沒料想到，懲罰居然如此迅速便降臨了。關於這一場蓄勢待發的天譴，先生，我聽說您手中握有一份……引人注目的文件。我該怎麼形容才好呢？……一份傳單？一本小冊？沒錯，正是一本潑糞文宣。什麼《……待斬者的名單》……或是類似駭人聽聞的東西……您方不方便借給我呢？這樣我便可以照抄一份然後歸入檔案。」

他向伏特希先生彎腰致意，接著舉手向我示意道別，然後轉身回去他那間位於四樓的書房。

「天譴」，剛才他是稍稍提高音量一個音一個音清楚吐出這個詞的。聽在一位姓勒梅賀（Lemaire）的耳朵裡未免太吵了點。這位先生縱使尋常時日也是極其畏縮膽怯，他在宮裡專司用印之前將封蠟熔化的工作。他要求大家說話時放低音量，所以我們大家只好交頭接耳而且盡量只說短句。過一會兒，陸陸續續有多位修道院院長加入我們。他們渾身顫抖，宛如驚弓之鳥。他們的嘴唇不停翕動著，都是唸不完的溫情禱詞。他們的人數在幾間廳室之中明顯佔了多數，教人一時誤以為是一間間的小教堂呢。我開始和院長一起禱告，可是隔壁廳室傳來一個響亮人聲，聽來教人十分反感。

有人正在談論狩獵的事（「噓！噓！」那個熔蠟小吏發聲懇求）：

「世人都低估了法蘭德斯的獵鷹訓練手，他們的功夫可謂一等一。我最近參加一場王室的獵鷹狩獵活動。各位曉得，獵鷹訓練手絕大多數是荷蘭人或是法蘭德斯人。他們所展現的出色技巧你別想在南方的訓練手身上看到，可是南方的訓練手卻還是普受歡迎啊。王上獨排眾議，直言北方來的訓練手才真正優秀，他可真是慧眼獨具。請相信我，我們大可以相信陛下的判斷。在獵鷹這門學問上，路易十六可令前朝諸王瞠乎其後，甚至連路易十三都趕不上啊。」

　　「別說是獵鷹學，其實就整套的獵術而言，路易十六都算是偉大的君王。」

　　隔壁廳室中的熱絡氣氛沈寂下去。祈禱的低語聲重新佔了上風，再沒有哪種閒情逸致可以將我們的心思從那無可名狀的東西導引開去。

關閉鐵柵欄的大門

　　在場有人突然察覺，我們人數太單薄了，這又大大加深了我們的不安。朝凡爾賽宮挺進的軍隊始終威脅著我們的安全。我們應該如何自衛才好？

　　「今天無論如何至少該把王宮外圍鐵柵欄的大門關上。」說話的人自報里亞賀的姓氏，是專司捕捉鼴鼠工作的

小吏（從他也夠資格口沫橫飛這點看來，所謂的階級或秩序早就蕩然無存）。立刻有人反駁說道：

「荒謬！」

「荒謬而且輕率冒失。這樣一來不就等於明白告訴敵人：我們其實怕得要命。」

「我們確實害怕，所以讓我再說一次，趕快關上鐵柵欄的大門。」（這位捕鼬鼠的始終堅持己見）。

「這樣處理難道沒有好處？這樣反應哪裡荒謬？人家攻擊我們，我們就得自衛，這才不叫荒謬。應該關上鐵柵欄的各處大門，通往兵器廣場的那一道，還有王家鐵柵欄上的那一道……以前這幾道門在夜間本來都是關著的。明天我們冒的風險將會大大增加，我說『明天』其實就是今天啊……」

「既然大家都已絞盡腦汁，那麼剛才提出來的意見絕非一無是處。關閉大門可算是保護自己的基本作為。不止保護自己而已，甚至可以嚇阻敵人。」

「我們即將面對的人可輪不到我們去勸進或嚇阻。你如何和野蠻的人講道理呢？」

「不然扔給他們一把硬幣算了？花費幾個金路易來分散他們的注意力如何？他們必定彼此拳腳相向，到那時候，我們就不會再受打擾了。這種分化策略以前用過很多次了。」

「什麼分散他們的注意力？合理措施應是予以痛擊、壓

垮他們、粉碎他們才是。哼，我恨不得能逮住他們其中的一個！這一大群流氓！都是人渣、垃圾、癟三、雜種土狗！」

這個時候，突然傳過來重物落地的聲音，把大家都嚇了一跳。原來只是有人不小心以手肘碰翻了一尊小雕像而已。那個笨拙的人看著地上散落開的碎塊，絲毫不感驚訝說道：「哦！真抱歉」，然後抽出劍將碎塊挑開。

我有一種印象，凡爾賽宮就在我們眼前以自然規律無法解釋的速度崩解。在一張靠牆放置、上面擺著聲譽之神雕像的蝸形腳狹桌上，不知是誰端來一大盆水放著，只見有人衝上前去，不是將臉深埋進去，便是直接就著盆子猛喝起水。

應該關閉鐵柵欄大門的提議繼續引發熱烈爭辯。那個捕鼠的小吏總算有人出面幫他的腔：

「這個人說得對，為什麼還不趕快下令關閉鐵柵欄的大門呢？此舉也許起不了大作用，但還是能發揮一些效益，比方能教比較膽小的叛徒打起退堂鼓。那些下流胚子一旦抵達就會殺光我們，誰也不敢反抗他們……」

「大白天裡也把鐵柵欄的大門關著，這可是史無前例的事啊。」

「您這話就錯了，那幾道門以前也曾經在大白天裡關

過一次，就是路易十四臨終的時候啊……那是極具典範性的君王臨終禮儀。反正路易十四一切所做所為都具備高度的典範色彩，甚至他的駕崩過程都是。到了路易十五，卻要花費一番工夫才令那套過程差強人意地保住了體面。在路易十四的身上，你找不到半處弱點。他的一切都令世人目眩神迷，他的崩殂乃是完美終結。最後先王不敵病魔威勢而臨大限之期，所有喪禮細節都已詳細安排停當，他就靜靜躺臥。在他陷入彌留狀態之前，他只懇求說道：『天主啊，請幫助我死去！』接著，他又睜開眼睛，然後不對聽他告解的神父而對情婦滿特農（Maintenon）夫人清楚說道：『夫人，你知道嗎，死亡其實輕鬆容易……』路易十四跨進那與永恆對話的境界了。因此，死前他才下令人家關閉鐵柵欄的各處大門：凡爾賽宮不再隸屬塵世間的王國。」

「路易十四死於壞疽，路易十五死於天花……前後兩任國王竟都不是好死而是爛死，怎麼說都是奇事吶！」

「伯爵，臭皮囊就這麼回事……」（這些風言風語如此傲慢無禮、如此格調低俗，在我夜不成眠、輾轉反側之際就會重返我的腦海，刺激我、逼迫我，致使我的記憶不得安寧。）

把鐵柵欄的大門都關閉，很不錯呀，但是由誰出面下達命令？這事得由王上親力親為才行。且要趕在破曉之前。問題是，怎樣找到王上呢？總得從我們當中派個人去吧？那個

捕鼴鼠的自告奮勇。可是眾人認為，就算我們身處的逆境再如何混亂失序，一個捕鼴鼠的絕不適宜擔任銜受王命的特使啊。徹底是進退維谷的尷尬。這時，有一位名叫讓－夫杭索瓦・厄賀提耶的王宮建築師兼督察官開口表達意見。他剛加入人群，但是很快便使這場爭論無疾而終：「從七月十日起，我就想到應當要防範於未然，應當將那幾處大門關上鎖好。我親自去看了一下，但門上沒鎖沒鑰匙。我吩咐人家做，但要幾個星期之後才能交貨。所以，目前凡爾賽宮不分晝夜一概門戶洞開。」

　　時局註定壞到不能再壞。男士們忙著檢查自己的手槍。倒不是真想和叛徒拼個你死我活，而是出於備而不用這層心思。要和那些下等奴僕揪扭纏鬥，那不是作賤自己又是什麼呢！然而，我倒知道有人正在挑釁別人出面與他決鬥。倒不是說我清楚聽見了什麼火爆言語，我只是從兩個年輕人弓起的軀幹、從他們的怒目相視、從他們手握劍柄的姿勢、從他們彼此之間釋放的那股既具兄弟情誼又具殺身風險的對峙波流猜出來的。

　　沒人知道布侯里[44]元帥正在向戰爭委員會的成員宣佈什

---

44. Broglie：Victor François de Broglie, 1718-1804 年，法國貴族和軍官，路易十五和路易十六時代的法國元帥。1789 年 7 月，路易十六任命他擔任戰爭大臣，指揮集結在凡爾賽周圍的軍隊，企圖平息日後發展為法國大革命的騷動，但數天後事敗，逃離法國。

麼事情。不過他徹夜未眠、盡心磋商國是的情況倒是人盡皆知。現場幾乎不再有人交談。四散的座椅上可以看見歪歪斜斜、快虛脫的人形。其他的人依然挺直站著，似乎有所戒備，然而其脆弱的程度應和幽魂不相上下，彷彿只要碰觸他們一下、甚至只要輕柔對他們說一句「你好」，他們便立刻消失得不見蹤影。掛牆燭台有些已被點亮，光線漫開，拂曉時分透著歡慶後的闌珊味兒。

在大宮廳或是候見室裡、在小會客室或是書房裡、在奢豪的儀典空間或是比較隱密的場所裡（比方樓梯、走廊、甬道）、在堂正大門以及隱蔽入口的後面，恐懼無所不在而且紮紮實實，彷彿過了一夜，那物質就變得堅硬無比，能教我們動彈不得、徹底癱瘓。我恨不得走出房間逃離開去。我似乎有預感，如果我不立即採取行動，那麼就永遠無法擺脫了。我不再相信敵人馬上要衝進來的說法，更不相信我們被包圍的現實。他們也許朝向我們邁進，但還遠得很呢。新的一天業已揭開序幕，但是前景仍是未定之數。我在幽魂般的盟友之間擠開一條通路，然後又再度瞥見拉‧舍內先生。他那個肥大鼻結的影子抖抖晃晃投在一位招人憐憫又過度拘謹的未婚淑女身上。這位手臂挽個籃子、名叫阿戴勒-伊莉沙白‧畢許博瓦的花邊女工剛才因為迷失方向才會走進我們這一群人中間。

我必需走出去。我必需深呼吸。

一七八九年七月十六日

白天

室外，王后寢殿窗下（早晨五至六時）

我從「王子側翼」那一邊走。我走起路彷彿知道自己往何處去，而事實上，卻無絲毫概念。我瞥見溫室柑橘園那邊有個女孩，她的脾氣似乎不好，而且臉上又浮著黑眼圈。她從親王阿爾托瓦侯爵的套間走出來。親王也許是前一天夜裡唯一還有興致享受銷魂勾當的人，在重新面對白天的磨難之前先圖它個痛快。這反映出他輕浮的本性，如同與其潛心研究嚴肅學問，他寧可央人教他走繩索那種雜技。對於阿爾托瓦侯爵，我是好感惡感兼而有之：從以前到現在，我對他始終心存強烈的道德譴責，可是另一方面又禁不住受他魅力吸引。因此，只要有他在場，我通常露骨地調頭避開，一來為了表示輕蔑，二來自我克制，不要注意國王親弟弟的放蕩行徑。

我沒有辦法決定行進的方向。我的雙腳無意之中便將我帶到了王后寢殿外的窗下。我從王后御前告退之後，滿腦子就只有這唯一的念頭：她在準備行李，打算逃離凡爾賽宮。麥茨絕不是渡假休養的勝地，而是出擊前暫時棲身的地方。

在那時候，因為我完全沒想到，王上可能秉持不同意見，王室出宮避難這項計畫可能會受耽擱。陪在王上忧儷身邊的必定是玻里涅亞克家族的成員。依我看來，如果王后要求嘉布里耶勒這位「難捨難分」的寵兒陪伴，那麼後者自然會將整個家族置於自己羽翼之下加以保護。當時我滿懷悲憤想起黛安娜‧得‧玻里涅亞克，想起她前一天夜裡為了打探消息，從這群人混入那群人的光景。而且她還高聲勉勵我們，心中務必只存王上和王后的幸福安康。教訓別人還不簡單，因為她很清楚，無論發生什麼事情，她絕對不會和王后分離。至於我呢，也許無法在前往麥茨的旅途之中侍奉王后，那麼「心中只存王上和王后的幸福安康」究竟有何真實含義？苦等著她？還是想盡一切辦法與她會合？我環顧了四周。天色如此蒼白。雲朵迅速移動，似乎在樹梢上擦掠而過。剛下過一場雨，這令橘花的香氣更濃烈，又令雕像的白稍形收斂。我抬起頭。要是王后已經出發了呢？

真是胡思亂想，因為根據各種跡象顯示，她根本還沒有離開凡爾賽宮，只是單獨待在小套間裡，持續進行出發前的準備工作。我向後退幾步，期待能從窗戶看見她的身形。當然，根本不見蹤影。另外一邊也無動靜，依舊人去樓空。我走開去，六神無主到了極限。那幾天來貫穿我身軀的孤單空寂此刻特別強烈，而凡爾賽宮園林那片原本令人屏氣凝神的秀色如今反而教我觸景生悲。一想到即將離開王后獨自苟

活在這宮裡，那種苦痛該多可怕、該多難忍。我在拉統納（Latone）噴泉附近一道階梯的高處坐下。突然，我再也耐受不住了，只能就地平躺，任憑汪汪淚水恣意將我蹂躪。我竟聽見自己哭叫起來，而且非但無意自我節制，反而巴不得那聲音越大越好，也巴不得眼淚越流越多，最好像條湍流將我吞沒。我被剝奪到一無所有的地步。一波波的震盪包覆了我，快要將我摧毀，使我頓時化為無形。我並不想掙扎，反而就讓自己摔跌下去……最後發覺自己氣喘吁吁橫躺在階梯上。然後，彷彿經歷過一場大地震似的，我的內心漫溢進來一片從未經驗過的寧靜，令我稍微舒坦了些。我想找水潑洗我的臉龐，可是拉統納噴泉的水已經枯竭了。我走向一張石長凳坐下來，長凳就在王宮立面之前，然後彷彿是個偶然閒步路過的人，我以十分冷靜超然的態度從外部仔細觀察王宮。

寂靜令人不安

所有窗簾都拉上了（只有王后房間的那幾幅例外）。我大可以相信，整座王宮都已陷入沈睡之中。四周寂靜，完全不受任何事物干擾，這很令我吃驚。無聲無息。原先有如雜草叢生般的售貨攤棚（或在鐵柵欄之內，搭建在下長廊以及幾道階梯上面；或是沿著鐵柵欄的外部設置）應該沒人做生意了。往昔熙來攘往那些兜售的、叫賣的、乞討的、湊熱鬧

的人天色剛亮便興奮地踩著矯捷步伐出入鐵柵欄的內外。他們和那群負責打掃的僕役相互推擠，而後者也不慌不忙，只是靜靜清理各處中庭裡面該由自己所負責的區域。然而今天早上，這些僕役也消失得無影無蹤。

我坐在石凳上，盡可能把身上的衣服整理好。我將頭髮撥理平順（當時我梳了個低低的髻，不巧一絡髮絲脫露出來並且歪在一邊），接著將祈禱書打開。然而，凡爾賽宮這片鴉雀無聲前所未見，委實太壓迫人。好一片教我詫異的寂靜啊。它的威力有如一個深奧謎語。那也許是今天我再也無從想像的東西，畢竟凡爾賽宮和嘈雜喧囂是分不開的。那種聲音至今依然留存在我腦際。那是很密實的聽覺團塊，由宗教的聲音、儀典的聲音、軍隊的聲音、衛兵換班交接的聲音以及鐘被敲響的聲音共同構成，外加不停歇的背景聲音，如狗吠聲，如馬鳴聲，如車輪輾地聲，如發號施令聲，如向晚或深夜哇啦哇啦的說話聲，如隨處多少都有的演奏樂聲，如僕役來來去去踩在木地板的嘎吱聲。聲音從工地的煙塵中傳出來，重新施工的工地、無處不在的工地，永遠做不完的工事，日以繼夜，粉刷工事、美化工事、套間改動工事，不然就是砌造陽台、挪移樓梯、以石鋪路、裝百葉窗或是修繕壁爐。有人正在欣賞華鐸[45]或是宇貝賀・侯貝賀[46]等的畫作，但才

---

45. Watteau：1684-1721 年，法國洛可可時代的代表畫家。
46. Hubert Robert：1733-1808 年，法國風景畫家，特別擅長描繪廢墟。

走幾步路就被鷹架絆個踉蹌，將那桶子踢個灰泥四濺⋯⋯這片混雜聲響至今有時仍會在我記憶之中湧現。對於外人而言，這片聲響也許震耳欲聾，但是長年居住其中的人便覺得它是深邃的、強烈的、必需的而且滋養到無法臆想的地步。凡爾賽宮這種聲響反覆出現，這點令我深深著迷。我品賞它、仔細加以分析，拿它在我心裡把玩，經常變化它的節奏，賦予不同詮釋⋯⋯

今晨的寂寥又特別明顯，因為不但來客杳如黃鶴，連守護王宮的侍衛隊也突然消聲匿跡。整隊人馬就在夜裡失去蹤影。他們有樣學樣，向巴黎那邊的駐軍看齊。軍靴的磨擦聲沒了，併攏鞋跟的喀嗒聲沒了，持槍操練聲也沒了，換班交接時一遍遍重覆的口令聲沒了，不再喊口號也不再唱歌，而這一切都和宗教儀式一樣，曾經是我生活最可靠的依憑。真是教我震驚啊！宮裡宮外一度無比繁忙的活動停止了，每天都要脫胎換骨、變成東方國家沙漠旅店那種熱鬧風情的景況不見了。我當然一直都「在家」，卻同時又有走失的感受，我喪失了外部混亂以及內心和諧樂音間的生動連繫，總之，我喪失了靈魂主調。我不像前一夜那樣，被挫敗的驚愕以及遭受攻擊的恐懼所制服。我發現自己身處一個難以辨認的空間，它因大災難的威脅變得空無一人，這點教我慌亂不已，同時我也擔憂，才隔一天，自己就被扔進了萬劫不復的境地。

這時，我總算稍微明白了，為何關閉鐵柵欄大門的提議其實起不了太大作用：凡爾賽宮本質上便是開放的。它和一座防禦工事恰恰相反。凡爾賽宮是來者不拒的。小販在短斗篷裡藏著淫穢的版畫或是刊物，然後混進宮裡兜售。有些投機份子花點日薪僱來小廝，將小廝喬裝成大使，嘗試爭取王上接見，並且讓別人誤以為他們自己是遙遠島國的君主……更有一類像蜘蛛心懷不軌的女子，她們在候見室探頭探腦，也在小巷子裡或是灌木叢中伺機而動，隨時準備令不知哪一個權貴黏上她們的網……在風俗比較放蕩的先朝，國王尤其是上述那類貴婦徵逐的對象。到了路易十六治下，她們不再重施故技。既然沒有引起王上注意的機會了，她們只好收斂企圖。王上為人如此端正，每次從自己的套間走到小教堂的路上，偶爾開口對哪一個女士說話（畢竟十分罕見，一般而言，如果王上要向臣下示意，頂多稍微點頭而已），對方必定上了年紀……然而，人潮之中看熱鬧的、搞投機的以及玩謀略的份子一波又一波湧上來，驅策他們的是需求或是貪婪，但他們只是人潮中較顯眼的部分而已。另外那個部分雖然較不突出，卻是一股由莫名的力量所支配的、更深沈的暗流。這是乞丐暗流，其威力存蓄於他們一窮二白的困境中。那群乞丐無法計數，沒有姓名，不屈不撓。他們從四面八方包圍了凡爾賽宮。驅離他們吧，他們必然還要回來，而且變得更髒、病得更重、肢體更加殘缺。他們有時奴顏卑膝，有時威脅恐

嚇。他們能在凡爾賽宮找到千個百個藏身埋伏之所。明令乞丐不准踏入凡爾賽宮，但是他們毫不在乎。他們知道不少漏洞可鑽，比方守衛一時大意失神之際或是利用王家套間區之外那無所不在的幽暗做掩護。宮裡幽暗如此深沈，那樣無法征服，點上幾截蠟燭，暫時將它驅散，但蠟燭很快熔蝕了，和無邊無境的幽暗比較起來，那幾豆的弱光著實顯得可憐（「居宮人」為對抗幽暗所耗費的鉅資令其難以支應。某些冬日，他們花掉的蠟燭錢便已足夠支付自己在鄉間城堡整個冬季的照明開銷，因為那裡的人日出而起、日落而息）。因此，乞丐對宮中的規定根本嗤之以鼻。官方有能耐禁止「幽暗勢力」進宮嗎？

據說葛哈絲夫人才踏出套間大門便遇上幾個已被她手下痛毆一頓的乞丐，後來她向人埋怨道：「曾有一次，乞丐把瘟病傳進宮裡來。」說到瘟病，我曾經感受過它侵襲過來的威勢，類似肉類腐敗散發出的噁心詭甜，並和宮裡原先聞慣了的氣味（也許刺鼻，但是最終我倒覺得香了）混雜起來。那股瘟臭無法確定來源、斷斷續續，有時忽然掩至，有時驀地消失。我把眼睛閉上，只覺反胃想吐，心裡想著：「死屍是吧？就在凡爾賽宮裡面？這是明文禁止的呀，除了王室成員的遺體外，宮裡是不准停殯的……可是事實勝於雄辯，明明是屍臭嘛……我並不是唯一察覺這端倪的，大家只是心照不宣罷了……後來臭氣逐漸散去，它肆虐的時間還算

有限……現在，已經沒人可以阻擋乞丐，那麼他們是否全都直撲王宮來呢？他們會不會和群眾結合起來，朝著我們挺進呢？這點我倒存疑：乞丐可是自成特殊一類的下等人。

勝利者的喜悅（上午八時左右）

我身旁只有寂靜和空無，帶敵意的，而且咄咄逼人。我打算逃回自己的房間。如果睡不著覺，那麼讀讀書也好。畢竟像我焦慮到了這個程度，想要安然入眠無異緣木求魚。就在此時，我看見了他們：兩個門房，放浪形骸的那模樣足以激發憤慨。他們已把自己身上穿的藍布背心扔在地上，就在王后寢殿窗外，不但袒露手臂，腳邊另外擱著葡萄酒瓶，而且肆無忌憚地瞎扯著。其中一個跨騎上一尊石雕像，另外一個背部靠在石雕像的基座，忙著用繃帶胡亂纏繞他的一隻手。兩人不能算是說話，只能說是嘶叫。我沒辦法再向前走。他們阻斷我回房的通路。我本來應該掉頭走另一條路，尤其應該逼使他們落荒而逃，不要允許他們在王后寢殿的窗外逗留，但我卻站在原地聽他們胡說。多恐怖啊！那種仇恨以及庸俗竟然深深令我迷戀，竟然迷戀將來某一天會把你吞噬掉的東西。

「你知道昨天早上利希留（Richelieu）公爵進來的時候我幹了什麼事？」

「不知道，你說呀！」

「什麼也不幹。」

「所以意思是說，你並沒有用腳頓地兩下，然後喊一聲『利希留公爵閣下』是吧？」

「我沒開口。公爵他就停在大廳門口一直等我說話，兩眼同時盯著我看。我告訴你，沒有，我什麼也不幹（他幾乎是咆哮起來，被自己的膽大妄為激出驕狂，兩腳不斷踢著雕像）。法蘭西的顯貴公爵又怎麼樣？我偏偏就動也不動。指頭沒動半下，嘴唇沒動半下。為什麼要替他通報呢？他難道不知道自己姓什麼名什麼嗎？瞧他那副未老先衰的垮模樣。好一個浪蕩貨，本身就是他爹風流成性亂搞出來的種，但總該知道自己叫什麼吧。喂，波瓦諾，一個人最不容易忘掉的就是自己的姓名了，不是嗎？」

「你這白痴，我叫莫瓦諾，席爾凡・莫瓦諾。」

「你瞧，你自己不就能想起自己的姓名了。」

「別拿別人的姓名開玩笑！為什麼非得把所有人都拖下水不可呢？一個利希留公爵應該就夠你消遣的了。我還可以提供許多這類型的人物給你。唯獨不要戲弄到我。」

「謝謝你，波瓦諾，我就知道，你是我們這一夥的。」

對方儘管有一隻手受傷而且又以繃帶包紮，還是握起拳頭揮了過去，打算讓他這個狐朋狗友跌倒在地。後者腳步站

得奇穩，雖想反擊卻又不敢，因為他同伴的手受傷了，這點令他有所顧忌。

「好吧，莫瓦諾，就當玩笑話吧。我叫皮尼雍。克雷提安‧皮尼雍。剛才在下完全沒有惡意。這種日子你不趁機開開玩笑，那麼還能等到哪時候呢？嘿！為了慶祝攻破巴士底監獄，為了慶祝囚犯重獲新生以及遊行等等，我在這裡和我太太把所有能摔壞打破的都摔壞打破了，床啦、桌子啦還有土鍋和杯子。最後只剩一只鐵鍋，但也不饒它呀，一陣狠命毒打，打得它都扭曲變形了。我太太還不肯罷休，把它朝窗子扔過去，結果把窗紙攉破了。」

「你討那種老婆算你走運，大嫂可比我家那一口子逗趣多了。蘇芝特啊，她只愛往教堂裡鑽，然後就是禱告。她說，要是信奉共和主義，到時會有贖不完的罪過，要贖很久很久，傳到子子孫孫仍要繼續受罰。萬一我太太說的才是真理呢？想到這點我就毛骨悚然。怎麼忍心讓自己的後代淪落地獄裡呢？換成是你，難道狠得下心？」

「喂，說實在話，你和你家那一口子簡直半斤八兩。真受不了！……今天，本人已經進化到不向顯赫貴族低頭的境界，今天這個世界已經頭下腳上搞個翻天覆地，不折不扣正是所謂的『革命』啊。不管拿什麼來檢視，反正一切都徹底翻轉過來了。」

「不管拿什麼來……？嗯！倒不如拿個女人或是俏姑娘來做你說的那種事。沒錯，就讓我們先來試試如何『翻轉』一隻野雞，將她搞個天翻地覆！不過，你還沒回答我呀，『現任的』利希留公爵到底如何反應的呢？我強調『現任的』，因為他爹那個老利希留公爵（也就是擔任王室娛樂總管的元帥）實在太出名了，而且活那麼久，以至於沒人相信如今已由他兒子繼承爵位。人家還繼續管他兒子叫夫洪撒克（Fronsac）公爵呢。」

「難道他這兒子並不指正叫錯他爵號的人嗎？」

「你別說了，怎麼指正都不勝指正哩！」

然後這兩個人狂笑一頓。騎在雕像上的那一個現在從他棲止的高處溜滑下來，另外那個則是捧腹滾地、失聲大笑。我靜靜地審視他們，彷彿是在觀察兩頭怪物似的。如今這個場所以及受這場所庇蔭的人到底發生何種蛻變？眼前兩個僕役先前只配穿著制服，好像兩支木頭柱子，啞楞楞的、直挺挺的，比起他們看守的門板活潑不到哪裡去，怎麼現在竟然可以大方扯起嗓子說長道短，還要滾在地上比手畫腳。他們用手撐腰，直說笑到岔氣、難過死了，還說：「怎麼指正都不勝指正哩！」，接著又像兩頭畜牲繼續嚎叫……

他們笑出淚水，用襯衫的袖管子擦眼睛，想要站起身子，但又頹倒在地。他們狂笑，其實是在巧妙暗示九年前那可憐

的利希留公爵（當年還是夫洪撒克公爵）經歷過的最後一場決鬥。當年他爹都八十四歲了，竟還迎娶一位年輕的俏寡婦，此舉難免引發外界大肆嘲謔。有次，公爵親耳聽見人家在那裡說閒話，於是要求那個不修口德的人同他決鬥，結果把對方捅死了。

「不得不說一下，那個老頭還真縱欲。胡扯，什麼叫王室的娛樂總管，他還不是先管自己爽不爽啦，而且不是小爽一下就好，而是大爽特爽！明明都娶嫩妻了，還每天晚上出去和女戲子們搞三捻七。嘿嘿，知不知道，老元帥他用了什麼秘方才能老當益壯？」

「別再問我『知不知道這個』或是『知不知道那個』。快被你煩死了。好像分分秒秒我都被你當成個大白痴。」

「噓，所以說你不知道嘛。不要緊，聽了你就明白，長知識呀。好，我告訴你：元帥越老越色，因為他用人奶泡澡。每天才一起床，他就一面喝起他當天的第一瓶香檳酒，一面泡在人奶浴裡。」

「反過來行不行？」

「反什麼過來？」

「難道不能全身浸在香檳酒裡，同時喝下一碗人奶……」

「不行。你還真難纏啊，你這個人。喂，公民同胞，說

正經話，雄風不振的人泡人奶浴真的有效。」

「貴族因為逞欲，才會衍生雄風振不振的問題。我們這種小老百姓就不必牽掛那種毛病，一切順其自然。我太太是奶媽，現在同時供應六個嬰兒吃奶。就算不讓她餵，把奶集中起來，也不夠泡一次澡啊！」

「你只會往難處去想！」

「那麼泡完澡後，他怎麼處理那些人奶呢？」

「他嗎？根本不需操那個心。他的男僕會把它轉賣掉，而這種被污染的人奶就會毒害我們的孩子。達官顯貴泡人奶浴，我們的孩子卻奄奄一息。這和麵粉如出一轍！他們竟把麵粉拿去煮粥餵貓，所以市面才鬧麵粉荒嘛！房屋問題不也一樣！有人貧無立錐之地。冬天一到，赤貧的人成千上萬倒斃路旁。在那收容所裡，人家把他們橫七豎八堆疊在地面的乾草上。在醫院裡，一張病床上面可以擠上三四個人。你半夜醒過來，就發現身旁直挺挺靠著一具冰冷屍體！信不信由你吶！」

「我知道，我知道……」

「而他們呢，他們名下的城堡一座又一座的，有些他們連腳都沒踏進去過，甚至連自己的城堡位於法蘭西的哪個省份都不知道……他們繼承一大堆不動產……不費吹灰之力但也懶得正眼瞧它一下……想想看吧，那些城堡加總起來會有多少房間，多少張床，多少壁爐，多少……」

「就像這裡一樣。」

「還有，他們養了多少條狗！你看到了嗎？那些畜牲住得多舒服啊！狗窩裡面襯著絲緞，上面縫了金子做的飾釘。簡直是具體而微的夢幻家園哪！只要看看這些狗窩，你心裡只存一個願望了：變一條狗。還有肥美肉塊，通通進了一張張的狗嘴！好大群的敗家子、寄生蟲、吸血鬼！」

「一大堆的豺狼、敗類、下三濫！更過分的還有，外國軍隊中的士兵並不是全都滾回去了。你到郊區還能聽見有人用德語土話交談。除此之外還有西班牙佬。這些人真是糟糕透頂。要是有人命令他們把我們殺個精光，那麼他們執行起來眼睛也不眨一下的。」

「宮裡那些大人物一定會下令屠殺我們，沒有人會感到難為情的。」

「但是王上除外，陛下非常疼惜他的子民。他很善良。可是那個女人，發狠起來眉頭皺都不皺！『我要你們去殺！』彷彿我耳朵裡已經響起她的怪腔異調：『通通消滅掉！殺它個片甲不留，一個也別放過！』」

「她的缺點樣樣齊備，不過你不得不承認，她畢竟會說法語，你和我一樣都聽見過的。」

「沒錯，但又如何呢？我在報紙上讀過，有人將宮裡那些人的陰謀詭計全盤揭露出來，那可比你想像力可及的程度還要令人髮指。他們打算餓死巴黎，並且，為了加速毀滅巴

黎，他們更將下令在蒙馬特（Montmartre）山丘上架設一百門瞄準巴黎的巨砲，也在貝勒維勒（Belleville）山丘上佈置相同數量的巨砲。他們一面砲轟巴黎，一面四處殺人放火，誓將京城裡的居民盡數屠盡，直到倖存的人討饒為止，直到請求解散國民會議方才罷休。多麼狠毒的陰謀啊！明眼人一看便知道幕後哪隻黑手在操縱啊，安托奈特……」

他們稍微停歇，拿著酒瓶灌起酒來，此舉是為了等一下能更稱心如意品賞談話內容。

「她是奧地利人，你說荒不荒唐。」

「道道地地奧地利種，紅褐色的頭髮外加她那隻鷹鉤鼻……」

「頭髮像紅蘿蔔，長著小丑的大鼻子。」

「那兩片嘴唇看上去好像她對任何人事物都感到厭惡似的，還有她那種把頭抬得高高的模樣，好像自覺高人一等。對我們這些住在凡爾賽宮裡、不得不天天領教她那張嘴臉的人來講，真是活受罪了……」

「以前真是活受罪啦，不過我們可不想在凡爾賽宮生根終老。我先讀完手上這份報紙，然後溜之大吉。」

「我們這樣天天看她，終究只能得出一個結論：她只是一個奧地利女人，而且這個特徵一直變本加厲。」

「她那一張嘴好像恨不得把裡面的東西全吐出來似的。」

「其實她沒吞下任何東西，所以也就吐不出來什麼。她不吃東西，只裝裝樣子。連這種事她都要來欺騙全國上下。」

「可是你星期天服勤的時段照理說無從判斷王后是吃還是沒吃。」

「我是沒見識過，不過我哥哥就親眼見過她用餐的模樣。有一次他想讓他的長子看看王上，依照我們家的習慣，這算初領聖體後的禮物。所以我敢向你保證：那個奧地利的女人根本沒吃任何東西。用膳時間，她就只喝一杯水，甚至談不上喝，只是用水沾沾嘴唇罷了，而且只用叉子尖端把同塊肉翻過來轉過去（就算不吃東西，還是必須為她準備一把叉子、一支刀子、幾支湯匙，全部黃金打造）。她把盤裡的肉稍微推向右邊，然後稍微推向左邊，最後將它推回中間，彷彿只在意那塊肉究竟應該放在盤中哪個位置才好。在她看來，吃東西就這一回事。還有，她在餐桌上是不摘掉手套的……你知道嗎！明明戴著手套，卻又同時使著叉子……反正一些高尚儀節都被她破壞殆盡了。凡是法蘭西的習俗她一概不遵守。在她入宮以前，歷朝國王以及王后每星期都要在公開場合用餐兩次。等她嫁進來後，每星期減為一次，可憐兮兮的一次。你步行穿越整個法蘭西來到凡爾賽宮，只為每星期這可憐兮兮的一次，可是她就偏偏不肯配合。人家長途

跋涉而到，為的是要看她用餐，但她硬是不吃。」

「奧地利人就是可惡。有哪一個民族比他們更骯髒、更斤斤計較、更會撒謊呢？他們那些風俗習慣教人不敢恭維。在奧地利，女孩結婚以前早都被她自己的兄弟捅破了。肥水先落自家田嘛。安托奈特何嘗不是這樣？在她還沒爬上路易的床上前，早被她的哥哥約瑟夫搞過了。」

「那麼你想不想當國王呢？」

「如果是我剛才說的那種情況，那我不要。如果排除這點，我倒不會拒絕。」「天下都歸國王所有，每個富饒省份、各處森林、五湖四海、你、我、溫室橘園、大小馬廄，一切都是他的財產。這種特權該能在當事人的心裡產生多特別的感覺啊！」

「一切都屬於他，到底是什麼感覺呢？」

「當他取用任何東西，完全不必事先請求允許。不必對任何人交代什麼。凡是他中意的，只消伸手拿來便成。復活節的時候，如果他想享用豌豆那就吃吧。而他也真吃了。」

「他就偏愛豌豆。」

「還有國民議會議員！……」（這兩個人再度笑到滾在地上。三級會議開會的頭幾天，王上用膳時說出了這句極有名的口誤，把「朕想再吃一些豌豆」說成「朕想再吃一些議員」！）

「其實不然，王上很隨和的，什麼都吃。」

「……什麼都吃。你可知道他的食單？不但食不厭精而且份量大到嚇人。就拿他日常的餐食來看好了。想像一下，四道主菜、二十碟小菜、六道烤肉、十五種中盤甜食、三十種小盤甜食，外加十來碟糕點。」

「其實不必想像，我哥哥都說給我聽了：甜食……炸奶皮配上覆盆子果醬、巧克力塔、杏仁奶油圓餡餅、哈密瓜冰沙、檸檬冰沙、無花果冰沙、桑椹冰沙、石榴冰沙，而澆上蘭姆酒的葡萄乾蛋糕更是少不了的……滿眼珍饈，誰抗拒得住那誘惑！光是唸唸菜名，我就滿嘴的口水了。我心裡想，充當侍膳官的那批貴族如何克制得住……」

「他們其實不必克制。我敢打賭，菜餚還沒送上桌前，他們大可自行取用。你想想看，從廚房到餐桌的距離那麼遠……再說誘惑如此強烈……」

「結果便是：王上吃別人吃剩的。」

「而且還是冷食。御膳房裡有五百人供職，但是王上竟吃冷食。」

「五百人的御膳房！王上胃口好大唷！」

「王上胃口的確不容小覷。御膳房這部門包括的次級單位有管酒杯的，有司酒的，有管麵包的，還有更多的名堂……」

「咱們王上還真是個大嘴巨妖。」

「不過是善良的大嘴巨妖。我還挺欣賞巴黎市長巴伊的

動議：『在巴士底的廢墟上建立頌揚路易十六的紀念碑，因為他是人民之友、自由之友』」。

「我喜歡一切的動議。愛國之情溢於言表的動議啊！這真是個了不起的發明：動議！……話說回來，王上也沒辦法把所有東西都吞下肚裡，也沒辦法同時取用一切，比方他就沒辦法既要騎馬又要在特里亞農宮裡聽音樂會。」

「哎！說到音樂，其實除了聖-宇貝日[47]的音樂會之外，王上並不特別熱中。都是那個外國貨硬逼著宮廷的上上下下忍受她的奧地利音樂，忍受她的那個心頭好格呂克[48]。」

「王上總不能同時騎乘他那三千匹駿馬。」

「只要王上願意，他就能夠。天下的事於他而言沒有不可能的。」

「你說得對。一般而言，王上是無所不能的。病人被他觸摸便能痊癒，半途讓他遇上了死刑犯，那麼死罪便可赦免。」

「可是王上一旦生病，誰能觸摸他為他治病呢？」

「當然是那個巫婆王后囉。因為這樣，他才小心翼翼不

---

47. Saint-Hubert：每年十一月三日為聖徒宇貝的聖名瞻禮日。
48. Gluck：1714-1787 年，德國歌劇作家。由於十八世紀義大利正歌劇過分注重美聲及炫技性而無視戲劇性的經營，使其與啟蒙主義提倡的「自然」原則格格不入。一些藝術家對正歌劇進行改革，格呂克便是成就數一數二的。其最負盛名的作品是成於 1762 年的歌劇《奧菲歐與尤莉蒂斯》（Orfeo ed Euridice），內容採自希臘悲劇。他認為歌劇音樂應與歌劇內容相配合，所以這部作品除了音樂優美之外劇情亦十分動人，一上演便造成大轟動。

敢生病。」

「儘管如此，他還是生病了。是王后下的毒，每次只用些微劑量。她把毒藥藏在戒指裡面，有時也偷偷用上玻璃粉。」

「那和妖后麥第奇有什麼兩樣！」

「由於王上的耐受力比太子的耐受力強，所以才能保住一命。那孩子就不同，過不了多久便小命嗚呼。不過他死前已察覺出來兇手是誰。你記得他臨終前的話吧：『叫左右都退下，這樣我才能稱心看母后哭……』這個狠心母親當然並不真哭，只是裝裝樣子罷了。會不會發生戰爭呢？」

「如果王上不處置掉那個下毒妖婦，那麼戰爭就免不了。」

「可是王上又能如何呢？」

「傳言她將遭到流放，或者關進雅姆城堡，或者攆回去維也納，或者發配到聖 - 多明尼克的苦役監獄裡，或者遺棄在圭亞那、任其自生自滅，或者利用燒紅的鐵烙印她的額頭，一如聖潔女子得‧拉‧莫特[49] 所枉受的酷刑。這個奧地利女人將和一車車的下賤娼妓綑綁在一起，然後全部扔到船上，直接送往大溪地島，和那些野蠻人一起捕魚算了……」

---

49. Jeanne de la Motte, 1756-1791 年，路易十六時代法國惡名昭彰的投機份子和竊賊。她以瞞天過海的手段騙取一條價值連城的鑽石項鍊，卻讓當時的輿論誤以為王后買項鍊卻不認帳。「鑽石項鍊事件」咸信是引爆大革命的原因之一。大革命期間，她被民眾視為受舊王朝迫害的犧牲品。

「……不要，這樣太便宜她！」

「人家可以命令她補漁網，一天補它二十四個鐘頭，只要看她偷懶打盹，立刻一頓鞭子狠抽過去，所以她手上的鉤針就得不停歇地來來回回。她的手指將會佈滿傷口，然後鹽分滲透進去，保證她會痛得哇哇怪叫。不然乾脆把她關在巴黎，並且讓她嘗嘗紐倫堡聖女[50]的酷刑。」

「聖女，你說她嗎？不配。」

「紐倫堡的賤貨，這樣可以了嗎？」

「臭婊子！」

「不然把她關進比塞特賀[51]瘋人院裡或是撒爾佩特希耶[52]娼妓監獄。逼她去掃巴黎街道也是個好主意！」

「叫她去掃巴黎街道！哎呀！！……你好狠心……本人倒想見識一下那種場面。王后穿上棕色粗呢長袍，頭髮剃個精光，手裡握著掃帚，然後巴黎市民全都擠到窗邊，把一盆盆一桶桶的屎尿潑在她頭上。」

「要她穿上棕色粗呢長袍？為什麼不乾脆剝光她的衣

---

50. Vierge de Nuremberg：「紐倫堡聖女」又名「鐵聖女」（vierge de fer），是一種殘酷刑具的名稱，於鐵製或木製之棺槨狀的大箱內側裝上豎立之尖釘，將犯人裝入箱內並關上箱蓋，尖釘即刺入其肌膚。

51. Bicêtre：在巴黎市中心東南方 4.5 公里的小鎮。路易十三於十七世紀三〇年代下令於此鎮建造一座軍醫院，後曾做瘋人院使用。

52. Salpêtrière：路易十四於 1656 年下令在舊火藥廠（今日巴黎第十三區）原址興建一間綜合醫院，日後亦充做娼妓監獄以及智障人員、癲癇病患及窮人的收容所。法國大革命爆發前夕，它變成全世界最大的醫院，可容納一萬名病人以及三百名囚犯（後者大部分仍是掃蕩巴黎街道時所逮捕的娼妓）。

服，為什麼你還要浪費公帑替她治裝？……人家還說她染有一種應該嚴懲的惡習：搞蕾絲邊。你聽過這個嗎？你明不明白這句話的意思呢？」

「懂……啊，搞蕾絲邊，女同性戀，奧地利的女人專搞這個。這些字眼根本是同義詞。她是奧地利人，所以搞同性戀。她的親娘不也癖好此道。奧地利的女人，女同性戀，哪裡有差別呢？」

那兩個男人一臉困惑的模樣。其中一個指指地上的報紙說：

「裡面的東西你讀過了嗎？」

「讀了一點。近來我讀報紙不怎麼快。天下太平時報紙會好讀一些。」「莫瓦諾，你還是勉為其難為我唸上兩段吧。」

他翻開一份報紙（「哎呀，怎麼字印那麼小！」），接著再將音節一個一個吃力拼讀出來：「動議：斥退軍隊，建立一支中產階級的防衛隊。王上，一旦自由遭受威脅，我們在抗爭的大業上可是不知節制的……王上，我們以祖國之名請求您，以您幸福與榮耀之名請求您：請將士兵遣回原來崗位，被您那些諂議大臣調派來的士兵……請王上想想看！國

王明明受到二千五百萬法國人愛戴，為何還要耗費鉅資，要求幾個倉促成軍的外國人來捍衛他的寶座呢？王上，但願您受子民擁護，由他們以敬愛之情守衛您吧。國民議會議員都受徵召，要和王上共同維持王國那卓越的律法，其所賴以立足的基礎便是人民那不—可—撼—動—的自由……」

這兩個人被感動得淚眼汪汪。他們站起身子，然後相互擁抱。他們彷彿誦念咒語似的一再重覆說道：「立足基礎便是人民那不—可—撼—動—的自由。」

突然，其中一個反應：「不過，莫瓦諾，我們贏了！報紙還不如你來得消息靈通。嘿嘿，軍隊幾乎都離開了，只有那麼幾隊仍在四處遊蕩，看大家會不會剝了他們的皮！也不要饒過她，那個淫婦！」另外一個朝瑪麗 - 安托奈特的窗戶揮動他那隻受傷的拳頭。

我頹喪到極點：彷彿我成為了幫兇，和他們聯手褻瀆了王后。

我的心情：絕望、困惑。遇見一位女子通曉事理。「王后情人」現身

我遇見一位以前在先太子那裡服侍的女子，那時我的神情必然慌亂至極。她從默東（Meudon）城堡運出整整一馬車

的玩具，準備放進新太子位於一樓的玩具櫃裡。我已精疲力盡，既倦怠又羞愧，只想開口哀嘆起來。我幾乎可說是不認得那婦人，可是迫切需要找人講話。我把心裡的焦慮一股腦傾吐出來，只是顛三倒四說出口的盡是絮絮叨叨。我同時告訴她，應該救救王后，還有王后已經出逃，另外，她的寢殿以及套間都已空無一人。我自己曾幫她打點行李，所說的話有憑有據……她開玩笑回答：

「夫人，您小說讀太多啦。最好眼見為憑，語言都很危險，寫下來的字詞尤其如此。我小時候，人家就已令我信服這個觀點。我有個叔叔一直想教我識字讀書，但我父親堅決反對。他說：『我想讓這孩子過上快樂日子。』王上以及王后一直都在宮裡。請相信我。他們安穩待在各自的寢殿裡，還睡著呢。他們需要充沛活力才能應付已經破曉的這一天。」

「您為什麼如此確定呢？我剛剛在王后寢殿外的窗下站了一下，只覺裡面絲毫沒有動靜。窗簾倒和往常一樣是拉開的，怎麼房間裡面好像不見半個人影。」「那個男的，您看見嗎？他出現在這裡難道純屬偶然？」

我瞥見在幾公尺遠的灌木叢後面不怎麼高明地藏著一個模樣有幾分像稻草人的男子，而那身影於我而言並不陌生，甚至覺得自己經常看到。人家叫他「王后情人」……沒錯，

我也同意，他在現場真的非比尋常。他有諸多癖好，其中一項便是始終守在距離王后不遠之處。無論王后身在何方（有時是他見不到的場所），說來神奇，這位「情人」總能猜著，並且好像被她吸引過去似的等在附近。其實，他的真名叫做卡斯戴諾（Castelnaux），早年神經還正常時曾出任波爾多市議會的議員。後來他患了妄想症，情況嚴重到了大家都忘記他先前不但有名有姓，而且家世顯赫，職業高尚。宮裡那班朝臣就像嘲弄拉侯施隊長似的愛拿卡斯戴諾來開心，只是後者的悲劇性更超過滑稽感。大家喜歡重覆他們說過的話，或者模倣其動作以自娛。也許因為如此，這兩個人的形象才會深深烙印在我腦海中。也許因為如此，我才能夠毫不遲疑認出這個「情人」他那土灰的臉色以及恍惚的眼神。他的身影有時模糊到教人難以察覺的地步，因為它和枝椏樹葉很容易就融合一起，但有時又縈繞在你心田，因為它隨時都可能闖入你的視野。他的那份癲狂早已在他和王后間劃出一條看不見的軌跡。如果你和這條軌跡交會，那麼絕對能夠再度看見他的身影。

「王后情人」個頭高大、身材瘦削，灰綠的臉龐上常有擦傷後的結痂，但他動不動就伸手去抓，一抓血水便滲出來。大部分的時間他都不發一語，全然耽溺於自己的頑念。他那副陰森駭人的臉孔不管是誰看了，都會油然生出嫌惡之情。有人曾想辦法要將他從凡爾賽宮那如畫的園林風景之中

移除。大家都恨不得日後漫步其中之際別再與他尋覓王后的那路徑交會。但辦不到，他老是在那裡。晚間，王后外出遊戲散心兩個小時，他就一動也不動地盯著陛下廣場（Place de Sa Majesté）；到了小教堂中，他就站在王后視線下方，亦即王家包廂的正下方，等到王上公開舉行用膳禮時，他也必然在場。王后移駕至蒙坦席耶（Montansier）戲院觀戲時，他一定站在距離王后包廂最近的地方，然後彷彿化身一座石像，只是睜著一雙充滿乞憐目光的大眼睛貪婪盯著王后，片刻也不偏轉視線。大家原本以為只要離開凡爾賽宮便可擺脫這號不吉利的人物。大錯特錯。十年以來，王家只要出宮旅行，他也如影隨形跟著出發，有時甚至還會搶先一步上路，例如他會在朝廷動身前往楓丹白露或是聖 - 克魯（Saint-cloud）的前一天先行動身。當王后抵達上述那幾處王居時，當她從馬車上走下時，首先迎過來的便是這個教人見了不禁倒抽一口冷氣的風流鬼。王后住進小特里亞農宮，這男人的情欲之火便燒得更加熾旺了。他會先到不知哪個守衛那裡匆匆吃下幾口食物，然後整天都在花園裡面繞來繞去，就算下雨他也依然興致勃勃。他跨大步行走，老是走在溝渠的邊緣上。不管天氣如何，他始終穿著同一套衣服：綠色外衣搭配黃色遮膝短褲。外衣下面那件背心當初應該很是精美考究，可惜如今已經化成襤褸。外衣襯裡已有幾片剝露出來，而且因為反覆浸洗而褪色了。他衣服的褪色痕跡呈長條狀，以致人家看了

便有一種印象：即便出大太陽，他的身上永遠流淌著水。他的手裡拿著一頂羽飾帽子，但那幾支羽毛已經耗損得只剩中間的硬脊。那件外衣的領子上總是附著幾片樹葉、幾根細枝。「王后情人」在凡爾賽的市街上承租一個房間，但通常在外面過夜，在他那偶像的窗下站崗。除非嚴冬酷寒，除非下雪，他絕不放棄這習慣。我還記得，某個冬晨，天色白慘慘的，花園完全被雪覆蓋，唯一能夠分辨出來的只有一群群的黑烏鴉，這時卻發現他躺在冰凍地面，就在路易十五雕像腳邊。人家將他抬到某位哨兵的崗亭中。一旦甦活過來之後，他立刻陷入驚慌失措的情緒，因為他身處一個陌生的場所，完全無法掌握意中人的方向。

　　早先他那片稍嫌激烈的保王赤忱是如何脫胎成為這股病態情欲的？以前，他就酷好收集所有與王后相關的物品，難道其中就已隱藏那份癲痴？他有一冊被他命名為《巧遇日記又名命定事件之錄》的大筆記簿。凡是版畫裡出現王后形象的，他就一定買來貼上。凡是印刷品裡有提及王后的文字，他就抄入筆記簿裡。簿子的第一頁用偌大的字母寫著：「王后的套間裡多少衣香鬢影」，彷彿那是題詞似的。這個句子在簿子裡出現多次，但是筆跡如此昂奮、如此潦草，有時「王后」一字便可佔用一頁篇幅。「情人」筆記簿的外觀是黑色的，以厚紙板做為封面。它的邊角磨損得很厲害，黑色封面正和他的外衣一樣髒兮兮的，而且因受風吹雨打，簿中字跡

多已漶漫不清⋯⋯

　　大部分的時間裡，他人只要能在那裡，在她附近，或是可以精確推估出這意中人所在的位置，他便吾願足矣。王后住在小特里亞農宮之際，當她獨自一人散步或是帶領兒女閒逛之際，經常都會碰見卡斯戴諾大人。他行禮後便僵立在原地，彷彿被雷劈到似的。恢復常態需要若干時間，接著他又沿著溝渠繼續前行（有時也走大運河的岸邊，腳下幾乎碰到水了）。王后已經走遠，獨留他仍舉目相送，洶湧情緒，久久不能從這「巧遇」之中平復過來。至於王后，她從不曾故意繞道避開卡斯戴諾大人，甚至伸出手讓對方行吻禮時，看到對方深深鞠躬、眼珠翻白、鼻孔攣縮、渾身顫抖的緊張相，也不急著抽回玉手。然後，他再也沒力氣挺直身子，必須仰賴一位小廝協助才行。王后這時特別關照小廝務必輕柔從事：「別弄得他不舒服了。」這可是懿旨呀。「王后情人」他的情緒無比澎湃，已達到忘我的境界，只管把他一顆腦袋上下左右亂搖，費好大勁才把快發作的歇斯底里壓抑下來。只要王后在場，他的神經病終究給控制住了，但稍後就有回馬槍出現。這時，你會聽見他在樹林裡面號叫：「瑪麗-安托奈特，法蘭西和納瓦爾的王后，瑪麗-安托奈特，法蘭西和納瓦爾的王后」，接著又以單調聲音誦唸：「王后的姐妹：瑪麗-克里絲汀娜、瑪麗-伊莉沙白、瑪麗-艾梅莉、珍娜-嘉布里耶勒、瑪麗-約瑟夫、瑪麗-卡洛琳娜。」以前見識過他這

種瘋癲狀態的人都曉得現在他會用指甲抓破臉皮，同時連續以頭去撞石雕，那一座座被他恨之入骨的石雕，遭他痛罵成臭婊子或是阻街妓女。不過一般的狀況是：他和瑪麗-安托奈特相遇的那過程相當平靜。他被王后伸手受吻這項奇異恩寵搞得神魂顛倒，嘴裡只能悄聲吐出：「王后陛下。」卡斯戴諾大人文風不動維持跪姿，恨不得就這樣直到海枯石爛。

王后是絲毫硬不起心腸的活菩薩，好不容易才想出一個可以避開對方無禮舉動的巧計：有天，她特別准許得·塞茲（de Sèze）先生進到特里亞農宮裡，然後命人轉告先生，請他去見康彭夫人。夫人先前已經接到王后懿旨，知道要向先生這位出名律師說起那「王后情人」的失態舉動，然後派他去找卡斯戴諾大人，希望他和對方懇談一次。得·塞茲先生他辯才無礙，平時處理各種案件無往不利。他和卡斯戴諾先生談了將近一個鐘頭，那一番話深深打動對方的心，也許因為他的說話方式及風格令對方想起自己早年擔任議員時所操持的古風語言。卡斯戴諾大人暫時被勸服了，神智恢復清醒，他請人向王后稟告，既然他的出沒被王后認定為騷擾，那麼他就把心一橫，退居家鄉並重執往日的舊業。王后非常高興，於是向得·塞茲先生表示自己十分滿意。律師離開才半小時，接著有人進來通報卡斯戴諾大人求見。他說自己已經想通，又說單靠自己的意志力，要他不看王后那是「辦不到的」。他以平緩聲調進行宣告，然而那慷慨就義、壯士斷

腕的神情卻令王后不敢恭維。王后對他報以微笑，旋即示意左右要他退下，接著只說出了：「也罷，就讓他繼續糾纏本宮吧，誰也不要剝奪他自由自在的樂趣。」才一回到得以優游其間的花園中（卡斯戴諾大人因為不必和心上人分離，感覺十分驚喜），他就特別來勁，嘴裡再度唸起一串名字，這一次是：「瑪麗-艾梅莉、珍娜-嘉布里耶勒、瑪麗-約瑟夫、瑪麗-卡洛琳娜，可敬王后之姊與妹！」活像是一首讚揚歡樂的頌歌。這首頌歌最後錦上添花又加上了：「瑪麗-泰瑞莎、貝雅提絲-夏爾洛特，可敬王后之女！」但他這樣不分青紅皂白，把生者和死者混雜起來，瑪麗-安托奈特聽在耳裡特別傷痛，因為前一天的夜裡，她很晚才回殿就寢，梳妝台上四支蠟燭陸續熄滅，王后不禁視為惡兆。

卡斯戴諾先生整個人陷溺於苦楚之中，對於其他的事一概沒有興趣。他對凡爾賽宮的人也是無動於衷。我是例外，他憎恨我，程度和他討厭那些貴婦雕像的程度不相上下（因為我是王后的朗讀官？還是沒有來由，就是看不順眼？）

既然他仍留在這裡，王后就不可能已經出宮逃難。這點我很同意。但是如此一來，我更想不通了：

「怎麼解釋這一切呢？我明明看見王后在準備行李。就算她還沒有出發，想必立刻也將動身。不過是幾點幾分的時

間問題罷了。如今，國民議會大權獨攬，所以王后才要離開。道理很簡單，不是嗎？不識字的人也懂得這個。」

「當然不必為了這點雞毛蒜皮的事自亂陣腳。演說家的疾言厲色、三級會議的請願書，簡直胡鬧一場，哼！不值一顧……面對國民議會如此不實際的小玩意兒，王上以及王后徹底沒有意思妥協退讓。那些議員不過只是戲偶、傀儡，王上王后愛如何操弄絲線就如何操弄……唉，別傻乎乎了，看看你手足無措的模樣。你還真把三級會議開幕的大遊行當一回事？我哪，讓我來告訴你究竟如何解讀時局。」

然後她又走回我的身旁（也許只是出於想像，不過我總覺得「王后情人」正在枝葉叢裡晃動）。她輕聲對我道：

「人家投票贊成三級會議集會，那不過為了調劑臨終太子的心情。三級會議本身沒什麼大不了，徒然造成怨聲載道、徒然引發尖刻批評罷了。重要的是開幕典禮的大遊行。王上想把那壯盛的場面當作禮物送給那小男孩。其餘都是可有可無。」

那小男孩的遺物中有輛以黃玉裝飾的玩具車子。她用指甲刮除黏著在黃玉上面的草葉。

諮議會散會了（早上十時）

　　在前一晚熬夜的經歷中，原先我深信不疑的理念全都崩解（倒不真受到特定消息的打擊，而是由於惡兆感的煎熬，好像瘟疫蔓延時的情形一樣），因此難免教我想到：以前宮裡面的生活每天依照精準成規開展，就連聲響以及節奏都已深刻內化，如今這些應該不復存在。可是當我走近小圓窗候見室之時（這是人流的滙聚點，尤其每天早上九至十時，廷臣都來此處集合），卻發現自己的想法錯了。小圓窗候見室裡面擠滿了人。有資格進入王上寢室謁見的廷臣盡可能往門口集結，其他站在後面的人部分留在小圓窗候見室，部分走進毗鄰的廳室裡，亦即所謂的「第一候見室」（la Première Antichambre）。他們背部全朝向我，自己則面對眾人注意力的滙聚點：王上寢殿的門。門的雙扉緊閉。王上寢殿的掌門官隨時可能現身，並在眾人鴉雀無聲的狀況下，宣佈第一批人入內謁見。他一個小時後會再出現，將第二批人帶進寢殿裡。秩序一如往常。先前兩位酗酒的掌門官已被攆走，職務立即由新人取代了。我忘記原來的惶恐，找到房間盡頭處的一個角落站著，希望能舒舒服服地等待。我這位置距離某條秘密走道的門口並不遠，而這走道正好通往王后套間。我把背部靠在窗戶前的窗台。錯不了的，局勢將會轉好。黎明時分，當局必定重新掌握情勢，再度佔了上風。還是說當局從不曾喪權，甚至不曾遭逢危機，一切不過像一場大型的化妝

舞會，而我自己只和其他每一個人相同，都被表面的假象愚弄了……可是前一天呢？前一天夜裡呢？難道眾人那片驚恐亦是這場化妝舞會的一部分？只是預先彩排好的王家「驚恐化妝舞會」？

廷臣之中無人說話。有人走進來時，有些人會轉過身去，然後根據來者地位的重要性做出反應，有時慢慢地、深深地點頭致意，有時身軀稍向前傾，動作小到幾乎看不出來，有時壓根不予理會。畢竟，白晝再度君臨，所以依照對方身分地位給予適切對待，這種嗜好再度順理成章甦活過來。回想昨夜口無遮攔，竟和一些無足輕重的人交談，而且不止一次，許多人都認為這種尷尬之感極不舒服。到了早上，他們全想起來昨夜和自己談話的對象是誰，因此天生人我距離的那意識再度發揮作用。他們互相致意，但已不再懵懂從事。短暫驚動干擾了群臣的靜止狀態，接著，這一群人又恢復原先的木然。

我小心翼翼留在靠窗的位置。我不願意和那些人混雜一起，因為我不配和他們比肩而立，更何況女人的數目極少（在這時刻、在這場合若有女人現身可真怪事一樁。我刻意不注意這項「細節」，因為當時我最需要慰藉）。她們大概都在歇息，而且我又何嘗不想睡上一覺？只是我堅持要探聽出王后確實的意向。我的目光和巴利梭 · 得 · 蒙特諾瓦（Palissot de Montenoy）大人他那仔細打量四周的眼神交會一起。他負責主編《朝廷訃告錄》（*La Gazette des deuils de la Cour*）這份公眾最期待爭睹的刊物。有人向他走去，我絲毫不感到意外。巴利梭・得・蒙特諾瓦大人很受各方好評。他對生者和亡者都表現出同樣不知足的好奇心。又因為這份好奇心有敏銳的觀察力和非凡的推論力作為後盾，所以合情合理，被世人視為有關宮廷圈子和巴黎權勢階層最可靠的消息管道。他的知識囊括最新八卦以及最複雜的外交條約於其中的各種消息。他和賈科布-尼古拉・莫侯截然不同，後者以永生的高度解讀歷史，而《朝廷訃告錄》的主編者卻對一切細節貪得無厭，這是從凡人生活的角度切入歷史。他記錄死者臨終前所交代的遺言。我對這位先生並無特別好感，但是為了增廣見識，便移步到能聽見他說話內容的範圍內。真教人驚訝啊！也許是破天荒的第一次：巴利梭・得・蒙特諾瓦大人竟坦承自己對於政局的內幕消息一無所悉。他知道的別人也都知道：王上解僱外國軍隊，不過他畢竟掌握了一個數字：上述幾支外國軍隊人數總計約六萬人。至於其他問題，比方王上到底會不會屈從三級會議的要求，解散布賀德伊政府並召回內克爾重新執政，他便和其他人一樣如墜五里霧中（我注意到，他完全沒有提及王后準備出宮的消息，這點令我頓覺寬慰）。為了重振自己「消息靈通人士」的好名譽，為了證明自己仍然握有獨家新聞，足以飽饗眾人，《朝廷訃告錄》

的主編還是透露一則最新近的死訊，目前他是唯一知悉的人。這點引不起對談者興趣，人家失望之餘走開去了。巴利梭 · 得 · 蒙特諾瓦先生想必很惱火吧。他的腦袋彷彿受到自己思慮的重量所壓制而垂下去，時間長達好幾分鐘。不過先生終究沒有氣餒，等到再度抬起頭挺起胸，他又開始仔細審視在場的人。

　　早年，對於居宮人士而言，這處凡爾賽宮中的小圓窗候見室不過就是大家前來為某一些難解之謎下賭注的地方。他們可能賭過內克爾是不是將被召回重新執政，賭金也許衝到和艾翁騎士[53]的性別以及王后懷孕的事一樣高了。然而今天，候見室的地板因為千百雙腳來回踩踏而被磨得平整光滑，那無形的路線往復穿梭，一次又一次地，站立其上的人無人膽敢發言評論或是邀人下注。儘管如此，我很快便明確感受出來，室內氣氛如此滯重，充滿著令人沮喪的預感。從我住進凡爾賽宮以後，才第一天醒來便聞到空中飄盪著不必負責任的氣味，是這氣味令宮中的生活變得如此輕浮（或許因為哪個超凡權勢﹝上帝？國王？朝儀？﹞一向擔負了延續國祚的重責大任）。然而今天，這種氣味已經不復存在。我那份脆弱的樂觀態度開始動搖起來。

---

53. Chevalier d'Éon：1728-1810 年，法國外交官、間諜及軍人。他到四十九歲時一直以男人身分過活，接下去的三十三年之中則以女人自居，不但女裝打扮，同時向外宣稱自己的女性生理屬性。在他亡故之後，群醫檢視他的遺體，才確認他其實是男兒身。

在場男士沒有一個刮鬍子的、沒有一個撲白粉的，甚至沒有一個換掉衣服。他們穿的依舊是前一天晚上的那一身（更精確些便是整夜），也就是朝儀規定的喪服，為法蘭西先太子扎維耶 - 夫杭索瓦（Xavier-François）親王崩殂而誌哀的喪服。根據習慣，太子逝世後的兩個半月之內，朝臣不得穿戴純黑以外的顏色。但從七月十二日起，國喪進入第二階段，也就是說，男士衣褲全黑，配上黑色鈕扣以及素色平紋細布袖口，腳穿黑色絲質長襪以及山羊皮鞋，不過鞋扣還有佩劍已為銀質。我注意到，有位男士的服裝還停留在國喪的第一階段，鞋扣以及佩劍均係銅製，袖口採用細亞麻布。當天，無人察覺他所犯的錯誤……整座凡爾賽宮都籠罩在大喪期間的陰鬱中，而這陰鬱也侵入最不起眼的角落、遮蓋最不起眼的牆板……而那氣氛在這群穿著送葬服的人身上則更教人悲痛。他們一概沈默不語，注意力全灌注到那緊閉的門。所有人都注意到了，本國籍的衛兵跑得一個不剩。如今捍衛王宮安全的只剩下瑞士籍的衛兵。大家驚慌的程度又升高一級。許多朝臣顯現神經質的怪癖。他們頭髮蓬亂、神色憂戚，只像個機械人，木然梳理手中的假髮，視線卻停在別處，就像人家所傳聞的那位年老而眼盲的德芳（Deffand）公爵夫人，在自己那有如永夜的日子裡不停用緞帶打出一個又一個的結。

所有人身上的黑喪服都沾滿了濃烈的食物氣味。這股氣味從王上寢殿入口的左邊瀰漫過來，也就是小圓窗候見室守衛福須（Füchs）所佔的角落。他正用鍋子油煎早餐要吃的乳酪麵包。群臣於是籠罩在洋蔥、乳酪及烈酒的氣味中，而這又和福須常常要喝的豌豆濃湯氣味混雜起來。福須是粗魯人，大家只聽到他那金屬大調羹扣撞鑄鐵平底鍋的聲音。他用濃濁的嗓子咒罵著，一面將火撥旺，一面幾乎將鼻子埋進那只滋滋作響的平底鍋裡，煎著一塊鋪乳酪黑麵包的平底鍋裡。他嘟嘟囔囔地抱怨：

　　「煎麵包用得著這種大調羹嗎？煮豌豆濃湯用得著這種大調羹嗎？根本就用不著。可是本人偏偏喜歡用它，就是那麼簡單。那是『我的』調羹。你我也許都有權心血來潮一下吧！（接著，他轉身朝向那群必然被他認定是討厭鬼的朝臣並且發起牢騷：）他們到底在等什麼？一大早就跑來這裡，真是不懂禮貌，當然啦，不懂禮貌的人倒也不是今天才有，但是今天的特別多，而且模樣一副正經八百，簡直就是教皇的架子嘛！難道還有其他的壞消息？最近倒楣的事真不少哇。新太子該不會也生病了？還是王上召回內克爾部長了？我搞不懂，法國人為什麼還要找他回來，只有他才行嗎？大家像瘋子樣鬼叫鬼叫：『內克爾！內克爾！內克爾！』，直

說他是全民的大救星。說到內克爾，那我本人最清楚他的底細了。他和我是老鄉，哦，說清楚些，他和我爹才是老鄉，都是瑞士來的。瑞士人誰要他？瑞士人又不是笨蛋，他們毫無爭議便讓他走。要是內克爾真的了不起，瑞士人為什麼不留著自己用呢？『內克爾！內克爾！內克爾！』……如果他真的是財政界的奇葩，國庫空了，他有本事立刻補足，或者像是聖-日耳曼侯爵[54]那種偉人，只要向他開口，他就拿出許多鑽石，改善那窘困的財政狀況……那麼我就心服口服，也就明白為何舉國上下拼命想要留住這號寶貝。他是個不需吃喝的巫師，到處參加晚餐餐會，可是除了逗逗口舌之外，不做其他的事。你瞧他說得天花亂墜的樣子！當然囉！如果我也像他，是個活過好幾個世紀的巫師，我也能有說不完的話題。那麼他到底活了幾個世紀呢？至少已經一個世紀，真不能小看他。就讓法國人去搶內克爾搶破頭吧，反正我是看了滿頭霧水啦。他在瑞士，在他那土生土長的家鄉，沒人對他感到興趣，在乎他的，只有他的小小家庭。出了家門，誰甩他呢！他來法國可真走大運了。法國人並不是聰明的民族啊，他們就只會嘀嘀咕咕窮抱怨。一個人並不是嘀嘀咕咕就可以變聰明。他們隨時隨地都因看不慣某某人、受不了某某

---

54. Comte de Saint-Germain：1710-1784 年，是法國十八世紀歷史上的一位神秘人物。有人形容他是廷臣、冒險者、發明家、業餘科學家、畫家、鋼琴家。根據幾個消息來源，「聖-日耳曼」並非他的家族領地或頭銜。

事便高聲嚷嚷起來了，極愛抱怨但又盲從。真受不了，這副德性！他們改變意見通常也是沒來由的，說變就變。此時此刻他們要內克爾。你慢慢去深究原因好了……這些人就這樣一動也不動站下去……他們至少應該向我打聲招呼是吧！沒有，想都別想！他們進來這裡簡直如入無人之境。噯，他們到底想要訴求什麼？內克爾，我不信。他們也許還不知情。我是說也許啦。他們等著進入寢殿謁見王上，可是門的另一邊卻沒有半個人影。今天不會舉行僅供王室成員參加的『小朝見』（Petit Lever）。因此，合情合理（這些事情總還有個邏輯脈絡），也不會有專供宮廷貴族參加的『大朝見』（Grand Lever）。就是這麼回事。『怎麼會這樣呢？』他們一定要問我了。『王上今天早上不起床嗎？』說不定唷。反正我只知道，這片鋪乳酪的麵包煎得有點焦了。算了，先擱一邊，待會兒再重煎一塊好了。要是我不告訴他們，他們一定要來纏我纏到天荒地老。這一群人越來越多，都要來參加『大朝見』。」

事實上，在場每個人都豎起耳朵仔細聽著福須那沒完沒了的嘮叨。不過，為了維持尊嚴，那班顯貴權臣絕不可能開口向他打探消息。最後，為消除我們的疑惑，或者說得更精確些，為求眾人速速離場，還他一個清淨，他咬字清晰地宣佈：王上、王后、普羅旺斯侯爵親王、阿爾托瓦侯爵親王、高層貴族以及各部部長從清晨五時起都去開「大諮議會」

（Grand Conseil）了。

只聽見往鏡廊的方向響起步伐雜沓的聲音。千萬不可錯
過王上等人會議散場的時機啊！這群如喪考妣的人（好像一
群沒流眼淚的哭靈人參加一場沒送葬隊伍的葬禮）不必枯等
在王上寢殿那扇緊閉的大門外面，現在全都移步到諮議廳這
扇緊閉的大門外面。哎！看到他們那可憐兮兮的模樣，誰能
相信不過才四天前，他們還以不可一世征服者的姿態招搖走
過這道長廊呢？七月十二日禮拜天，那可是宮廷裡的美好日
子呢。內克爾被攆走，巴黎市順服了，再也沒有坐立難安的
理由了。大家徜徉在興高采烈的氣氛之中。以前難道沒見識
過叛亂造反嗎？不也都一樁樁擺平它了⋯⋯每一個人對於和
平再度降臨都感慶幸。虛驚一場，如此而已。人人覺得出奇
欣慰，都因七月十一日的政變而快活起來了。布賀德伊男爵
臨危受命，這位核心人物倉促之間所組成的新政府漸漸能重
新安定人心。我們每一個人再度成為大家庭的一份子。凡爾
賽宮裡洋溢著歡樂語調。交談聲音要比以往響亮，然而沒人
會直接挑起有關時局的話題。他們重拾以前說話滔滔不絕的
老習慣，同時雜以笑聲，並以炯亮眼神顧盼。此外，貴婦們
亦再度配戴首飾（鑽石正好從這天起重新出來亮相，襯著黑
色雲紋織物或是黑色綢緞，高貴程度無與倫比。他們不約而
同聚攏在鏡廊裡，個個將頭抬高，踩著歡躍而輕快的步伐，

在長廊中來回走動，彼此會面之際，總要熱切討論天氣何等美好。他們個個高聲暢談，但是並非每位都像佛施先生那樣口才便給。不管天氣如何，先生始終是這方面話題的翹楚（他因此獲得王上的寵信；雖說王上本人單純只對溫度的數字感興趣，但對於包含這種數字在內的談話亦有好感）。描金的鏡面映照出來來往往幾千個心照不宣的微笑、幾千次禮袍搖曳的屈膝行禮，戴著天鵝絨手套的指尖輕輕觸碰，肢體溫柔擦掠而過，或是迅速擁抱一下。女士們的飾物十分俗麗，褶邊縫上珍珠，珍珠一時勾住男士背心翻領上點綴的鮮花……沒錯，的確是個美好的禮拜天。

那天下午，王上出宮打獵，我則為王后和嘉布里耶勒・得・玻里涅亞克誦讀了路易絲・拉貝[55]的詩作。王后的寢殿在居喪期間懸掛黑色布幅，但在布幅之間我瞥見適合夏居的繡花絲質帷幔，圖案彷彿漫天飛揚的花瓣和羽毛，在橙黃色的光輝中，宛如在私人劇院中向上旋竄。字詞與字詞間空出片刻寧靜，才一瞬間，我似乎聽見花瓣和羽毛飄落御床的天蓋上，積成薄薄一層。

不過短短數天，勝利歡慶竟已恍如隔世。連人都不再像同樣的人。另外的儀態，另外的表情。但是在我眼裡，他們

---

55. Louise Labé：1524-1566年，法國文藝復興時期女詩人，主要以寫作愛情十四行詩而出名。她鼓勵婦女要注意文化素養，而不要追求珠寶時裝。

的神色絲毫不顯得奇怪。我認出自己所熟悉的驚恐臉和失眠相，在那蒼涼慘白的晨光中等我到來，等我用具有鴉片療效的嗓音（借用拉雷男爵夫人的話）為他們讀上幾頁書，為他們招來些許的寧靜。這一張張堆滿挫敗感的臉孔我是再熟悉不過了。到了大白天裡，他們抹除一切傷痕的好技巧我也同樣看習慣了（儘管習慣，每回依舊教我驚訝）。但這一次，他們彼此不再掩飾自己臉上所堆積的憔悴落寞。話說回來，我自己的情況未必更好。

我們才剛站出陣容，參與諮議會的人員便開始走出來。他們誰也沒料想到，散會竟變成眾人注目的焦點。首先，我看到幾位衣飾華麗的體面人物，他們交談如此熱切，甚至稱得上激動了（不過我也無法精確說出他們是誰）。接著，我又立刻認出置身正中央的王后，那是人群中唯一的女性，當時正和孔戴親王交談。不遠之處，孔提親王似乎勉強聽著布賀德伊男爵一套長篇大論，而後者也一如往常，走起路來愛用鞋跟頓地，慣以手杖重重敲擊拼木地板，同時高聲叫嚷，像忿憤難消的樣子。我同時注意到，阿爾托瓦侯爵親王比起男爵更加生氣，罵聲更加厲害。親王面紅耳赤，完全無法自我克制，王上竟成了他的受氣包。突然，他做出一個在我看來徹底失去理智的動作：他咚的一聲跪在王上腳旁並且哀求道：

「我都說了，趕快離開這裡，王上，怎樣才能說動您呢？哥哥，到底要怎樣做您才同意？」

我們這邊傳出了竊竊私語的聲音，而他們此時才發現有人正在等著，群眾正在恭候他們。這點頗令他們不悅。阿爾托瓦侯爵站起身子。他的餘怒未消，而且依舊煩躁不安，向王上和王后行禮之後逕自離開。孔戴親王以及孔提親王旋即跟著告辭。當時我站在勒旁（Le Paon）先生的身邊，這位是孔戴親王專屬的畫家，擅長描繪戰爭場面。畫家憂心忡忡看著現場發生的事。他對我說：「注意，可別錯過眼前這個歷史時刻。」新政府的成員每一個人也都滿臉愁容。他們怯懦懦看向布賀德伊男爵的方向。我請勒旁先生向我說明他們的姓氏和頭銜。他先後指出了外交部長拉‧伏古雍公爵、海軍部長得‧拉‧波賀特、掌璽大臣得‧巴杭丹大人以及王室宮內署總管大臣勞杭‧得‧維勒得伊。然後他又加上一句：「至少幾小時前還是這樣。」

頭面人物紛紛從諮議會會議廳走出來，一旦驚覺自己變成了眾目睽睽的盯看對象，因此趕緊收斂起那已經流露出來的真性情，再也看不見哪個的臉上浮現半點慍色。說真確些，那些面容根本沒有表情。我們全無退路，大家背部緊緊貼著牆壁，只好忙不迭地屈膝行禮。大家站直腰桿子後，這才重

新審視起那一張張操控我們命運的面具。

王上看來睡眼惺忪，或許方才他真的睡著了。每次只要心緒強烈波動之後，他就這副表情。他那雙沈甸的眼皮幾乎閉上，嘴皮鬆垮，彷彿撅嘴生著悶氣。他的步履笨拙而且搖搖晃晃，看上去如同夢遊症患者。他在眾人眼裡就像一堵巨大肉牆，如果有人猛然將他從昏沈的狀態抽離，他隨時都可能崩塌下來。但這動作絕不可能出自王后之手。雖然她與王上相隔咫尺，但卻彷彿遠在千里之外般的毫不相干。她的妝畫太濃，整張臉紅通通。她的目光直視前方，對於周圍人物絲毫不加注意，不過雙眼浮腫得很厲害。看到王上侷儡站在一起，我再度臆測起：王上出於膽怯，王后出於高傲，再加上兩個人皆為深度近視所苦，他們在凡爾賽宮裡是否真見過人？也許只需瑯瑯上口幾句套語，便足以騙過所有人。事實上，他們根本無法清楚辨識什麼，只能在那完全模糊的世界中行動。而且打從開始便已如此，打從路易十五才剛駕崩之際便已如此。那時，他們聽見群臣倉皇奔向先王寢殿的腳步聲，當下，新王新后真正在那驚怖的情緒中結合起來，並且哀告：「天主，請您垂憐……我們還太年輕，如何承擔治國的大任呢！」

十五個年頭飛逝了，在七月這陰慘的早晨裡，他們依然過於年輕，而且同樣嚇得手足無措。然而，這次他們不再有

志一同。當然，兩個人的軀殼靠得很近，但幾乎是背朝著背，王后目光嚴厲向前直視，王上閉著眼睛……路易十六那盲王的形象已經教人深信不疑，上下眼皮間的縫隙漏出淡藍色的光紋，你在其中觀察不到任何警惕或是有所在乎。光紋所代表的意義恰好相反。那一點點微藍證明王上根本沒有眼神，那是從沒明確說出的「不」，卻也是他頑強希冀的「不」，是他用來抗拒外在世界的大盾牌。「不」，我不要當國王，當國王的事別找我。這令我想起傳言中有關他的童年往事。他只是家裡的次子，而那身為太子的哥哥從一誕生便被指定承擔未來治國的重任。他這哥哥十分出色，是個聰明、討人喜歡、威嚴而且廣受阿諛的小男孩。這位太子一心一意只想君臨天下。當他明白自己難逃出病魔的手掌心時，只能啜泣、嚎叫，最後一點力氣更因強烈的怒意而消耗殆盡。重病將他推進死亡深淵，令他無法長大成人，令他與國王的寶座絕緣。他的任性點子多不勝數，酷好折磨服侍他的臣下，其中那個最顯赫的，無時無刻不陪在他病榻旁的，便是他的弟弟那可憐的路易-奧古斯都。他感覺到王權正從他的指縫一點一點漏逝，從那浸濕被褥的出血裡一縷一縷蒸發。

　　這位封在布根第的公爵有時問左右道：「為什麼不把我生出來做上帝呢？」他曾在某一次大出血發生後而下一次大出血尚未發生前賭誓：「將來看我把英格蘭踩在腳底，把普魯士國王扔進監牢，本人愛做什麼就做什麼……」他命令弟

弟將如下的字句寫進自己的《性靈日記》：「喂，貝希 [56]，快點！你這蠢蛋！」太子（幾乎等同小上帝了）不耐煩的時候便是這樣冷嘲熱諷……「喂，貝希，快點！」於是我想，這個孩子夭亡得早，此點應可解釋法國後續歷史的某一些面向。

我們站在原地將禮行得更加殷勤，但是他們自顧自地前行。完全漠視我們，只管前行。最後，王上向大家致意敷衍後便悄悄溜走了，而且始終沒擺脫心不在焉的難受神情。沒有人注意他。不管誰都知道他去哪裡。十點半了，這是每天早上他固定要去阿波羅廳的時刻，那裡掛著一個水晶的溫度計，他的興趣便是前去觀察溫度的昇或降，而且一天總要來去數趟。其他的人個個神情凝滯，彷彿深受那樁引發他們對立的衝突所打擊。只有普羅旺斯侯爵親王例外，他似乎從昨天令他舉步維艱的僵直病復原過來，嘴角綻放微笑，態度異常親切。史官賈科布－尼古拉・莫侯急切地想知道諮議會做成的決定，因此向他提出問題，而後者則引用拉丁詩人賀拉西的一句詩行予以回應。親王回答：

---

56. Berry：法國舊省份名，位於法國正中央區域，首府為布賀日（Bourges）。此地亦為路易十六尚未登基時的封地。

「這麼說吧：沒有什麼大不了的，這裡的生活步調絲毫沒改變。」（與此同時，我注意到親王的手十分秀氣，指頭動作賞心悅目，好似在空中彈奏一架隱形的鋼琴。他的舉止和他那癡肥的體態著實格格不入，例如說話方式、幽默風格、站立姿勢……以及那雙精巧的手）。

史學家彎腰鞠躬，對於親王向他吐露內幕一事甚感滿意。親王和他的隨從旋即離去。親王妃一臉憂懼的神色向他走去。親王收斂起笑容和優雅風度。

有人聚成幾個小群，我聽說道：

「也沒決定什麼大事，只是例行的會議嘛。」

「一大清早五點開會，還必須當著王后和各位親王的面！我怎麼覺得這事情很有蹊蹺。」

新政府的閣員彷彿蒸汽似的散發不見。阿爾托瓦侯爵親王離開之後，布賀德伊男爵跟著消失，不過布侯里元帥倒還留在現場。他被人群包圍。起初他仍三緘其口，後來似乎把心一橫，以坦率毫無保留的態度宣佈：

「情況糟到不能再糟。王上幾度猶豫之後，決定留在宮裡。布賀德伊的政府瓦解了。」

「內克爾會不會回來執政？」

「我不清楚。人事安排尚未完全確定。」

此話一出，四下一片死寂。最後，得・巴杭丹大人發表了自己的看法（他的語氣極其柔和，而且雙手合十於胸口前，像要張口祈禱或是準備長篇大論說上一段，但不過是扼要的一句話）：

「各位大人，我認為改朝換代的時機成熟了。」布侯里元帥證實道：「路易十六不再能自由決定國事，王上變成革命叛黨的人質了。」

這些話毫無修飾便從國家軍事統帥的嘴裡吐出，這和敲響喪鐘並無二致。朝廷被征服了。我的天地頓時摔個粉碎。

我的目光不停搜尋王后。真是不可思議，這種場面竟在她的眼前開展。人們肆無忌憚公然議論，有人已經離去。他們不再講究階級所要求的先後次序，反正自行走開便是。王后似乎沒察覺到這種能教人氣憤難平的羞辱。她的臉孔浮腫，兩肩稍微下垮，往日現身廷臣面前時的那份矜貴傲氣早已蕩然無存。她仔細審視每一張與她正面相迎的臉。平素和王后最親近的朗巴勒公爵夫人趨上前去，伸手想要扶持王

后。她等王后報以微笑或以手勢表示謝意。然而王后卻露骨地表現出不加注意的樣子，夫人那失望的神色全寫在臉上了。此時此刻，朗巴勒公爵夫人並不是王后需要的人。為了尋獲自己想找的人，王后把那摺扇打開，那支後面藏了副長柄眼鏡的摺扇，但那不是為公爵夫人打開的。她並不在乎臣下好奇探究的目光，只顧站定原地，並把一張神情焦慮的臉孔緊貼著扇面。沒有，她並沒有找到想找的人。她不由自主地繼續細察，那種急切態度教人無法理解。朗巴勒公爵夫人再度挺身而出，但遭王后再度冷落。傲慢地拒絕她。驕焰之上又加嚴厲。對於自身所受的苦，王后利用這殘酷無情的態度加以療養。她仍舊把眼睛貼近扇緣上的眼鏡，繼續盯著四周人員的臉。最後，她放棄了。嘉布里耶勒 · 得 · 玻里涅亞克不在場，所以毫無理由在此虛擲時間。王后掉頭而去。

我走到窗台前，小心翼翼將窗打開。我不想變成別人眼裡的冒失鬼或是挑釁者，然而不管是誰，大家都陷溺在自己哀傷的沈思中，因此沒人注意到我。我傾身向前看：「王后情人」等在下面。他像一塊磁鐵，總會被吸引到他意中人附近。他瞥見我並且對我叫嚷：「喂，書呆子，看什麼看！」我一聽見，立刻把頭縮回室內。身處園林中的那個痴人也走遠了。

和諮議會散會之前相比，我覺得自己還要更慌亂，更加孤零。所以，王后不出宮了。她必定放棄原先的計畫。賈科布－

尼古拉 · 莫侯並不贊成御駕出宮，因此對我說道：

「王后陛下不比一般民婦，處世不能為所欲為。如果她和王室其他成員就此拋頭露面、貿然上路，這種不成體統的事教人聽了要反感的。你想想看，旅途之中他們可能遭受攻擊，身負重傷……這種意外很有可能發生，因為你我都聽說過：得 · 布侯里元帥已經無法用軍隊的力量來保護他們了。昨天我就說過：『我們都完蛋了。』朝廷的潰敗已是覆水難收了啊。」

「儘管王后先前打算離開，但她始終不肯承認大勢已去。她已做好準備，打算面對你所描述的那一些風險，以求保全君王體制。」

「真的大勢已去。從今以後，首要的事在於接受天譴。貴族階級將要遭受磨難，然而那是他們所應得的懲罰。他們當初如此自私，不但恣意揮霍而且行為乖戾，壓根忽視了行善的義務，對於窮人們的哀嘆充耳不聞。所以窮人終將報復，這是正義獲得彰顯。窮人有朝一日再也忍受不了那一無所有的生活。」

「這事來得太突然了，多嚇人啊……」

「現在才說嚇人就太晚了。天道絕不用卑劣的手段對付我們，因為祂會先給預警。回想一下，幾乎正好一年以前，一七八八年七月十三日，不就發生一場造成極大傷亡的雹災

嗎……上帝教多少冰塊乒乒乓乓打下來，每一塊的形狀以及大小都像一把匕首。親愛的雅嘉特，你想起來了吧？」

我想要握握他的手。我伸出手，握到的卻是他那皮製書包的把手。

鏡廊裡絕大部分的廷臣都已退出。我只看見得・拉・蘇茲侯爵彷彿被人忘在那裡似地獨自站著，心中實在吃了一驚。身為安排居室的大總管（Grand Maréchal des Logis），他對於凡爾賽宮的日常生活具有決定性的影響，因為宮裡居室的分配權歸他掌握。以前他常需應付各方提出的住房索求，習慣被人阿諛奉承，習慣人家奴顏婢膝向他頻獻殷勤。不過他自有一套擺脫糾纏的策略。但是這次他遇上的窘境前所未見：獨自站在廳室中央，卻不見半個人過來同他說話。群臣自顧鳥獸散了，甚至沒有正眼瞧他一下。得・拉・蘇茲大人完全不知道如何自處了。看起來他差一點就要來和我攀談。他撥開窗簾，朝園林看了一眼，此舉只為掩飾他的窘迫罷了。他本應該和其他人一樣走為上策，可是他遲遲拿不定主意。最後，他手下的一名僕人進來叫他，這才解除他的為難。侯爵轉身回望。僕人，都好幾天不見任何僕人的影子了！那是個討人喜歡的傢伙，綽號「小蒼蠅」的，剛從巴黎回來。得・拉・蘇茲面帶微笑問道：

「喂，小蒼蠅，你說，巴黎的情況怎麼樣呢？」

「很好，大人，好到不能再好。人民攻佔了巴士底監獄，但是他們講究秩序而且按部就班，真不得不佩服他們。得 · 洛內和杜 · 必傑兩位大人都被判砍頭的罪，而且立刻捉來執行。兩顆腦袋也依決定用尖矛挑起，四處遊街示眾。」

焦慮……我覺得有一個重物緊緊壓住我的胸口，冷汗從後頸一顆顆滑向下背。連嚥口水我都覺得困難……彷彿你不小心吞下一隻昆蟲，牠在喉嚨裡面膨脹，在那裡面掙扎，然後平靜下來，一動也不動了。牠在原地築窩做巢，永遠賴著不走……焦慮……我把額頭上的汗水擦掉……我憶起在馬賀利（Marly）度過的夏日，當時流行玩一種稱為「嚇一跳」這名堂的遊戲。圍成一圈坐在玫瑰園的貴婦只要聽見有人用倦意深濃的聲音提議回房睡覺，便會懇求：「再玩一次『嚇一跳』嘛！」……「再玩一次『嚇一跳』嘛！」我多麼渴望再度嗅聞那年夏夜的香氣，那份甜馨。當時王后身上那襲長袍今天依然歷歷在目，好個「嚇一跳」的夏夜啊。王后在幽影中的那一抹淺笑……

王后無法離宮，故而發起脾氣（早上十一時）

七月十六日星期四。先前我在手冊裡記下當天排定到御前朗讀的事。無論如何都阻撓不了我赴王后寢殿的決心。我

滿腦子盡是狂熱盲信，而且縈繞不去，它從灰心絕望衍生出來，毫無用武之處。頭髮幾乎沒有梳理，甚至沒有洗澡，我胡亂抓起了幾本書便丟進天鵝絨的大書袋裡，這樣便準備動身了。為了遮掩我的頭髮，我特地戴上一頂海藍色的室內頭巾式便帽。我身上那件灰色的短外套已經穿了好幾天，至於裙子，雖然來得及換，但就當天氣溫而言，那就稍嫌輕薄，況且也不適合那個場合穿著。我毅然決然走進王后的寢殿。王后已打消出宮的念頭。王上沒能聽從她的決定，這種傷害於她而言必定難以承受。我不准自己再往深處去推敲。反正我的心思只專注一件事：面見王后陛下。

王后果真在寢殿裡。確確實實在寢殿裡。她站立著，神色異常激動，滿臉怒意看著四周那一片的雜亂。寢殿裡三四個侍女，一律竭盡所能表現謙卑謹慎模樣。她們正從那些本來也還沒有打包好的行李中再取出東西。王后不發一語，但我似乎覺得，整個房間全瀰漫著她的盛怒之氣。我的那份自信鎮定轉瞬間已消失殆盡，當下只想打退堂鼓。我在心裡咒罵自己那份頑強堅持。我身上掛著沈甸甸的大袋子，裡面裝的是書，在這種情境下顯得荒謬可笑。但我看得出來，王后全然無意取消這場已事先約好的朗讀安排（如今真相很明朗了：王后事先壓根沒想起那一次約定，以致無法及早取消。根據她原先的出宮計畫，此刻應在旅途上了）。康彭夫人將

我安置在角落裡。那裡依照慣例擺著一杯糖水，此外，當天還加一份甜品：裝入大口杯裡，並且綴以醋栗的鮮奶油。我驚愕地看著一顆顆鮮紅的漿果。如今回想起來，當時自己是否誤以為那是紅寶石，說不定是珠寶匣裡掉出來的。我就這樣呆呆注視那些醋栗。康彭夫人低聲令我開始朗讀。我的視線停在小漿果上，簡直被迷惑到無法自拔的地步了。康彭夫人以堅決的語氣催促：「你還等什麼呢？」我盲亂地往書袋裡摸索，但取出來的書沒有一本是適合當天情境的。我的內心生出膽怯，於是不惜低聲下氣地向康彭夫人問道：

「請問這種時機該為王后陛下讀些什麼才適當呢？」

我提出這疑問簡直存心和自己過不去，由於愧怍之感作祟，我的心智突然變得渙散模糊（走筆至此，羞赧再度襲來，我的雙頰又紅又熱）。康彭夫人沒有回答，她應該相當滿意自己的處理方式吧。她和王后的一位侍女（正好也是她自己的親妹妹奧基耶夫人）互相使了心照不宣的眼色。我是徹底把臉丟盡。我看也沒多看一眼，便從書袋取出哲學家大衛・休姆的一冊著作。康彭夫人見狀對我耳語說道：

「拉伯賀德夫人，別挑新教徒寫的書，你真是的！」

我的慚愧之情變本加厲起來，只覺得自己被踐踏得比地面還低。我再也沒有一丁點的判斷力，從新教徒一下子換成耶穌會教士！雖然稱不上多高明，但這樣畢竟好多了。至於選出來的文本則是彆腳透頂。我翻到的頁面恰是一篇旅行記敘，收在《南美洲傳教任務教化人心的不凡書信》裡面。那是卡神父寫的一封信。我開口朗讀道：「這裡要為各位描述一件值得大書特書的事……熱帶地區下起雨時（尤其在赤道那一帶），只要經過幾個小時，雨水似乎蛻變成大量白色的蠕蟲，和乳酪裡長出的蛆十分相似。可以確定的是，蠕蟲非由雨滴脫胎而來。比較合理的說法是，這種溫熱又有礙健康的雨水單純只令蠕蟲孵化出來罷了，好比在歐洲吧，雨水會令毛蟲或是其他昆蟲孵化出來，然後開始咬嚙啃蝕我們種的成排果樹。船長建議大家無論如何都得把衣物弄乾才行，但有些人聽不進去。不久之後，他們就後悔了，因為一旦衣物上面爬滿蠕蟲，那時才想清除便難上加難了……」

我本應該闔上書頁，然後挑選另外一本，但我終究沒能辦到……我不過只跳過幾頁，另外找到雖是描述異教徒的風土民情，但文字卻極出色的一段：「印第安人稱月亮為母親，而且以對待母親的態度加以尊崇。月蝕現象一旦出現，可以看見他們紛紛從簡陋的小屋走出，一面發出恐怖的狂喊聲和嚎叫聲，一面朝向天空射出數不清的箭矢，此舉乃為保護夜之明光，避免它被傳說中的天狗咬成碎片。亞洲好些民族（儘

管已經開化）對月蝕的觀念竟和美洲的野蠻人極其相似。」

　　然而此舉並未收到亡羊補牢之效，蠕蟲的滂沱雨已然引發後果。康彭夫人這酷好奚落挖苦的典型人物正在清點襯衫數目。她向燙衣女僕下達命令，然後轉身面向王后。王后沒戴手套，正用牙齒咬著指甲。她對於四周的聲音似乎一概充耳不聞，只是坐在一幅她母親的大型肖像下面，一幅以十字繡針法繡成的肖像畫，並且以飽含怒意的眼光看著周遭的人來來去去。最後，她向康彭夫人丟出一兩句話，後者連忙趕來我的面前說道：「你行行好，快別讀這種光怪陸離的東西。」然後逕自轉身回去數襯衫了。

　　接著，我朗讀起馬賀蒙泰勒大人[57]的作品。他以教養良好著稱，既非新教徒亦非耶穌會教士。我挑出他那《道德故事集》中的一冊，內容穩穩當當，讀不到教人難堪的文字：「想必您還記得里斯邦公爵吧？他長了一張冷酷的俊臉，那種只會對你說道：『我在這裡』的臉。他的天性愛慕虛名但又笨拙異常，是虎頭蛇尾的人物。所有領域他都插上一腳，但是樣樣都不精通。一旦開口說話，就要別人保持肅靜。雖然他有本事教人全神貫注等他發言，不過大家聽到的卻只有陳腔濫調……」我才開始讀起這段文字，王后的身軀便已經

57.　Marmontel：1723-1799 年，法國百科全書派作者、歷史學家、劇作家及哲學家。

陷進扶手椅中。有位侍女為她搬過來一只擱腳凳。最後，王后的耐性用盡了，做出令我停下來的手勢並且說道：

「這一位里斯邦公爵絲毫不教本宮開心。我認識他還不夠深刻嗎？他們那一類的人呀……待會兒你再為本宮讀點別的，不妨試試其他故事。你暫時別告退。」

王后親口對我說過（或者命令別人對我說過）不下好幾千次的「待會兒」。這一句「待會兒」儘管通常不是對著特定的人而是對著空處說出口的，卻帶有十分濃厚的禮貌色彩。我站起了身子，一手拿起我那張摺疊椅，一手握書，退避到角落裡。我身處的那隱蔽處的牆面上飾有長春藤以及旋花屬植物的淺浮雕，而且全部上了綠漆。這個場所雖然細緻高雅，但我看了卻生出不祥的感覺。「待會兒」那一刻遲未來臨。我被遺忘掉了，彷彿覺得壓在我手掌心裡的皮製書背、馬賀蒙泰勒《道德故事集》的書背就快要嵌進我的肉裡。

只要新的朗讀命令吩咐下來，皮製書背轉瞬之間還是可以從我掌心輕柔脫離。「待會兒」需要等，但通常最後還是盼來了。但是讀什麼才好呢？再讀另外一本故事嗎？但我書袋裡面沒有這樣的書，再說也不是去圖書館的時候。或是一本嚴肅正經的書？也許行得通呀？我立刻想到安端·古賀·

得‧傑伯蘭[58]這位古怪的博學之士。不知道出於什麼神秘的原因，他寫的書就是能討王后喜歡。可是他的著作偏偏不在我的書袋，取而代之被我拿出來的卻是《名犬事典》。因為王后愛狗，換成另外一個時空背景，她應該會對這本書興味盎然才是。我猶豫一下才翻開布呂施修道院長[59]所寫的《天史》（Histoire du Ciel）。這本書涵蓋面太廣，我擔心會加重王后的焦慮感。最後，我不得已選了自己那時在讀的一本書。時至今日，這一本書甚至不曾從我的床頭拿開過，那是拉法葉夫人寫的一本故事集。隨意打開這本作品，映入眼簾的是〈蒙邦席耶公主〉那篇的某一頁：「有天，吉斯公爵從洛施回來的時候，走上一條隨扈人員很不熟悉的路。公爵誇口自己路熟，因此權充嚮導，走在隊伍前頭。然而經過一段時間之後，他迷路了，而且走到連他自己也不熟悉的小河邊。整個隊伍的人都因公爵帶錯路而發出怨聲。等到停下腳步，他們很快便察覺到，小河中央泊著一艘小船。由於水面不寬，他們輕易便看出船上坐著三、四個女子，而且其中一位在他們看起來極具姿色。這位美女穿戴十分華麗，當時正神情專注地看著身旁兩名男子釣魚。這場奇遇使得與公爵同行的兩位年輕權貴及其隨扈歡快起來！看在他們眼裡，那姑娘彷彿

---

58. Antoine Court de Gébelin：1719-1784 年，瑞士法語區的新教牧師及神秘學信仰者。他令塔羅牌占卜術成為流行的秘術。

59. Abbé Pluche：Noël-Antoine Pluche, 1688-1761 年，法國神父，傳世最有名的自然史著作為《自然奇觀》（Spectacle de la nature）。

是從小說裡走出來的人物。」

我繼續唸下去，四周一片寂靜。王后在聽，我不需要看她的臉便能確定。在我踏進寢殿之前，那個空間亂糟糟的沒有頭緒，此刻卻變得澄澈且有秩序了。所謂「那個空間」是指王后她的心田。我繼續唸下去。我的嗓音充滿溫柔以及不外顯的內斂自豪，它成就了這項奇蹟：讓王后從忿懣以及懊悔的苦境中解脫出來。王后放縱自己，讓自己徜徉在文字的長流裡，好比跟隨音符節奏而去。王后再生了復活了，我便是令她蛻變的工具。我在心中喊著：「啊！但願這一時刻永遠停駐！」我只覺得彷彿將她捧在空中或是讓她漂在河中，好像她是暖陽照拂下的公主。然而，等到人家進來通報嘉布里耶勒・得・玻里涅亞克求見時，王后的注意力立刻從我這裡移轉開去。眾侍女都已退下了。拉法葉夫人也閉上了嘴。康彭夫人受命留在寢殿，我也一樣，因為夫人覺得我還可以繼續協助收拾雜物（她的妹妹以及佛施賀伊夫人正在他處忙碌）。自從王后出宮的計畫取消後，康彭夫人便仔細地、低調地負責物品歸位的任務。

今日雨天，我有滿腹疑惑，文稿紙張散落一地。太陽再度露臉，我去里涅公爵府上（維也納，一八一〇年六月）

現在，我最好依循蒙德哈貢大人的建議，在自己的床上

不斷拍手。蕾絲花邊連指手套無法保暖，羊毛連指手套也令我的手指凍到發僵。六月份難耐的潮濕天氣造成我身體的病痛，而這病痛又令我更覺得寒冷，沒完沒了的冷。好個陰雨綿綿、滿地泥濘、教人快活不起來的月份，教人看不到一絲初夏的徵兆。不安苦惱如影隨形。我緊閉著雙眼躺在床上，由於根本沒有進食欲望，我的體力一直耗弱下去。我對自己說道：「看你死掉算了，不要再等什麼，尤其別再指望好天氣了。話說回來，就算天氣放晴對你有何好處？又能改善什麼？花香撲鼻，澄藍天空，外面人聲不斷……那又怎樣？凡此種種真能在你體內注入苟活下去的能量嗎？」我的文稿紙張到處散落在地毯上。每次當我不得不下床在房間裡面走上幾步，我不但不注意自己的腳是否踩到那些文稿紙張，甚至還很樂意用手杖的尖端將它弄皺，將它戳破，將它毀壞。日子沈重，快要了我的命。我墜入黑夜中，彷彿墜入失眠的深淵裡。我激動得經常喪失理智。我兩度驚覺自己竟開口向聖母瑪麗亞禱告，而唸出的則是王后她的名字：「哦，瑪麗-安托奈特……」到第二次，我甚至於驚跳起來，因為「王后情人」那痴漢的聲音躡隨我的祈求，在我的腦中炸開來。他該不會在冥域裡潛行，混跡在眾亡魂之間，繼續用他那無盡的絮叨騷擾永眠的靈體吧？而王后會不會依然宅心仁厚寬恕他呢？想到白雪，我的內心總會昇起模糊不確定的感覺，現在看到雨時，也有同樣觸發。沮喪無邊無際，和惡劣的天氣

比較，它的強度未免太巨大了，直教我的眼眶溢滿淚水。水滴單調重覆打在中庭石鋪板上，那是揮之不去、始終如一的背景聲，那是拉丁文格言 *vanitas vanitatum*（萬般皆空）舊調重彈的主題……那是我從水的單調噪音中聽出的訊息。其他聲響都被這低音淹沒了。小雨有時候增強為暴雨。暴雨叩擊我的玻璃窗戶（因有大風助虐，雨水幾乎垂直拍打），然後暴雨轉弱，回到無止盡的糾纏狀態，註定下到地老天荒。有時大雨減為毛毛細雨，早晨拉開窗簾的那一刻，看到外面竟像瀰漫著十一月份的濃霧。維也納的空氣中飄盪著麥稈被打濕的氣味。多瑙河好像到了雪融的季節似的，水位昇高，淹沒兩岸。聽說橋梁坍塌，地皮滑動。在環繞城市的貧窮郊區裡，當局記錄了首幾例的霍亂症。我沒去過巴黎，因為當年我從家鄉直接就到凡爾賽宮，所以無從得知巴黎是不是獻給死神的京城（我指的是常態下的天職使命，例如恐怖統治時的危機年代），但我清楚，維也納正是這樣的。維也納是死神國的首都。要是有誰懷疑此一論調，那麼請他到格拉本（Graben）大街轉上一圈，在那車水馬龍、人聲鼎沸的環境中觀看雄偉矗立、教人家不得不駐足仰望的鼠疫紀念柱。那支柱子好像觸手一樣，朝向四面八方攫住你的注意，如此震懾人心，教你無法移步脫身……我失足滑倒了。我失去以恐懼為基調的夏季，又無法迎向活人的季節。我只隨波逐流，整個人蜷縮在鴨絨的床罩下，覺得被遺棄了、被摒斥了。要

是我能深深吸一口氣，那麼我的一切便能恢復。我很確定，自己將能重新活在古老的世界中，大洪水尚未爆發之前的時代，那是時間長河另一邊的天地。王后秋波閃耀，在我得以抓住她注意力的剎那間同時就熄滅了。蒙邦席耶公主也僅像一具在水面上晃動的骷髏。還有那一張張青春容顏，如此逼近，小小金色鬈髮從白色假髮的根部鑽露出來，臉上漾的笑意如此模稜兩可，一切都沒入他們源自的那片暗夜。他們額頭撲粉，兩唇猩紅，雙手如此白皙，那一雙手生來不為持握，只為微觸，只為輕撫，只為在空中優雅地比劃……正因如此，他們才會立刻鬆手是吧？天生無法緊緊抓牢、死命抵抗是吧？有則軼聞教我印象深刻：有個貴族少年首次獲准獨自外出，由於他深知自己家庭的經濟狀況捉襟見肘，因此玩樂之餘也注意到不可花費過多。回家以後，他驕傲地把節省下的金錢交還給祖父。祖父非但不加稱許，反而以輕蔑的眼光打量他這孫子，接著拿起那筆幾乎沒有動用的零用金，打開窗戶，扔了出去……雙手一旦接受這種教育，要他如何學會死纏不放？……那一雙手倒是會扔東西，扔得出神入化，連僕人都效法起主子了。在凡爾賽宮裡，他們從窗戶扔出的東西教你看了瞠目結舌。抱怨吧、抗議吧、譴責吧，沒有哪種做法能夠導正此一歪風。夜裡，玻璃棚被人砸壞的聲音經常令我驚醒過來。可是我雅嘉特不扔任何東西，我的雙手知道如何牢牢抓住一切。那麼，我在這一群完全不抓牢任何東西的

人當中竟能優游自得，原因何在？「優游自得」其實辭不達意。所有事物都開始離棄我：字詞，我對於字詞的渴求，始終努力不懈使我達成任務⋯⋯雨水並沒放慢它那瘋婦似的腳步。維也納比起半毀的城市更加不堪，最後該不會被淹沒了呢？我閉上眼。我睡，但睡不著。我活，但如行屍走肉⋯⋯

有天早上，太陽終於露臉。它止住了我的啜泣。光線充盈我的雙眼，而我哭了。我了解到，損耗我心靈的並非枯待夏季來臨的那過程，而是恐懼夏季到了卻不能夠歡欣鼓舞起來。原來我判斷錯誤了。我一直都還能歡快起來。我好幸福。向晚，我坐在窗台上，欣賞仍明亮的蒼穹，陽光持續拂照。我重新品嚐起香甜的風，那是何等樂趣。然而，夏日那種溫和天氣只像曇花一現罷了。盛夏天氣太過炎熱，暴風雨又經常肆虐，教人疲乏委頓。蚊子以及其他昆蟲傳播各種奇奇怪怪的病。凡爾賽的濕黏答答維也納有，但伴隨而來的燦爛瑰麗它卻沒有。格拉本大街上那個鼠疫紀念碑陰險散發著瘴癘之氣並且奪人性命。一如往常，今年夏天我會去里涅公爵位於加騰堡山區的房子裡小住。多麼令人快活的地方啊！公爵他擁有的住所都是這樣，歡欣氣氛教人快活。公爵做的每一件事都具備這份輕鬆的樂趣，就算不做事的時候，他的周遭仍洋溢令人顫動的幸福感受。今年夏天，公爵答應從他最漂亮的幾棟房子撥出一棟供我小住，那也是我最喜歡的一棟。

這種木造房子他有九棟，小而精巧。「我的」那棟位於多瑙河岸，雅稱「釣叟之屋」。窗戶外遮板的正中央鏤出了心形圖案……

我等十月來臨，不是急切想要返家，而是重新投入寫作。我在公爵木屋裡小住的時候，發生一件教我極為悲傷的事：公爵千金的一名家庭女教師衣服著火，她很快便化為一支人形火炬；眾小廝衝進去之後以為自己撞鬼，非但不加救援，反而奪門而逃，他們和那個瀕死的可憐女人叫聲同樣淒厲恐怖。除此之外，並無其他不愉快的經驗干擾我們度假……在鄉間待上一個月，等於縱容自己沈溺在那無視歲月的幻覺中，以為世界靜止不動……公爵善於遺忘自己不願回憶起的一切，而且技巧已然出神入化。我想，他期待賓客向他表示謝意的唯一方式便是：效法他的榜樣，必使自己年輕活潑起來，不要算計俗務，內心永遠壯闊璀璨。但我很難辦得到啊！

有天下午，我在樹下打盹。公爵走近我的身旁，態度親切對我說起教來：「到了我們這種年紀，睡午覺是很危險的，等於你給死神可乘之機，可別讓他佔便宜了。」他用大拇指擦過自己的門牙（公爵他的禮貌偶爾教人不敢恭維，不過那也正是他魅力的成因！此一動作雖不尋常，但讓他有機會強調自己齒牙尚未動搖），然後移來一張扶手椅並在我面前坐下。他說：「你一定說自己很累，其實你並不累，完全不累！

我敢向你保證，那是偏見。」我仍堅持己見，他又繼續說道：「你看看我。我看起來累嗎？（他的兩只金耳環顫動起來了）。如果你認老了，那麼你就真老。我呢，我偏不認。」這句「我偏不認」令我著迷。

里涅公爵的府邸裡只說法語。他們那種生活型態和路易十六統治下的法蘭西並無二致。相同慣俗，相同儀節，說起話來習癖一個模樣，穿著打扮也是昔日般的風尚式樣。朋友都稱呼他為「夏爾洛」，這是從凡爾賽宮時代延續下來的。面對現況，妥協真是少之又少。言談之間若是有人一時疏忽夾用某句德文慣語，四座都會感到受冒犯了，只以靜默表達憤慨。里涅公爵曾說：

「用德語說話不會笑。」

「可是王后會笑。她可不是到了凡爾賽宮才學會笑，而是在維也納用德語學會笑的呀。」

當我丟出這句答話，這句脫口而出但是立即令我後悔的話（因為我不喜歡和公爵唱反調），我彷彿聽見王后的聲音就在我的耳畔。王后在笑。公爵平躺在長椅上，雙眼向天瞇成了縫，他嘆息道：「多美妙啊，這菩提的香氣。」有位女僕彎腰替我將背後的靠墊拉高。這時，我注意到公爵的兩條腿，瘦乾巴的羅圈，白色長襪無法貼緊包覆，在紅色的高跟

鞋上拐轉並且造成皺褶，模樣難看極了。單說那雙鞋子，現今世界誰還穿那個呢？的確，他不認自己過時了。一陣疲憊之感將我淹沒。我仍聽見耳畔響著王后笑聲，笑聲混雜著菩提花間蜜蜂的嗡鬧。里湼公爵的話變得模糊難辨。在他背後開展法式花園，有條小徑一直通往岸上的房屋群，甚至一直接到水邊，所有真實的存在感都喪失了。公爵的千金克莉絲汀從霧氣裡冒出來，但是才過片刻，她又沒入鬼魅魅的前景之中，那將夏日風情稀釋掉的前景。櫻桃，我突然興起想要櫻桃的強烈欲望。我心裡想：「要上哪裡去拿？向誰開口才好？」「華梯之幻」的眾人物彷彿受到我那問題召喚，紛紛出現在我面前。男士一概穿著十七世紀時的宮廷朝服，假髮從頭頂覆蓋到後背。女士全都穿著出奇寬大的鯨骨框裙子。梯階閃閃發亮，都由嶄新的白色大理石砌成。一如往常，在這種幻境中，朝臣個個僵著身軀站著，彼此間的距離彷彿經過嚴格計算，此景教我目眩神迷。那些臉孔教我倍覺親切，可是我又無法確切指出哪張臉是哪個人的……彷彿他們羅列在我眼前只為自我否定。在梯級的最高處出現了王后，接著她卻疾步奔下大理石的華梯。王后所經之處，無人回望，無人屈膝行禮。他們的眼睛只是直怔怔地向前看。王后正好相反，她的豐沛活力流露出某種不可遏阻的東西。奔跑還嫌不夠，王后她還不停跳躍，然而每跳一次，從這梯級跳到另個梯級，她好似櫻桃的耳墜眼看就要甩飛出去。有位男士，那

是身材極短小的法官，一頂假髮罩下，好像穿了件短大衣似的，王后經過之際，只聽見他高聲說道：「王后最愛這種淫蕩嬉鬧。」

是誰將這些幻象呈現在我眼前的？魔鬼就這樣永遠纏鬧下去嗎？

這裡我要讚揚公爵一句：儘管不肯輕易掉進懷舊的窠臼中，他還是經常談起王后的。他是這裡唯一會提到她名字的人，也是唯一會到嘉布里耶勒・得・玻里涅亞克的墳頭沈思默想的人。她因憂傷過度，一七九三年的十二月五日死於維也納。每當我們湊在一塊，而且他也正好想要談論王后，他總會先來上這一句開場白：「您可曾記得啊？」我沒什麼好回答的。以前我和公爵分屬兩個截然不同、彼此又沒有交集的世界，各自以不同方式和王后相處。哪怕只是裝裝樣子，想要憶起王后，那都是粗鄙不堪的。不過曾有一次，公爵憶起連我也印象深刻的插曲。我沒有說出來，但是當他往下敘述之際，我的腦海便浮現完全相符的場景：那是好久以前的事，當時王后和嘉布里耶勒方才結為密友，兩個人玩起她們所謂「欣賞扇子順水漂流」的遊戲。她們走到特里亞農宮園林中那個小村落的一座小橋上面，然後憑欄俯視，並且想像水面已經滿覆扇子。她們描述扇子顏色及其精妙之處。絹製的或是紙製的，反正一律扇面張開，隨波逐流。等到扇子漸

漂漸遠，她們不免生出惆悵之情。當時，多少貴婦女官以及朝臣爭先恐後擠到溪邊沿岸，聚精會神地緊盯著水面。

我的床頭櫃上擱著一整盤無花果。無花果被無花果葉襯著，散發出的芬芳氣味教人不敢置信。我的寂寞城堡，我的記憶劇場再度閉合起來。「您可曾記得啊？……」

在王后的小套間裡（下午一時）。我無意中聽見王后和她寵幸間的對話

「說坦白話，夫人，我本來打算在其他場合以不同方式歡迎你的呀。」

王后一面說話，一面指著一件行李、一口箱子和幾個半開半掩的袋子。這些物件擱置在地板上幾乎教人寸步難行，因為房間十分狹小，又以窗簾掛毯遮得密不透風，另外還塞滿了小型家具（這些家具上面更堆積了肖像畫作、小盒、花瓶、珍玩或以珍珠母貝、象牙、烏木、瓷器、羽飾和綢緞製成的錦簇花籃）。然而嘉布里耶勒・得・玻里涅亞克的身軀如此苗條柔軟，以致毫不費勁便可以在這些已無用處的行李間暢行無礙。對於王后，這些行李件件都殘酷提醒她出逃失敗此一事實，因此也就加倍礙眼。嘉布里耶勒的膚色十分白皙，髮絲自然披散在肩膀上。她穿了一件綠袍子。一條寬幅腰帶襯出她的體態。這位少婦個頭嬌小，身材曲線玲瓏有

致。王后正是被她這份柔美、這份溫和脾性深深吸引住的。這位寵幸美得落落大方。凡爾賽宮裡的慣俗講求濃塗艷抹，所以她那清新氣質與之相較便像一束奪目光芒教人訝異。和她相比，宮裡其他女人個個都成了木頭人，不但姿態挺不靈活，動作機械死板，而且言語蠻橫、咄咄逼人。她的嗓音如此悅耳，應對進退如此內斂。人家所以注意到她，正是因為她不愛強出頭。她那一雙清澈眸子從不在誰身上勾留，在棕褐色頭髮的烘托下，更加顯得淺淡，同時使她散發出不可捉摸、無從掌握的特質。

　　嘉布里耶勒的屈膝行禮如此輕妙、如此迅速，彷彿就要跳起舞來。當她打算再度行禮之際，王后站起身子，然後將她一把摟住。王后整個人發散出一種顫動的、輕易就碎的東西。方才我那朗讀所造就的短暫寧靜轉瞬之間化為烏有。

　　「我多麼想離開凡爾賽宮！我從不曾像這樣堅持自己的意見，堅持到非得了卻心願不可的地步。我的願望落空，那是前所未有的羞辱啊！」

　　王后眼見就要發起脾氣，但是當著這位密友的面，形之於色的只剩柔情和感傷：

　　「昨天王上如果同意，我們倆不都得救了。我敢確定，

要是那樣，等到我們回宮之日，那些蜚短流長也早該平息下去了。一旦沒有人再搬弄惡毒口舌，那麼民眾種種逾矩行為也能隨之消失。法國人是當局者迷，完全不清楚自己的所作所為。他們只會同流合污，好比一匹狼聽見了同類嗥叫，牠也不假思索扯開喉嚨附和。舉國上下都發一種聲音，但是深究起來，此舉的意義何在呢？」

嘉布里耶勒沒作聲，也沒有想要發言的意思。她向鏡子瞥了一眼，看見兩張緊靠的臉（或是單單只有她自己的而已），然後伸手碰碰那朵插在她髮雲中的玫瑰。她將頭腦輕晃一下，想確定玫瑰是否插牢了。這個動作如此細微，但對王后而言，這已足夠消除一連串的憂慮、抹去外部來的威脅。那些行李不再具有任何意義，不過是王后心血來潮留下的痕跡罷了。

王后拉著她的密友坐在自己身旁，令她坐在一張與自己坐椅同等高度的扶手椅上。直到那天，只有王上一人曾經坐過那張椅子。王后傾身對嘉布里耶勒說道：

「哎呀，我的好人兒呀……可真教我操足心了。我多麼牽掛啊，就怕人家阻撓你來見我，又怕人家把你關進監牢或是你生病了。盡是一些教我煩心的要命念頭啊。還好現在你就守在我的身邊，如此光彩奪目！……你穿這件綠色袍子，

多美麗啊，是淡綠、水綠還是菩提綠呢？」

「陛下，臣妾不夠細膩，所以說不上來。」

　　她的雙眼、她的嘴唇、她那臉頰上的淺淺酒窩全都飽含洋洋喜氣，在在說明她不在乎綠色那諸多的細膩調子，而且，說得更精確些，她對這一切根本就嗤之以鼻。她以輕鬆的玩興與王后應對，因為她很清楚，王后在閒談中很少會鎖定單一個話題深入下去，所以絕不可能把這遊戲玩得過火。此外，雖然她對布料並不特別著迷，但倒喜歡談論流行時尚。王后本身對於這類瑣碎話題樂此不疲。

　　「您說我這袍子是杏仁綠？是竹筍綠？是碧玉綠？還是幼鱷綠呢？」

　　王后笑答：「好人兒呀，你怎麼都說錯了呢！既不是幼鱷綠，也絕不是菠菜綠或是刻薄綠……」

　　「也不是妒嫉綠，多醜惡的綠色！」

　　「的確教人無法信任。」

　　「一點也不磊落。」

　　「心肝寶貝，我的心可曾被其他人觸動過？所以能夠和你相聚是多麼珍貴啊！」（王后將身子靠得更近嘉布里耶勒，並且伸手撫摸她的臉頰，有著淺淺酒窩的那一邊。）王后接續說道：「說實在話，我覺得妒嫉是時下最氾濫的心態。每

一個人都在覷覦別人比自己更高的地位。所有行為都受它的驅策。大家庸庸碌碌過活，目的正是為了平息內心那份妒嫉。可是，自己癡心妄想的地位一旦摶著了，大家卻又巴不得能往更高處攀去。畢竟在更高處的影陰下過活仍是不愜意的，必然還要再度發動攻擊。這折磨該多猛烈啊，永無寧日的鬥爭和交鋒，伴隨心滿意足的是腐敗墮落！我看穿了廷臣們的野心，只是從來沒料想到平民也有野心。」

嘉布里耶勒以完全無所謂的語氣回答：「一整套的新玩意兒……」

「法蘭西的子民自以為是，想要選出自己的領導人。多麼奇怪的觀念啊！而且他們以為必會敬愛自己所挑出來的人……然而，如何敬愛一個無從得知其童年的主人呢？……先王路易十五曾經向我講述他童年時代的一樁軼事。當年他住杜樂利宮，主政的是攝政王腓利普 · 奧爾良。有一回他到可以俯瞰花園的陽台上玩，這個消息立刻傳播開來。巴黎市民紛紛跑來該處聚集，並且抬頭仰望，一站就是好幾小時，期待能一睹幼君玩耍的模樣。說到巴黎市民……他們真的今非昔比！夫人，雖說你的童年並不愉快，但是你竟然完全沒有養成善妒的習性。你的雙親早逝，又沒半點錢財，按照道理，你應該最會嫉妒別人的好運。」

嘉布里耶勒回稟道：「啊！是嗎？我從不曾想過這個問題。」（她用手撥開了玫瑰簪花下面那捲遮蓋了前額的頭

髮。)

「深入談談你自己吧，我對你的認識未免太淺太少。有朝一日，如果我們註定……反正，我親愛的，告訴我更多的事吧！」王后急切提出這種要求，彷彿她攀附在淳樸之泉的邊緣上，想要一飲再飲它的甘美清水。

「陛下，臣妾對自己的命運再滿意不過了。我自認為一向如此，這是我人格的一項特色。陛下您的寬厚慷慨又教臣妾從此幸福得無以復加了。」

看來嘉布里耶勒・得・玻里涅亞克並無意將這場對話導向更推心置腹的地步。她不喜歡談論自己，或許寧可回到列舉顏色名稱的遊戲上。不過，由於王后再三堅持，她也不得不追憶一下自己的母親，那位芳年早逝但還不致於令她沉痛悼念的母親。即使在她母親尚未作古之前，母親也常不在她的身旁。就算有時陪在她的身旁，她的印象依然十分模糊。她只依稀記得，母親身材纖瘦，衣著打扮十分出色，當時正在向她道別……母親彎腰對她親近，可是小女孩都還來不及向她說聲再見，母親轉瞬之間便消失了。場景是外省地區某棟旅館內一個個相連的幽暗房間裡面，她的耳畔響起鞋跟細微的登登聲，然後一切歸於寂靜。

「她的死訊傳過來時，我只覺得自己從她那許多次草率

不用心的道別裡解脫了。她總算如願以償長逝了。我的父親一樣也消失得無影無蹤。在他出發遠赴南方定居之前，就先把我託給一位堂姊照顧。場景還是外省地區同類型的旅館，一樣地空蕩蕩，一樣地灰暗暗，幾乎沒有什麼家具。我倒喜歡這樣，一個又一個空房間。長到十四歲後，我離開了這位堂姊，並且被我姑母安勞侯爵夫人收養。這位姑母本身在顯赫的阿爾托瓦侯爵親王夫人府裡供職，等我十七歲時，便把我許配給朱勒・得・玻里涅亞克侯爵。然後……臣妾再也沒有別的可以稟告，因為從此之後，一切幸福美滿。」

嘉布里耶勒笑了。王后也是，但是她的笑聲似乎透著餘韻。

「你母親離開之前還能想到你，她也算是體貼的了。」
「可惜只在那種時刻表現體貼而已。可是我怪罪她就不對了，我真的完全不瞭解這個人。」

她們兩人彷彿陷入幻想，只是各想各的罷了。過了片刻，嘉布里耶勒突然回憶起某個場景，儘管遙遠卻很清晰。

那一年她大概五、六歲吧，長日漫漫，人家一概將她扔著不管，後來才有一位女侍開始照顧起她，又將她打扮得漂漂亮亮。當她洗完澡、梳好頭後，女侍便為她穿上了白袍，

在髮雲裡別上星形頭飾，然後最奇妙的，在她的兩肩安上一對大翅膀。接著，女侍將她帶往一個有許多人在裡面跳舞的大廳間裡。起初她很害怕，不過因為大家都看重她，紛紛都稱讚她，在她經過之時讓路給她，小心翼翼惟恐損害她背後那對漂亮的翅膀。舞會結束之後，小女孩接連數天仍然背著翅膀在走廊穿梭來回。最後，她遇見母親，而母親只對她說：

「怎麼，寶貝，你還這樣裝扮！難道你不知道，化妝舞會和世間所有的事物一樣，總有結束的一刻嗎？」

豈料小女孩哭訴道：「媽媽，可是沒有人幫我摘掉翅膀呀。」

「別煩惱，嘉布里耶勒，我的天使，媽媽幫你……」是她母親親手為她拿下那一對翅膀的。

得 · 玻里涅亞克夫人下結論道：「正好就在那一時刻，我整個人徹底被哀傷擊垮了。我哀傷到恨不得死掉。」

哀傷又回來了，這次將她以及王后一起籠罩住了。

後來，她們開始議論最近有關朗巴勒公爵夫人的閒言閒語。傳聞路薏絲 · 得 · 朗巴勒懷孕了。公爵夫人為了消弭這項謠傳，故意動不動就騎上馬背馳騁，最後只把自己搞得渾身酸痛。

「她實在不應該這樣，平時背部就不結實。」

「其實被人惡意中傷才叫難過。剛才諮議會散會的時候，我似乎看到朗巴勒夫人站在出口，樣子像生病了。在那一群焦慮窺伺我們的人當中，她和別人毫無差別。只有你的臉龐散發耀眼光輝。在那一張張憂傷的面容之間，你就是鮮亮的一塊綠洲。他們那種愁容不見得出自對於本宮的憐惜。」

嘉布里耶勒聞言趁機道歉，說自己違反了國喪規矩。但那並非膽敢頂撞，而是為王后好，希望她在林立的黑色喪服間找到些許溫情，好讓眼睛以及心靈能在淡雅柔和的色調裡歇息。綠色，那是希望之色……

「我已徹底絕望。不過你特意選了件綠袍穿上，這份體貼心意我還是很感動。綠色一向是我最偏愛的顏色……你穿衣也考量到我，如此專注，如此寬厚，嘉布里耶勒，有你在我身邊，出宮計畫雖然受挫，這份沮喪就沒那麼難以承受，而恐怖時局的壓迫感也輕了一些。我們正度過不幸的階段。未來看得到撥雲見日的那一刻嗎？我很悲觀。不過，你說得對，不能失志。我應該相信你這袍子的顏色……美好的綠洲啊……幾乎和這只寶物的顏色一樣……（她從壁爐的凸邊上拿下一盞玉杯，一面說話，一面將它翻轉來翻轉去。）世間

竟然有色彩如此精妙的東西！上帝本來可以造個無色世界。沒有枝枝節節好多麻煩……但無色的世界……那麼我們如何知道樹長高到哪裡，天空又從何處開始？一切都混淆在無可辨識的空白中。眼睛儘管能看，但你無法區分此物彼物，不能察覺邊際。也許人的心靈因此獲得寧靜。也許。但也可能恐慌起來……彷彿活在永恆的冰雪世界裡……不然，上帝本來也可以造個透黑的天地，無止無盡的暗日子，一如今天……」

王后憎惡黑色。在她眼中，那是晦氣不吉祥的顏色。可是晦氣偏偏不斷侵擾著她。儘管嘉布里耶勒的風姿如此綽約，儘管她的那襲室內薄料寬鬆便袍有著粉彩綠色，儘管她們閒聊如此有趣，前言不必搭著後語，儘管無意義的字串源源不絕湧出……她們多麼喜歡聚在一起說話，王后尤其如此，不過也許兩方都是這樣。她們單獨相處，在特里亞農宮園林中的村屋共度多少漫長午後，甚至整段夜間，有時避入岩穴，有時閉門躲在藍金二色為裝潢主調的私人小劇院裡，那是瑪麗-安托奈特的小劇院，她的娃娃劇院。她們多麼喜歡促膝長談，為說話而說話，以致兩者即便真有要事要談的時候，通常要花許多時間才能導入正題。深究起來，也許她們從來無法據題商議出個什麼……她們中意過程而非結論……然而，此時此刻，這種奢華享受再也不可得了。

我觀察她們親暱的互動。王后被她這密友的風采深深迷住，以致在不自覺的情況下竟然模倣起對方的姿態（王后的動作突然放慢了速度，這點遠遠不是她的習慣。王后學著皺起鼻子，可是這小動作不適合她，然而呈現在嘉布里耶勒的臉上便顯嬌美了，因為後者那尖端稍微朝天的鼻子很是活靈淘氣）。王后也借用她的幾句口頭禪，例如：「都一樣啦！」。這是嘉布里耶勒慣用的，曾教黛安娜・得・玻里涅亞克火冒三丈，因為後者儘管把啟蒙主義哲學家的平等理論捧上了天，卻絲毫沒辦法容忍「都一樣」的概念。說出這句話的時候，嘉布里耶勒會有特定的表情：眼皮半開半闔，以極其溫柔的語調說明：某某事情於她而言真無所謂。此時，與談對象就算堅持也沒有用，硬是無法逼她做出抉擇。然而，從王后嘴裡說出的「都一樣啦！」卻具有截然不同的語義，甚至於和嘉布里耶勒的本意恰好相反。王后會用它來表示賭氣與不滿的情緒，弦外之音便是她仍然要按自己的心願詮釋一件事情。除了「都一樣啦！」，另外一句王后同樣經常掛在嘴邊的話也是借自這位密友，而且由於頻繁使用，幾乎變成她的座右銘了：「我真聽不懂你說的。」可是對於王后而言，就算她模倣得如何維妙維肖，但總仔細提防，務必不將聽不懂的責任攬在自己身上。嘉布里耶勒說這句話的時候，整個人流露出來的是無比的和善體貼以及專心致志，且將上身向你靠攏，似乎誠心要幫助你認清，她的理解能力並無過人之

處，而面對她這樣坦白承認自己力有未逮，你也應該降格以求來屈就她。這種情況教她只想發笑，因為對方太抬舉她，竟然誤認為她比實際上來得聰明，誤認為她心思敏捷。「我真聽不懂你說的。你說的這一切我徹底掌握不住啊！」

王后突然說道：

「天地何其廣濶！」然後她又補上一句：「我甚至沒見過大海。」說這句話或許為了讓嘉布里耶勒開口回應，因為這位摯友對於她剛才的意見並無特別感受。

「我也沒見過大海呀。我想大海一定相當可怕，非常鹹不打緊，而且還會誘人背棄宗教。」

「王上見過大海，去瑟堡[60]時見過，但不知道是否伸手摸過，反正從來不曾對我講述。王上拿地圖給我看，告訴我怎麼去海邊，可是光憑地圖，我也很難想像什麼，要是給我看一棵樹或一朵花，一切就鮮活起來了（這話教我稍稍感到安慰，我暗自想，我沒能耐畫出地圖其實不必大驚小怪……）。我只要坐在黎巴嫩杉木下的濃蔭裡便可以神遊到東方去。」

「特里亞農宮已經包括整個宇宙了，何苦親自踏上旅

---

60. Cherbourg: 位於法國西北部諾曼第半島尖端臨英吉利海峽的一個城鎮，為法國大西洋岸重要軍港和商港。

途？」這個問題提得不好。嘉布里耶勒意識到，但又無法收回這一句不得體的話。

王后終究又開口道：「因為對於周遭慣常的事物感到煩膩了，所以才要踏上旅途，想要探索，或者單純只求開開眼界。畢竟需要身臨其地才能見識不同的事物啊……說到外國人吧，真正的外國人，也就是那些從很遙遠異邦來的人，他們其實無法教我們體驗另外的世界……說坦白話，我還不曾遇過具備這種能耐的外國人。我很怕外國人。我就在想，遇到外國人就好像你不得不和伏爾泰會晤，該說些什麼才好呢？」

「王后陛下，您記得嗎？去年夏天八月份的時候，帝波-撒耶派來三位特使……矮小的三個人，彷彿小人國的居民似的。每當他們彎腰致意，人家只能看見三團頭巾……」

「對呀，帝波-撒耶那位米梭賀蘇丹派來的特使……那次訪問在儀禮安排上可造成不少的困擾。負責引見特使的官員特別參酌了相關文字，但也僅有寥寥數語：『至於從莫斯科或土耳其來的特使，以及王上意欲對他們展現權威的特使，完全沒有任何紀錄。』王上差點沒能接見他們，後來雖然改變心意，也是為了向對方釐清一些地理方面的問題。」

「米梭賀國在哪裡呢？在法文裡算陰性字還是陽性字呢？」

王后比了一個「天曉得」的手勢……那個人種可真令人好奇。王后不但親自靠近他們並且仔細審視，而且下令用蠟塑出那些人的形象，以便公主看了開心，無奈王后無論如何記不住他們的相貌。他們那幾張臉異國情調太濃，這種情調濃得教她無法回憶起來。他們長得不像任何的人，所以無從和誰比較，一如他們吃的菜餚，熱得燙口，此外別無印象。

「啊！也不盡然。我還依稀記得送我一件平紋細布長袍的那一位。第一天，他們三個的舉止還算正常，到了隔天，似乎對於任何東西不再感覺興趣。參觀園林的過程中，只見他們不停地在小腿肚上抓癢……（她們笑了起來）往後的十天裡，他們把自己關在特里亞農宮的套間裡，等著回去米梭賀國。」

「他們和您一樣，也怕外國人哩！」

「他們應該更怕蘇丹才是。聽說回國之後，帝波 - 撒耶下令將他們都推去砍頭。」

「我們千萬不要去米梭賀國啊！」

說到這裡，她們兩位沈默下來。王后把手伸給嘉布里耶勒。她們就這樣手拉著手過了一段時間，好長一段時間，好像絲毫沒有急迫，沒有壓力，不需拼搏努力……不過，過程之中仍然有人突然闖入，都是給王后送信的，但是王后一律

把信擱在一旁，打算稍後再讀。沒有任何事物可以中斷她們那情投意合的會晤，她們那獨一無二的相處方式。

王后向嘉布里耶勒吐露：

「昨天，我清清楚楚聽見人家在我的耳畔低語：『把握機會，趕快行動，她把鑽石剝下來了。』我只覺得好像有個刺客朝我後頸吹氣似的。有時我想，自己究竟瘋了沒有？是否誇大了環伺在我身旁的恨意。」

「王后陛下，臣妾認為您言過其實了。您因疲累，所以才把事情看得比實際上嚴重許多。請您務必記得：臣妾無論如何都會守在您的身邊，一齊和您承受磨難。時局不管如何危殆，我都不會棄您而去。『大家』都不會離開您。您有那麼多忠心耿耿同時對您心存感激的好朋友啊！」

聽到這一番話，王后目不轉睛看著這位被她稱為「莫逆之交」的人，這位讓她愛人如愛己的摯友。王后以極度絕望的目光直視對方，然後開口說道：

「說到那股恨意，我並沒有言過其實。恰巧相反，我認為自己還沒辦法勇敢正視它的強度呢！不過，有一件事我倒十分確定：你已被我連累，掉進這個恨意的深淵裡。由於我

的關係，人民都恨不得你死。法國人都想取你的腦袋。說老實話，剛才你一進來我就想告訴你一件恐怖的事：有名婦女被人刺死在馬車裡。原來認錯人了。那些刺客把她誤認為你。我們竟然變成人家狙殺的目標了，你和我都一樣。有人在巴黎市區公然焚燒我們的芻像。最近變本加厲，焚燒芻像已經無法滿足他們，因為他們想要加害本人，想將我們置於死地，毀滅我們活生生的血肉之軀。正因如此，親愛的嘉布里耶勒，為了你能安然無恙，我才要如此懇求你：離開法蘭西吧，趕快動身。你要明白，我將要忍受肝腸寸斷的痛苦。我自身無法實現的夢想由你去實現吧。趕快逃命，帶著你的女兒，帶著黛安娜走。如果堅持不走，你會被人暗算。連你整個家族都會凶多吉少。第一個遇害的必然是你，接著是誰我就不知道了……在那暴行鋪天蓋地向你襲來之前，你要防範於未然啊。」

王后的語氣充滿激動的情緒，不過態度卻極審慎。她很清楚，貿然提出這個建議，對方根本無法採納，所以已經做好心理準備，要一一反駁這位摯友的論調。

然而，嘉布里耶勒卻十分平靜將話聽完，非但沒有表示異議，反而趁勢抓住這個大好機會。她同意王后的觀點。這是極痛楚的抉擇，但是背後的掂量卻充滿睿智。總歸一句，雖說離別，畢竟只暫時的，他們很快會回來的……

王后打了一個哆嗦。對方的話如此平靜，如此不帶情感色彩，真教她驚呆了。嘉布里耶勒察覺到瑪麗-安托奈特那顫動的雙唇。王后很難為情，她將視線移開。這片靜默如此凝重，教人難以忍耐。為了哄哄王后，她補上一些話，於她而言無關痛癢，但是句句都像尖刀捅進王后的心。她的雙眼只盯著自己腳上那繡花鞋的鞋尖，同時一口氣將旅途上的必備物品逐條唸出，四輪豪華馬車啦、護照啦、滙票啦。她說出的人名和數字都十分精確，都已預先考量周全。細節交代好了，嘉布里耶勒抬起頭。王后嘴巴半開，顫動的雙唇看上去很不體面，眼神似乎正在哀告，好像剛被痛毆過的怨婦。嘉布里耶勒開口還想補上兩句，但王后吩咐她無需贅言。她站起身逃離開了。嘉布里耶勒匆忙尾隨而去，嘴裡不停發出哀嘆。才過片刻，她驀然停下了腳步，因為王后攬住她的腰肢，又把頭依偎在她的肩上。王后看上去又是明艷動人了。嘉布里耶勒懇求道：

「不要說我拋棄您吶！」

王后語氣和緩地回答道：「這是既成事實。做都做了。你拋棄我。」

我沒有辦法像康彭夫人那樣，習慣在王后所處的房間中把自己當成個隱形人，彷彿自己根本就不存在。因此，眼前

這幕景象教我看了十分煎熬，除了傾聽之外根本無心他顧。這種情境真教我吃不消，於是我想伺機告退，圖個耳不聽為快、眼不見為淨。玻里涅亞克公爵夫人告退了，我覺得她的屈膝禮不像方才進殿時那般的輕盈，但也許是我的錯覺⋯⋯

王后好像孩童似的開始啜泣，因她猝然遭受這巨大的變故。她徹底陷入不幸的泥淖中而無法自拔。康彭夫人為她取來嗅鹽並伺候她。我完全不知道自己該做什麼。為了使自己看起來有事可忙，我故意慢慢把一只行李箱推往雜物堆置處。我的腳步有如蟻行，目光卻不離開正試圖安撫王后的康彭夫人。突然，王后猛站起來，一把握住玉杯，然後朝鏡子摔過去。房間立刻佈滿星濺出的玻璃碎片。康彭夫人和我只能立刻拿起掃帚清理，同時注意自己不讓碎片割傷。夫人低聲埋怨說道：「天主保佑，今天怎麼搞的！就我所知，我的職務可不包括掃地這種雜役。」

我親眼目睹王后和嘉布里耶勒・得・玻里涅亞克之間的那一幕，若非康彭夫人在場，我還誤以為自己在做夢呢⋯⋯就像數月之前、數年之前另外一幕景象⋯⋯那時候在小特里亞農宮中一樓的音樂廳裡，除我以外尚有另一位目擊者畢桑瓦勒男爵。我們全都不露聲色，一動也不敢動。嘉布里耶勒・得・玻里涅亞克壓在王后身上，兩條胳臂貼緊地面。王后在這位密友的軀體下面掙扎，試圖改變對方勝利者

的姿態。氣喘吁吁的加布里耶勒對她說道：

「您說，快說呀！請說：『你贏了，你比我強。』」

「我才不要。我才不說這種謊話。你夠狠的，使的什麼壞招……」

王后陷入一陣狂笑，這令她完全喪失抵禦的能力。然而，就在嘉布里耶勒本身也因失聲笑起而疏於壓制之際，王后從她一隻胳臂下面掙脫出來，然後順勢反守為攻，一轉瞬便將對方壓在下面了。畢桑瓦勒男爵並沒有笑，只是專注看著。也許她們突然體認到有異性在場，而且聚精會神、一語不發在旁凝視，所以才歇手的。

王后站起身子，神色驀地莊嚴起來，她說：

「終究你還是比我強。我承認。」

嘉布里耶勒以慵懶的語調回答道：「我才不要您的憐憫。王后陛下不必對我如此寬宏大量。」

王后很認真地重覆對方說的「寬宏大量」，彷彿首度聽見一個新詞似的。

她們兩位重拾起嚴肅的神情，然後一起走出了音樂廳，誰也沒有注意我們。畢桑瓦勒男爵等不及想要追上去，但才

跨出幾步便停下來。他轉身朝向我，蠻橫無禮地對我說：「喂，書呆子，你有什麼看法？」我意識到，那兩位女摯友對他態度輕蔑，他要從我這裡報復回去。我溜開了。

「你比我強」，最後證明這一句話真到無法再真。與其說嘉布里耶勒・得・玻里涅亞克真的力大無窮（這次也是一樣，是她丈夫和夫姊黛安娜託她來面見王后的），倒不如說王后和她相處時弱勢得教人無法置信。嘉布里耶勒只管開口提出要求，王后立刻毫無保留，想方設法盡量要滿足她……至於我該向誰尋求慰藉，我是毫無頭緒。我已精疲力盡，外加滿腹的挫折感。歐諾希娜正在得・拉・杜賀・杜班夫人府上忙得不可開交，因此連個人影也見不著。賈科布-尼古拉・莫侯此刻應該在書房裡埋首研究。而我卻獨自沒精打采見證這一連串的事件。宮裡作息時間全盤亂掉，只有儀節還能勉強像個樣子，仍然有人依循。但我預感這也只是強弩之末罷了。

宮中小教堂的彌撒儀式（下午三時）

彌撒之後便進午膳。在此之前，王上移駕王后套間。手下正為王后梳妝。

王上蒞臨探望（這是沃薛夫人告訴我的，她是特別受

王后陛下器重的女侍），沒有什麼特別值得記上一筆。王上宣佈當天氣溫，這是他在早上近午時分親自費心調查來的。他的身上撲了一層灰塵，背心前面還掛著一張蜘蛛網。方才他從阿波羅殿出來便直接走上閣樓了。王后看見他這儀容，毫不客氣便把怒意堆在臉上。王上酷好登上閣樓遊蕩，王后完全無法容忍此一癖性。她稱這種習慣為「囚徒的閒步」，是她最嫌惡的。然而王上堅持如此，正像他絕不戒除登上凡爾賽宮屋頂蹓躂的樂趣。或許只有在這時刻，一如他在狩獵之際、用膳之際、製鎖之際，才難得有機會避開群臣那監視的目光。對於爭辯，他是能免則免，因此和王后的口角很快便平息了。於是，陛下夫婦開始重新考慮起出宮的計畫。王上稍早已在諮議會上宣佈沒有出宮意圖，但是現在又回頭想，反悔是否還來得及⋯⋯王后儘管先前曾經熱切捍衛自己那出宮的盤算，何況後來也極不情願才放棄它的，如今倒是猶豫起來⋯⋯行李都打開了，物品都歸位了，旅途所需衣著尚未置辦齊備，符合舒適標準的那氣派馬車付之闕如，值得帶上路的隨行人員尚未任命指派⋯⋯無人前呼後擁，鬼鬼祟祟啟程⋯⋯這一切聽起來就是倉促從事，就是低規格的臨時湊合。王上內心底其實也同意這些顧慮⋯⋯他們應該留在宮中。王后依舊是拿不定主意，但嘴裡卻振振有辭想要釐清，出宮究竟是不是王室唯一的救贖機會⋯⋯最後，王上提出一個問題：

「王后，您所謂的『救贖』是否別有涵意？我聽說（這是努阿伊大人在朕就寢前的接見禮上透露的）人民不但要求麵包，他們還要政權。面對這種喪失理智的舉動，坦白說，朕可真糊塗了。以前朕誤以為，政權只是義務與責任的重擔，是繼承而來的，是懷著對上帝的謙卑與敬意而接受的。政權彷彿只是隱藏在白鼬皮大衣下的一場惡運詛咒。難道我說錯了？權勢之中到底有什麼令人渴望的呢？」

彌撒儀式的過程中，我注意到，所有人的動作甚至祈禱都充滿了極度的萎靡與頹喪。出席人員稀稀落落，似乎全都精疲力盡。王上和王后表現出的虔誠與莊重足堪做為典範。普羅旺斯侯爵親王亦然，但是阿爾托瓦侯爵親王則是一副心不在焉的樣子，果然符合他平日的習氣。當天彌撒讚頌的對象是聖徒卡米伊‧得‧萊利[61]，由於這是王上幾位姑母特別尊崇的聖徒，因此王上對祂也就特別具有好感。祂是「善終修士會」的開山始祖，隨著時間推移，已成為兩位老公主最敬仰的聖徒。她們的小袋子裡藏有幾撮由石塊研磨成的粉末，據說石塊是從曾經拘禁這位聖徒的牢房中挖出來的。她們還沒有碰過粉末，打算等生大病的時候才派上用場。當天

---

61. Camille de Lellis：1550-1614 年，義大利的聖徒，年輕時代生活放蕩不羈，後因腿疾而殘廢並且潛心信教。一般相信他是病人和醫院的保護者。

路易十五的這幾個女兒似乎都累癱了，照理可以拿來試它一試。她們徹夜無法成眠，成天抱怨自己被陰謀份子包圍了，甚至可以聽見反政府的言論，據說聲音是從位於底樓以及二樓間的夾層廳室傳出來的，位置就在她們所住套間的正上方。阿德雷德老公主還說，她們已暴露在陰謀戰的最前線了。「他們」只需鑿破地磚，便可以侵入她們的套間……不過，此時此刻「他們」究竟在哪裡呢？早晨我好不容易才積累起來的一丁點信心立刻灰飛煙滅。乞丐、土匪、瘋子，他們全都逼近過來，錯不了的。他們這組織因有新血的注入而日益壯大，連婦女孩童都投入他們的行伍。他們已經洗劫了軍火庫以及巴黎殘老軍人院。他們最不缺的便是武器。還有滿腔暴怒。巴黎中央市場的女流個個手執利刃，走在隊伍的最前面。大家再度唱起拉丁文詩歌〈鼓掌頌讚吾王〉（*Plaudite Regem Manibus*），但是無人拍手喝采。

王上享用午膳（午後四時）

午膳時間推遲許多。上菜的隊伍等在樓梯上面，一等至少兩個小時。我已餓得頭昏眼花，而且不是唯一受苦的人。可是竟有大約二十個人，望了彌撒之後，還要出席王上的用膳儀式。其實這並不符合朝儀的規矩，首先因為其中有幾個人不具有參加這場儀式的資格，其次因為那天是禮拜四，按照規矩，王上只在寢殿裡私下進餐。所以，我們沒有理由滯

留下來。有人固執排成一列，面對鋪上白色桌布的長方形餐枱，打算陪著坐定了的王上和王后。在我看來，此舉根本亂了禮數，純粹是迷信、幼稚且又一意孤行的行為。從先前王后決定出逃的那一刻起，只要王后不在我的視野之內，我就擔心會永遠失去她。只要看她重新出現在我眼前，雖說我還不至於能全然寬心，但那份憂戚至少差堪忍耐。大家參加這場悽愴的儀式時，心中的感受和上述我那經驗應該沒有兩樣。他們和我相似，都覺得自己的世界崩解了。能夠親眼目睹王上以及王后，對於他們而言總是慰藉。也許他們已經猜透，王上或王后都不會干涉我們，出言命令我們離開。王上本來可以傳下旨意：「諸位女士先生，退下」，但他避免如此行事。話說回來，單單這場午膳，就不知違反了多少規矩。雖說我們堅持在場觀禮並不得體，但這還不是最糟糕的……

　　這一餐開頭倒挺順利。餐桌擺在那間以藍色和金色為主調的華麗房間裡，王上和王后肩並肩坐著。御用神父寇爾努・得・拉・巴里維耶賀修道院院長已為餐桌祝聖，王上和王后在胸前畫了十字。接著，人家遞來灑上香水的濕手巾供他們擦手。之後，王后不再參與儀式。她根本不碰放在她面前的玻璃水杯，甚至懶得裝出需要手下為她送上餐盤的樣子。由於王后沒有要求任何東西，服侍她的男僕文風不動站在她的御座後面，他的姿態令王后本人那完全相同的姿態更加顯眼。王后神色憂戚，目光向下投射，逆來順受等著王

上一頓飽餐。她知道王上用餐的時間不短，現在只是這貪饞儀式的起始而已。凡爾賽宮裡流傳一種說法：「王上的好胃口值得名留青史」。相較於王后這一邊毫無動靜，王上那一邊不停有人來來去去好不熱鬧。宮中多少僕役都已經不見人影了，只有專司御膳的那部門依舊忠心耿耿。因此，這頓飯一開始讓我看在眼裡竟產生了一切依舊井然有序且能天長地久維持下去的印象。用膳的時間雖然推遲了，但是儀式的內容一點也不馬虎。王室那場壯盛的用膳儀式絲毫不教旁觀者失望。據說王上黎明時分參加諮議會之前吃過早餐，但只以夢魘般的倉促速度摸黑吞下排骨肉以及犢牛塊。當時王上憂心忡忡，一心只在「朕到底該離開還是留下」這進退維谷的問題上兜圈子，但仍不忘高聲索求：「只有排骨肉和犢牛塊，這樣哪裡夠吃，再為朕準備芥末蛋！」他還清楚交代，要吃六個。外加一瓶半的布根第佳釀。現在，一大早吃的早餐不知道已經消化到哪裡去了。經歷了難捱的幾個鐘頭，生受它多少情緒的波動起伏，五臟廟又唱起空城計了。於是堆滿菜餚的托盤啦、推車啦、便桌啦絡繹不絕獻上來了。王上只管狼吞虎嚥。前菜、肉盤魚盤、層層堆疊的蔬菜類。第一次上菜，第二次上菜，第三次上菜。鮮紅的嫩牛肉、加入餵肥之小母雞嫩肉的濃米湯、土耳其風味的野味肉醬、水雉、鱸魚珍肝、燴羊睪丸、野兔口條、羊肉香腸、加肥雞、童子雞、處女雞、油炸麵裹韭蔥、油炸麵裹花椰、豌豆。王上吃著、

喝著，而且不發一語。偶爾開口說話便是命令人家再度端上鴿肉、鰻魚、鱸魚、淡水螯蝦、豬頭以及火雞爪子。又過半晌，王上完全不發一語，彷彿陷入半昏沈的狀態，背心和外衣的鈕扣都解開了，只能伸手指著那堆巍顫顫的白色和綠色膠凍：白色肉凍、灰綠蛋凍、各種魚的精巢團塊以及不同烹調方式的兔耳蕈。佳餚陸續端上，過程無懈可擊，而王上的食量也真教人瞠目結舌。儀式進入尾聲，然而到了上慕斯以及甜點的時候卻出事了：當時王上已經等候許久，然而遲遲無人上來撤走餐具，原委無人知曉。王上決定吩咐侍飲總管前去瞭解情況。誰知道該總管一去不見回頭，於是王上重新指派餐具總管以及膳食總管負責再去探查究竟。結果也如石沈大海。王上面容漲成紫色，悄悄向王后說了一些話，而王后卻幾乎沒有答腔。突然，好似流星一樣闖進來一個頭髮蓬亂、渾身油漬的女人。她只穿了一條髒污的裙子並圍著一塊方巾，整個腰部完全裸露出來。我眼前見到的人彷彿是從火焰堆裡逃脫出來似的，那縱橫多少個世紀，如今仍舊能召喚女巫的火焰之舞，無視宗教帶給人們救贖，依然嗥叫、跳躍、馳騁、飛翔的火焰之舞。她從其中直奔出來，指尖扣著一盤腐臭東西，張著一個掉光牙齒的血盆大口，從前面一直裂到耳邊的血盆大口，而且發出帶邪氣的獰笑。她朝王上逕自走去。王上四周堆起滿是殘餚的餐盤，這裡露出一根被啃掉肉的大骨頭，那裡冒出一顆兔頭，還有一大盆塌陷掉的芹菜舒

芙雷，幾只蟹殼，排成圈的火魚，以及一堆堆的家禽下水。她將手上那只鐵盤扔到王上面前，盤中盛著預先在灰燼裡攪拌過的馬鈴薯皮。在這層底墊的上面則擺著幾綹動物的毛和一隻死老鼠。王上注視這道驚悚的尾碟數秒鐘，然後站起身子。舉身維艱，但是畢竟站起來了。

他的步履和早上從諮議會裡出來的時候相似，只是更加猶豫不決。王上走進阿波羅廳探查溫度。登記數據的簿子還在原處攤開著，只是負責謄錄的僕從不在那裡。水晶製的大溫度計懸在窗邊。王上腰身前傾，整張臉湊上去辨讀數字。他遲遲拿不定主意，到底要不要親手記錄。終究沒有動手。

王后已經離席並朝她那套間的方向走去。起先我以為她要回到自己的專屬空間，但實際上，她逕往嘉布里耶勒 · 得 · 玻里涅亞克的住處去了。

鮮花一直沒有換掉，不管哪一個廳室都一樣。據說在王后的套間裡面，情況亦是如此。

我嚇呆了（晚間六時）

一個又一個的警訊累積起來，每個警訊又都如此不妙。我也注意到了，宮中到處充滿不尋常的騷動，只是我沒放在心上。晚間六點，通常這是大家各自退回住所的時刻，玩玩遊戲、彈奏樂器或是讀點東西，尤其是大家為了參加晚會而精心打扮的時刻。在這時刻，華美的首飾在優雅女士們的手

中傳遞，家庭之間彼此串起門子，從這套間到那套間，或是從宮裡這個分區到那個分區。夜生活的節奏十分緊湊，直到半夜未見歇止，甚至過了半夜仍然意猶未盡。具體而言，我的夜生活是平淡多了，不外乎找食物吃或是看看歐諾希娜忙完了沒有。我很想告訴她先前我看到的：那盤噁心的尾碟真嚇壞我了。

歐諾希娜已經空閒下來，所以能夠為我弄點吃的。得 · 拉 · 杜賀 · 杜班先生和夫人的套間具備難得一見的優勢：一個設有好幾口爐灶的大廚房。吃飽晚餐、體力恢復之後，我恨不得立刻把自己剛才發現的事告訴她，但實際上什麼也沒能說出口。我覺得把王后和嘉布里耶勒會晤的事抖出來似乎有欠審慎。至於王上那一餐的結局，我怕如果貿然談起，不知道是否會導致什麼魔咒散播開去。因此，只好由她來告訴我巴黎方面的最新消息。我們又開始繡起那塊尚未完成的掛毯。各種細膩調子的綠，青苔、蕨類、喬木，那隻站在水塘邊的母鹿就用棕白二色的線來繡。刺繡這種手活最能教我心緒寧靜下來，和大白天裡讀上一張張名單後的效果一樣。然而，歐諾希娜所說的事竟教刺繡這帖萬靈藥失去功效。勝利滋味使巴黎人樂昏了頭。他們處決了戍守巴士底監獄的瑞士籍僱傭兵，甚至連牢裡的囚犯也有幾名性命不保。他們給軍隊的士兵洗腦，將鋪路石全挖起來，並且到處搜刮武器，製造炸彈，放火燒掉聖 - 日耳曼街區。他們在巴黎城的圍牆

上狂奔，一面扯起喉嚨高唱那鼓吹謀奪人命的歌曲。朗貝斯克（Lambesc）公爵被那窩瘋子逼得走投無路；最後率領手下投奔凡爾賽來了。

我的手指被針扎了，於是擱下掛毯，抬起頭望向窗外園林。那幅景象彷彿獨立於時間流之外。我看到衰老而且癱瘓的黑博公爵。每天一到這個時刻，只要天氣允許，他就命令手下將他從舞會廳抬到樹林裡。大體而言，公爵已成一具行屍走肉，可是當他看著勒・諾特賀[62]設計的這處園林傑作時，他那對宛如槁木死灰的眼瞳竟能透出光芒。那麼，樹林對他有何吸引力呢？岩石上的清澈水流呢？甘泉旁的涼冽空氣呢？或者因他憶起昔日生命中的一景一幕？他有夫人陪在身旁，那是一位年輕的姑娘，還有他與前妻所生的女兒也在隨侍之列，那卻是個老嫗。教我看了百感交集。

我對歐諾希娜說道：

「你看，你看那邊，距離百階之梯不遠的黑博公爵呀。他根本不知道最近發生的這些翻天覆地的大事，就只專心致力於每天的例行出遊，彷彿可以天長地久實行下去似的。普天之下有誰比他幸福呢！」

---

62. Le Nôtre：1613-1700 年，法國景觀設計師和路易十四的首席園林造景師，最有名的作品為凡爾賽宮的園林，幾何對稱的風格代表了「法式園林」藝術的最高境界。

我的好友回答（現在只剩她在刺繡）：「你這說法也許沒錯。然而，不是你想眼不見為淨事情就不會發生。巴黎市民已經攻佔巴士底獄，而且個個武器在身，無論如何不能令其歇手。在凡爾賽這邊，國民議會已經贏過王上兩次，逼得王上不得不解散軍隊、辭退各部部長。我不知道宮裡目前正在醞釀什麼。根據得・拉・杜賀・杜班夫人的看法，絕對不是什麼好事。昨天夜裡的驚慌到了今晚只會更形惡化。如今聽不到當家作主的出來大聲疾呼，藉此提振士氣、激起活力。得・拉・杜賀・杜班大人決心死守凡爾賽宮並且奮戰到底，但我擔心的是，具有這種雄心壯志的人能有幾個？」

　　窗外，只有寥寥數人的隊伍繼續前行。順著自己的節奏。絕不匆忙。匆忙到底有甚麼好處呢？要去的地方他們熟得不能再熟。跳舞廳那邊的樹林始終在那裡歡迎他們。在那兩名婦女及侍從的眼裡，樹林空蕩蕩的，但在老人看來，其中卻是無比歡鬧，迴盪著音樂及節日的喧嘩。那是他在回憶中閒步……歐諾希娜的觀點無法說動我，因為我認為老人只是選擇性地遺忘。只需多加練習終能上手。我感覺到，常常對自己說：「別再說了，不必想了」，就能除去教人不安的主題……我思索著幾個論點，目光同時在樹梢上游移，大概與橘園溫室所在地那露天平台等高的位置……可是……怎麼「她」又出現了？那個長相醜陋畸形的怪物，一頭紅頭髮，

兩隻直僵僵的胳臂。她的雙腳幾乎沒有貼地。方才還在廚房張羅御膳，此刻卻來園林之中蹓躂。她往老公爵隊伍的方向跑去，但是快要正面接觸之際卻偏轉到另一邊。

「歐諾希娜，是她，正是她呀，那個嚇死人的婆子！」

我的驚呼之聲來得太遲。此刻我的心思已經受她擺佈。她的移動速度有如災難降臨似的，教人迅雷不及掩耳。她的頭髮沾滿血污，一身襤褸衣物教那原本不堪入目的肌膚更加猥褻了。衣物破爛的程度大概只有劇院舞台上才看得到。才一轉眼，她已經在露天平台上招搖了。她先是在水池間的花團錦簇中鑽竄，接著猛然衝向瑞士戍衛之湖，然後又趸回來，往上跑到拉統納噴泉的旁邊，一逕厲聲斥罵，鐵了心要數落罪狀、編派懲罰，最後背向宮殿逃開，嘴裡同時語氣堅決籲求眾神傾其震怒。她從拉統納噴泉經由列柱區直奔阿波羅噴泉而去。由於觸目盡是空曠無人的場所，這挫敗感竟令她跑速增加十倍，轉瞬間她已抵達園林北區，然後又像一陣狂風猛掃而過。在這急躁奮進的逸逃中，她應該只能依稀分辨出何處是昂瑟拉都斯噴泉，何處是幸福之島的丘彼特像，何處又是那寬闊的海神之池。說到海神之池，當初開鑿出來純粹為了居宮之人來此歡度溫馨時刻。依然只是呼嘯而過，那個婆子全無駐足之意，結果再度回到露天平台之上，直接

闖進宮裡去了。但這一次，她肆虐的地方並不止限於廚房而已……

　　這個人見人怕的婆子彷彿矇住了眼睛似的橫衝直撞，甚至不屑走回頭路去欣賞自己蹂躪的戰果。所以，她完全沒注意到那位被遺棄在階梯高處的老人，沒注意到他的驚沮神色。打從她狂亂奔竄激起的第一陣風吹過來時，老公爵的兩個男僕便已溜得無影無蹤。其中一位差點就被一輛疾駛而至的馬車輾過去。老公爵年輕夫人身手矯捷的程度不下於那兩個臨危自顧逃命的惡劣男僕。只見她將裙子撩到大腿一半的高度，然後三步併成兩步，輕易便跨到童面獅身的雕像旁。他的女兒也同樣不可靠，只是她已上了年紀而且患有風濕病，因此只能遠遠落在後面一跛一跛走著。這個嚇死人的婆子彷彿統治著時間裡的大黑洞，凡她所經之處被她咬到的都往裡面扔去。

　　她在電光石火之間便明白了。園林之中渺無人跡，應該回去宮裡發威才好。宮裡情況可不一樣，受害的人聚在一處，十個一群，百個一隊，都是現成。我便是首當其衝的，我是她的囊中物了。她那淌著血污的頭髮擦過我的身體，留下來的並非污漬，甚至不算痕跡，只是我那件細緻夏裙的褶褶裡染的小小紅點，好像瑕疵貨色，縫了一條奇怪的線。

　　我忘了歐諾希娜以及她那番明理的話。我慌亂得四下走避，一會兒跑上樓梯，一會兒跑下樓梯，常常闖回適才所經

之處，莽撞打開一扇扇門，最後已認不清自己身在何方。我恨不得通身化做玻璃，然後將它摔個粉碎，或是變成那只被王后毀壞的玉杯。最好化為烏有。

接下去的幾個鐘頭裡，我只能藉由那個嚇人婆子所釀成的災害來判斷她出沒的路線。現在，她已不再「親自現身」。至少在我看來是這樣的。凡爾賽宮何其寬廣，若是開闢其他「戰場」應該毫不困難。可以確定的是，她和造反的人民一鼻孔出氣，四處橫行霸道。整群叛徒有那婆子來和他們站成同一陣線，而我們則與她處在對立狀態。至少當時我的看法正是如此。不過後來我了解到，那個婆子其實哪個陣營都不放過，蹂躪我們，但是也在庶民之間肆虐。只是在那節骨眼上，在凡爾賽宮那個封閉的、絲毫沒有防禦能力的圈套裡，要我生出那種先見之明是不可能的……這群人民勢力大到膽敢攻打巴士底獄而且還能加以佔領，這種窮凶極惡的事，這種無法置信的事，反正在我心靈深處形成一道障礙（最近得・塞居賀侯爵不就寫道：「這場瘋狂暴動，如今自己陳述起來還是很難相信……」）後來我反覆想：「這個事件其實合情合理，巴黎市民武裝起來，而且防禦工事疏於防守，他們是發動奇襲才攻下的。他們人員充沛，又有足夠數量的槍枝和大砲，所以才能獲得勝利。」這種情況儘管令人難受，但畢竟合邏輯。我親眼目睹到，他們膽敢向上天挑戰。在巴士底獄眾塔樓坍塌雷轟般的巨響中，上天跟著崩落。人民發

動奇襲佔領上天，上天倒下來了。人家都說，七月十四日起，他們日以繼夜、趕工拆毀巴士底獄。好個該死的亂石堆！人民跑來撿拾石塊，將其載上後背，扛到外省地區賣掉！上天破成碎片，竟讓小販拿去沿街兜售。他們口口聲聲強辯，那些石塊可都是暴政的明證啊！我覺得這種事根本不可思議。我嘗試胡亂地想些其他事情，希望藉此分神，然而思緒終究回到這上面來。我滿腦子都是這類東西……以至於到最後完全無法思考。這是那嚇人瘋婆子的另一種伎倆：不但讓所有人忙著逃命，還逼使每一個人在心靈上面對自己無法思考的東西，以激流漩渦取代了智慧理性。

我像發瘋似地不停來去，不再認得清楚所遇何人、所處何地。我對著肖像畫中的臉孔講話，有時咯咯笑起，有時舉手掩面。我高聲地自言自語。那個令人恐慌的婆子放鬆了掌控，然而另一股更強大的力量卻到來了。

我在宮廷過活，對王后持續不斷地掛懷，加上我從不錯過任何可以凝視欣賞王后的機會，最後發展出一種神秘的能力：尚未看到王后之前，我已經察覺她在附近了。通常我會突然知道她距離我已經不遠，知道她很快就露面。如何會這樣呢？你說「你會突然知道」？到底那是什麼技巧？就是驀地上來了一陣熱，爬過曼妙的睏慵感，然後心底有種東西馳騁起來。我身邊所有的人事物同時模糊起來同時退遠了，都

幻化成一片不清楚的背景，然後她便從這個背景中突然脫出（薨臨前有先兆並不表示她就不會突然現身）。

她就這樣出現在我眼前，很神奇地突如其來。

我站在底層的一條長廊，從這裡可以通向由她朋友們分住的套間裡。王后出現時背部朝向我，獨自一人，手裡拿著燭台。她站在一扇門前面，請求人家為她開門。王后等待片刻，然後又走去敲其他朋友的門。結果都是一樣，她飽餐了閉門羹。最後，王后失去耐性，憤憤不平之餘也扔出了幾句責備的話。接著，她的聲音戛然止住，因為當她正要伸手搖動另一扇的時候，猛然發現門已用掛鎖鎖上了。其他的門也有類似情況。倉促之間掛上的鎖。走廊兩側髹成白金兩色的門大概都是這樣，好像花園園丁小屋的門似的。

我知道王后有兩種步伐：第一種出現在官式場合，有點緩慢，是審慎穩重的，能教她看上去更加高貴；第二種出現在私下的場合，節奏十分活潑，豐腴體態較為明顯，腰肢輕輕搖擺，教人看了不禁想要哼起歌曲。但眼前她這種步伐則是前所未見，如此沈重，兩肩縮了起來，帶有幾分猶豫，更有導致她行動不太順暢的麻木遲滯。不幸福的步伐。除了嘉布里耶勒棄她而去的打擊之外，她的不幸更加一等。她誤以為其他的朋友可以協助她度過嘉布里耶勒不在的痛苦，誰料到沒半個來應門的。君臣關係首度顛倒過來。王后向他們提

出要求。王后需要他們。

　　王后從不曾體驗過這些長廊、這些廳堂、這些小室幽暗的那一面。她一生中從不曾吃過閉門羹，甚至從不曾打開過門或碰觸過門。看她走回自己套間時的樣子，彷彿有種失落，有種飄忽不定，而且似乎無法全然確定自己身在何處。看她匆匆忙忙，但有時候停下腳步，彷彿害怕哪個威脅就在附近伺機而動。儘管隨處游走，卻是徒勞枉然，因為她已無處躲避。她剛剛走進了「戰爭之廳」，高高舉著燭台，小心翼翼照亮某處角落，屏風後的某處角落。她本來大可以走到王上那裡，向他尋求保護。但是她的作為與之背道而馳，疏離王上而非迎上前去。在這當兒，她的蠟燭竟被一陣風吹熄了。她一動也不動地僵站著，面對的是廣濶鏡廊那不可跨越的門檻。沒有侍衛為她高聲通報「王后陛下駕到」。沒有半個朝臣在場感受激動。她的來臨不再引發興奮。一切都靜靜懸在那個她再也做不出來的動作上面。她走一步，接著卻向後退，是被那個幽暗的深淵懾住了。她明白必須跳出去，下定決心獨自邁開步伐，在那一面面空無半點影像的鏡子中間通行。
　　我聽見王后長袍摩擦木地板的窸窣聲。我看見她那雙戴滿戒指的手將一道高門的兩扉維持在半開的狀態。我感受到她狂亂的呼吸。鏡廊開展在她眼前，起伏飄動，陰險地誘惑她，好像混水下面藏了個無底洞。

她再也無法行走了。因為獨自一人，她舉步維艱了。我心裡想：她的腳步跨不出去，她沒勇氣走路。在我迷惘的心緒中，王后已和癱子沒有兩樣，那衰老的黑博公爵，被遺棄在抬椅中的公爵。

　　我將雙眼闔上。

　　我為王后哭泣。我為他們流淚。

　　我的朋友說過：「大勢已去，一切完了。」他沒有錯。如今全盤皆輸，狂瀾無法力挽。

夜間

王上命令法蘭西史官執行一項神聖的任務：草擬一封寄給各教區的信函（晚上七時）

我走進賈科布 - 尼古拉・莫侯的書房時說道：

「王后孤零零一個人。」

「好姑娘啊，高居威權頂峰的人必然如此。」他的語調令我吃驚。

「您沒聽懂我說的話。王后孤零零一個人站在關著的門前面，每扇門都關著。她嘗試要拉開掛鎖，把手都弄傷了。現在單獨站在鏡廊的入口處。」

「這種場面真是不可思議而且教人憤慨。此刻必定還醞釀著其他同樣不可思議而且教人憤慨的事，都是令人髮指的怪現象⋯⋯」

「您說對了，現在我很確信：我們全完蛋了，只能束手接受懲罰。」

「我以前就預測過了。不過，也許能有辦法避免最糟糕的情況，令那懲罰不致發生。」

「動用武力是嗎？」

「不是。為了避免內戰爆發，王上隨時準備進行妥協。這是他唯一抱持的行事準則，因為陛下不想看見子民互相殘殺。他發誓不讓法國人因為他的失誤而流一滴血。如今他只能全心全意祈禱著。民怨沸騰，群眾受到煽惑，已經喪失了理智。目前最大的危機在於：人民是否還能恢復清醒，再度回到天主的眷愛裡。」

「也許吧……可是我怎麼覺得，現在您面對這個問題所表現的信心我上一次還看不到呢！」

「那是因為後來王上命我辦一件事，不但令人感動而且反映了他那美好的心地。我只怕自己力有未逮，無法符合他的期待。然而，哪怕任務只執行一部分，只要我令陛下滿意，那麼乖戾的怨氣終能消退，而且所謂的『革命』也不過只是歷史循環上的一點罷了，最後終將我們帶回服從的正軌上。人民將從這種怒焰衝天的火爆狀態復原過來。活在這種狀態裡面絕不好受，大家其實巴不得能從中解脫出來。貴族階級也將擺脫厚顏無恥以及冷酷寡情的舊習氣。我們正經歷靈性墮落的年代，任何人也無法完全避免。重拾對上帝的虔誠信仰才是唯一的救贖之道。」

「我記得在三級會議召開之前，王上已經命令您寫過一篇文章。」

「就是今年二月間的〈法蘭西君主立憲之闡述與辯護〉，

但受矚目的程度並不如我的預期。是不是我的主張缺乏魄力，或是論述節奏不夠緊湊？（我不同意他這說法）我不知道，等到將來較有空閒，我還要再改寫。如今我有極明確的體認：我除了缺少專業作家的好文筆外，我還犯了一個錯誤，那就是無視問題的宗教本質，只顧從政治的觀點加以分析。政治是敵人的畛域，而信仰才是我們的陣地。我必須找出適切的言詞來矯治法國人的信仰危機。那種猖狂且有害的懷疑態度正從心底侵蝕他們。我必須找出有力的字眼來擊垮王上口中說的那班『放肆的惡人』。」

我怯怯地問道：「那麼這次的文章講的是什麼呢？有篇名嗎？」

「陛下定的標題是〈致法蘭西眾主教的信仰指導信〉。這封信將被送往王國境內的所有教區並且公告周知。」

「真了不起！所以您將是令法蘭西歷史轉向的推手囉？」

莫侯先生聞言激動得渾身顫抖起來了。他感受到這份文件劃時代的本質，同時他也認定，行文過程不可落入平庸的窠臼裡。儘管莫侯先生天性含蓄內斂，此時卻也禁不住要把文章的開頭唸給我聽，以便我能向他提供意見。他一手握著羽毛筆，一手拿著紙張開始讀道：

「寫給法蘭西眾主教的信仰指導信。依據路易十六旨意，各區必須舉辦公開祈禱儀式，期望天主能為國民議會指點迷津，期待已然威脅法蘭西的種種困擾得以消失。」

才聽到這標題，我就深深受到感動，彷彿已經可以聽見這番將由主教宣讀的言詞已在各教堂神聖的空間中迴盪起來。我絲毫不懷疑它的強大威力。我的眼前浮現法國人全體下跪的景象。歷史學家打趣說道：

「您也太抬舉我了吧！」

接著，他以更加激動的語氣繼續說道：「各位都聽說過，首都飽受叛亂造反和掠奪罪行的肆虐。萬一這種蠱惑民心的思想逼近您的教區或者已經滲透進來，朕絕不會懷疑，各位必然從你們的信仰出發，仗著你們對於聖教的支持以及對於朕的忠誠，適切做出處置措施。維持公共秩序正是福音書規定的一項律法，同時也是國家規定的一項律法。所有膽敢挑戰它的人，不論在天主面前或是同胞面前都是罪人。」

說得多好。不但好而且教人信服。先前，我對〈法蘭西君主立憲之闡述與辯護〉已經由衷佩服，現在聆聽他的〈指導信〉更覺天下無文能出其右。此文一旦公佈，在這宗教危機和國家板蕩時期，他的天賦可以說是發揮到極致了。賈科

布-尼古拉‧莫侯異常興奮，在那不成套的家具之間來回走動，鑽入書堆與書堆之間的狹窄空間裡，那彷彿戰壕的空間裡。他的狂熱可比擬一位雄辯家。他在迷宮也似的紙柱子間緩慢前行並且高聲宣告：

「必須精準知道巴黎暴動的起因與影響，這點至為重要。它的起因與影響一旦被你們揭露，民眾對於煽惑的言論便能產生戒心，即能有效阻止他們淪為暴動的受害者或共犯。造反行為一向都由來自教區以外的人所策動，由外向內來搞顛覆。這些邪惡至極的人⋯⋯」

說到這裡他突然停住了，然後直接衝到門旁上了兩道門鎖。他用後背抵住門扇，攤開雙臂說道：

「您聽，聽見了嗎？」

我的反應相當不智，竟然打算出門一探究竟。

「不要出門。他們來了。他們闖進宮裡面了。」

我們把耳朵貼上門扇，就這樣度過好幾分鐘。對於我這個非常熟悉凡爾賽宮各種聲響的人來講，這個聲響竟然十分

陌生。

「他們是不是在運送大砲？」

賈科布 - 尼古拉 ‧ 莫侯輕輕把鎖匙抽出來，然後由鎖孔向外觀察動靜。所看到的景象教他十分驚訝。他站起身說道：「我們可以走出去了。外面沒有危險。」的確，外面那群自覺羞愧的人沒什麼好怕的。他們盡可能輕手輕腳，但是效果恰好相反。廷臣們紛紛搬家。很明顯的，這是他們一輩子還沒有幹過的活。說實在話，你很難想像比他們更笨拙更無能的人。他們搬運家具和行李的方法如此荒謬，箱籠個個開著大嘴，綑繩綁得亂七八糟。他們急急忙忙搬離凡爾賽宮。當然有人乾脆兩手空空出逃，腦中只存一個念頭：「立刻跳上馬背直奔國外」，不過大部分的人卻重蹈王上那優柔寡斷的覆轍。他們的確想要在不被外人注目的情況下趕緊出宮，然而考量到旅途上無法帶走奢華家當，他們心中又生出千百個不樂意了。他們心中必然盤算過了，到了那裡，到了人生地不熟的環境，如果能賣掉玫瑰木的蝸形腳狹桌，或是大理石雕像，或是塞夫賀（Sèvres）的瓷質傘架，或是鑲嵌藍寶石的座鐘，那麼該多完美。他們將這些物品或是抱在胸前或是挾在腋下，模樣真是荒唐可笑。但到後來，他們突然扔下這些身外之物，也許因為無法走快，也許因為撞到門扇，寶物

都裂開了。心裡究竟捨不得的。此外，還有些人竟還踅回原處撿拾原先丟棄的東西，那通常是以前王上或王后賞賜的禮物。我聽見人家在那裡爭吵或在那裡相互指責。由於凡爾賽宮裡面不能養小孩，廷臣們倒不必拖兒帶女出逃。他們很有自信認為，哺育兒女的乳母日後必能繼續服侍他們。也有人完全棄兒女於不顧的，人性可以說回到了野蠻狀態，因為他們感覺到叛徒的手已經緊緊掐住他們的脖子，要將他們拖到最近處的燈柱吊死。有些貴族階級的父母甚至不記得自己曾經生兒育女。

有位女士緩步前行。她的丈夫跨著大步走在前面。這位女士好像突然想起要緊的事，放下胸前抱著的帽匣問道：

「昂希雅特該怎麼辦才好？」

「夫人指的是哪一個昂希雅特？」

「大人，我們的女兒呀。」

「我懇求夫人不要把所有問題全攪和在一起。目前攤在眼前的可是攸關性命的事。暴民才是最要命的威脅。他們步步逼進，打算殺掉我們。他們眼看就要結束我們的性命。我們的姓名列在他們的黑名單上。最遲也許不會超過明天，凡爾賽宮不再留存什麼，只有斷垣殘壁，只有屍首橫陳。這將是法蘭西最後王朝的下場。夫人，你可聽懂我說的話？（他的言語極其浮誇，況且音量又大，彷彿他身處自己那座封建

城堡的大廳裡，從這頭向位於那頭的配偶說話）。難道那是你指望的命運？死在這裡？那麼悉聽尊便好啦，我也不強迫你跟著我去，但請你別用這種於事無補的疑問阻礙我的出逃計畫。而且請你注意，昂希雅特又不是我們唯一的小孩，而且你似乎冷落其他的子女：阿席勒、摩戴斯特、索絲戴妮和貝奈狄克特。」

夫人聞言將匣子往牆上一扔，幾乎扔在我的腳邊，算是擺脫母性的累贅，並且踩著與她丈夫相同的步伐跟著離去。大家在這窄狹的走廊中拖著袋子、行李、箱籠以及包袱，這些堆積如山的東西很快便令通道塞得無法走動。我記憶中最深刻的一幕便是這些拖著家當逃命的人。因為他們的步履儀態十分唐突可笑。明明急得火燒屁股卻又窒礙難行。他們笨手笨腳的蠢相赤裸裸地呈現出來，教人看了十分不忍。光是那副逃難的模樣便已違反宮廷高雅舉止的規範。也許這才是他們覺得羞愧的真正原因：逃難其實並不可恥，但是逃難的狼狽相才真教人無地自容。一如王后幾個小時之前所堅持的，沒有適當的旅行衣物，教她如何踏出凡爾賽宮呢。許多人由於情勢迫在眉睫，心煩意亂的感受加劇了，只能兩手空空上路。他們覺得自己的性命彷彿只以細絲吊掛在半空中，要是推遲逃命時程，最後必然淪為集體屠殺的犧牲者。我想大概在這節骨眼吧，最新的兇狠謠言傳進我們的耳朵：據說

凡爾賽宮的地道裡已經塞滿炸藥，偌大建築隨時都有可能爆炸。不過才前幾天，巴黎市民也飽受相同謠言的恐嚇。他們深信，保王黨人在巴黎市各處放置炸彈，京城彈指之間便要灰飛煙滅。

我又開始驚慌起來。

「我的好姑娘啊，大可不必如此惶惶不安。如果凡爾賽宮立刻要被夷為平地，苦想如何避災也已無濟於事。大家再隔幾秒就會炸得粉身碎骨。其實說不定我們活著也和死去沒什麼兩樣了。別去理會這種謠言，回到我的套間裡坐一坐。我把〈指導信〉的下文唸給您聽吧。」

「有些人不帶行李和換洗衣物等最起碼的必需品上路。難道他們指望過了幾天就可以回來，所以才不帶走任何物品嗎？。」

「要我如何回答您呢？如何知道他們的心思呢？不過，情況也許真是這樣……我們很快就能看見他們回來，那些能逃過暴動份子迫害的人。至於我們，像這樣將自己暴露在暴民的所經之處絲毫沒有益處。我們冒的是被處死的危險，唯一的好處只有看清人類忘恩負義的本性。」

就在這個時候，他恰巧逮到活生生的例子：有個人正從牆壁扯下一小幅〈有蘆筍之靜物〉的畫作。賈科布-尼古拉 ·

莫侯忍不住出面制止他。豈料那個現行犯卻以最傲慢的口氣反駁道：

「莫侯先生，我知道您是光明磊落的作家，是值得各方敬仰的學者，同時還是出色的圖書館館員和無人能比的社會風俗觀察家，可惜我只能勸你把話收回，拿去塞塞你的屁眼就好。你不妨把我的話載入史冊，這可是教育後代的好材料呢！」

我本來想為這位受到羞辱的人辯護，但他勸我打消念頭：

「算了吧，我習慣了。通常我的積極介入只會受人嘲諷或是鄙視。」過了一會兒，他又接續道：「那個無賴竟沒有說到本人身為史學家的種種優點！」

逃離王宮的人都走最隱蔽的路線。大多數會經過內庭並抄捷徑，專挑暗道潛行。自古即有一個關於禮儀的明訓：「拜訪的過程中，到了該告辭的時候，如果大家仍在交談，那麼就盡可能在不引人注目的情況下離開。注意不可麻煩女主人親自和你周旋道別，因此，告辭的最佳時機便是其他賓客到訪的那一刻。」或許僅就這些人外顯的行為表現來判斷，我可以說，他們果真實踐了盡可能低調離去的原則。廷臣們

努力做到免去女主人必須出面和你絮叨話別的窘困。他們甚至用上了習見的小技巧，以其他賓客到訪時的嘈雜為掩護悄悄退出。不過，現在驅使這班人如此行事的已不再是禮節規範……

「恐懼」並沒有放鬆的時刻，它無視階級的高低，沒有區分再見以及永別。「恐懼」所關心的唯有出路或是障礙。如今，意料之外的障礙要冒出來了。

這位歷史學家如今具備力量，被賦與重任的人所擁有的力量。他的職位十分安穩並且不受攻擊（他始終保持超然於事件之外的平靜態度，直到一七九三年才鋃鐺下獄，被關進位於凡爾賽市鎮上的雷‧黑果雷特監獄。這時，為了防範未然，他囑咐妻子將一切可能害他招來災禍的文件悉數燒燬。妻子言聽計從，把包括他丈夫日記在內的所有手稿付之一炬）。他在舉手投足之間流露出的那份閒適我真是望塵莫及呀！全然不見他有膚色。我無法讓自己昇華，將自己抬舉到那種篤定和決心的層次。我只能在幽影之中祈禱，懇求救助……然而天主之聲不在我的內心迴盪，祂的神聖意旨沒有必要透過我的嗓音打動法蘭西的人民。我得承認，自己幾乎聽不見天主的聲音。在當下這混亂的時刻中，我再也認不出自己天地中的任何東西。我的注意力被紛雜的細節吸引住，

但盡是些無法嵌入一個整體架構的殘片。我不是靠得太近就是離得太遠。是否因為我始終活在書的世界，或是悠游於凡爾賽宮這黃金和鮮花的天堂中時日過久，才會導致這種狀況？在王宮的圖書館裡，沒有什麼會中斷書籍所排成的一直線，連門扇看上去都像是與圖書館渾然一體的東西。如今封閉狀態被打破了。

王后挨家挨戶敲門的景象不斷縈繞在我腦海。王后呼求廷臣前來為她開門，卻發現門都用掛鎖鎖住了。她踩著踉蹌的步伐，眼看就要暈厥過去。她也試圖徒手開鎖，卻因此弄傷了手⋯⋯她那戴滿戒指的指頭和一雙費勁撐住鏡廊入口兩扇門扉的手都已皮破血流。

王后散發一種光輝，不熄滅的光輝。有一次我用如此模稜兩可的語句形容她，里涅公爵只回我說：「您說到王后陛下的仁慈大度了。」

他們紛紛出逃，幾乎沒時間扣好行李。所有東西都留下來。他們佔的房間其實相當狹小，但當初為了能搬進來，誰不是渾身解數去爭取的。這是他們更換衣服的地方，一天高達四次。明明尚未見到什麼實際威脅，他們就覺得自己委屈住在失勢國王的屋簷下，屬於將被殲滅的陣營，因此一心想要在自己和那場潰敗間拉出最大的距離。可別在災禍的洪流中滅了頂。他們背棄廷臣職守，完全漠視自己的東道主。不

過，問題也許沒有那麼單純。有些人可能不像表面看起來的那麼絕情，不得已的苦衷應是有的。例如有位騎士打扮的人，手裡拎個袋子，走過王上寢殿的時候，仍舊行禮如儀，在御床前面行屈膝跪拜之禮。

除了朗讀〈指導信〉的節奏依然順當之外，宮裡的情勢是越來越混亂了。喧鬧之聲逐漸增強，脫序現象每況愈下，聽說御用小教堂的聖器室業已充做臨時兵營，連告解座都被佔據了。對不起？您說什麼？兵營？才一聽見這個消息我便迫不及待衝出去了。可是尚未到達聖器室前，我便明白，教人開眼界的新奇事已然接踵而至。不管對著園林或是面向城鎮的門每一道都被人群塞滿了。在我眼裡，凡爾賽宮似乎就是危險的代名詞，是個要人命的陷阱。在這個隨時都會爆炸的地方，而且毫無疑問將被各方攻擊並摧毀的地方，說來詭異，大家和我的感受並非一致。於我而言，整座凡爾賽宮脆弱得不堪一擊。兩天以來，我們面對的便是自己毫無屏障的窘境。前一天在大家無法成眠的深夜裡，詳究起來，每一雙眼不都望著這虛無的前景，好比睜眼經受夢魘似的。保護凡爾賽宮的東西只剩窗簾、帷幔、屏風罷了。只要飽含敵意的風一刮起來，那麼這座紙糊建築便會無聲無息塌萎下去。賴著不走形同自尋死路。我親眼目睹了廷臣們的驚慌竄逃，這便足夠清楚說明此一訊息。然而，這處絕命圈套、這處有如

捕鼠器的險境，卻有壯濶波瀾般的人潮湧進來，闖入凡爾賽宮意圖避難，彷彿只要進了鐵柵欄的後面，進入宮殿所意味的另一天地，他們便穩居不容侵犯的安樂窩了。我說「壯濶波瀾般的人潮」。這樣未免言過其實。由於他們個個躁動不安，看上去狂熱之徒的模樣，我才會誤以為他們人數多不勝數。和「居宮人」大批外徙的盛況相比，躲進宮裡避難的人只算少量而已。不過，由於他們急切渴求進入這處希望的避風港，因此對於倉皇外逃的人絲毫不肯妥協謙讓半步。我觀察他們的儀態以及服飾，應該全都隸屬貴族階級。他們多半攜家帶眷，有些更有僕人隨行。僕人忠誠，眼見主人不顧一切打算趕赴王宮，因此也就踵隨其後跟過來了。有些僕人則是慣習使然，身不由己被那人潮推進這庇護所裡面。他們雖然處於被動地位，但是增加了進宮的人數，使得現場變得寸步難行。初來乍到的人已和打算逃離的人迎面衝撞，雙方盡量站穩原地，半步不肯退讓，推人的或被推的人同樣意志堅定。突然，源自後面的推擠力道太猛烈，前面的人承受不住仆倒了，防線瞬間潰敗。成群外逃的人或者入宮避難的人於是踩踏那不幸倒地者的身軀繼續挺進。入宮的人一旦突破瓶頸，覺得自己已然脫離險境，便顯露歡天喜地的樣子。他們不管別人正要把扶手椅堆疊起來，只顧放軟身子癱坐其上，然後訴說起自己的遭遇。由於現今講話已不時興拐彎抹角，也不關心得體與否，因此他們便一臉驚慌地描述出恐怖的場

面：城堡陷入火海、刼匪橫行、追捕某甲某乙。格里撒克侯
爵曾擔任三級會議的貴族代表。當他回到位於利木贊的封
地、走過村落的道路時，被鄉下人認出來了。這群人當然怒
火中燒，揮舞手中的乾草叉吼道：「侯爵大爺，吊死你，吊
死你！我們亂刀把你捅死，像殺豬一樣放光你的血！我們剝
你的皮，挖出你的黑心！我們要用你的腸子編出提籃！」

在場有位戴著大帽子的少婦正用繫狗皮帶綑綁一件柳條
編的箱子，只見她頭也不回地問道：

「『我們要用你的腸子編出提籃』他們真的說出這種話
嗎？」

「當然是用方言說出來的。」

宮裡兩名僕役勾肩搭背走過廳間，不但以鞋跟用力踩踏
木地板，而且爆發一陣狂笑（我猜，愛爾蘭新教徒約拿丹‧
斯韋夫特最新的《僕役須知》中應該會把走路發出噪音列為
一項惡習。稍遠之處，我看到有人蓄意地打斷每張椅子的一
隻腳）。格里撒克侯爵長了一張娃娃臉以及一對金魚眼。僕
役們的爆笑聲令他大發雷霆，只見他伸出兩個拳頭逕往那兩
個沒教養的下人撲過去。僕役們將他擋在自己中間，才幾下
子便將他制服了。侯爵摔倒在地，距離柳條箱子不遠之處。
箱子的女主人趕緊將裙裾收緊回來，彷彿強調她的矜持以及

事不關己，和侯爵的倒楣挫敗劃清界線。儘管被人痛毆，儘管跌了無法起身，侯爵依然繼續說話。此刻，他的臉上已經看不出任何情緒的起伏，只聽見他吐露出這樣的心聲：

「小不點是佃農的兒子，以前經常和我的小孩玩在一起。那天他竟然站上踏板，然後把馬車的玻璃窗打破。我第一眼就認出他，是小不點，我只認得他呀，是他沒錯，是小不點。記得我生日那一天，他來為我唱詩，那首詩是我的村民們特地為我作的。他們可都是有頭腦的人，絕對不是粗魯傢伙，根本不是……」

那名少婦已將柳條箱子蓋上。她站直身子，打算把箱子從門口運出去，但門口又再度塞滿了人。起先她還試圖伸腳去踢，希望箱子向前移行。眼見成效不彰，她也不再另想方法，只等人潮將那箱子推擠向前。怎奈他們沒動起來。突然，她看見一扇窗戶，正好位於底樓和二樓間的夾層。於是，她從門口離開那急著出宮的隊伍，然後請求我協助她從窗口跳出去，接著再將那口箱子扔下。我替她把遮掩窗戶的一塊蜜色帘布掀開，讓她一躍而下。窗外響起跌撞之聲，少婦哭起來了。

每一個人都想敍述經歷過的遭遇，彷彿此舉可令自己相信自己依然活命。其中當然不乏從遠地鄉間城堡逃出來的，

不是差點被火燒死就是差點被村民開膛破肚，但是也有許多來自巴黎或更近的地方。有個從附近維勒 - 達夫黑逃過來的女人，明明沒有遇上什麼大不了的危險，卻因嗓門夠大、臉色通紅外加身軀龐然、神情激動，在場的人無不豎耳傾聽，彷彿她說的是首驚心動魄的史詩。她的丈夫生前是負責代表王室向農戶徵稅的包稅人。自從丈夫亡故之後，她對政局不再像過去那樣瞭若指掌。七月十四日早上，有人專程從巴黎來送信給她，說是首都陷入暴動慘況。叛眾組織一支軍隊，並在夜裡出發，要來捉拿她和她的鄰居，也就是王上的貼身男僕提耶里先生，然後強行押走。這件消息令她嚇得手足無措。按照道理，暴徒鎖定的對象應是提耶里先生而不是她，但誰料到，先生沒有多問細節便獨自先溜之大吉，丟下她和女兒惶惶不可終日。活受罪啊！她的經歷說是可比赴湯蹈火。那道命令可是白紙黑字寫下來的，叛眾要來將她綁走，燒掉她的房子。逃命講求效率。她和女兒只帶一名女僕上路，其他的傭人便無暇照顧了。她們打算先將金銀餐具埋進土裡，無奈力有未逮，只好命令傭人代勞（「各位想想看吧，他們真會服從我的命令嗎？」）。活受罪啊！從頭到尾就是折磨！說到錢財，只能拿走五千鎊和一疊珍貴文件……那一點錢能撐上幾天呢？可是只要想到劫匪，五千鎊便不是小數目了。整趟旅程下來，她滿腦子都是碰著劫匪的驚悚畫面啊。不過，抵達凡爾賽宮之後，情況才真尷尬到了頂點。她

們究竟要睡哪裡？三個女人，其中那個女僕怪到教人無法忍耐……第一天晚上，珍諾這個賤胚子把她和女兒帶到一間髒亂的破房子裡過夜，到了隔天，自己逃之夭夭之前，更是直接將她們扔在一處偏僻昏暗的危險地點。她們竟然淪落到這種下場，看那個爛貨如何安排主人住宿的！出入那種可疑處所的盡是叛黨的人，行軍床啦、穢物啦、跳蚤啦。你們評評理，評評理啊……她說話時挺著一個不算美觀的下巴。人家想要打斷她的哇啦哇啦，但是語句就是滔滔不絕流瀉出來。整趟旅程之中，她覺得自己必死無疑的時候高達百次。每次只要她看見路上結伴而行的三兩個鄉下人，或者某個小生意人脫帽向她致意，她就覺得人家要來謀取她的性命。即便進到凡爾賽宮，她依然堅決抱持這想法，無論如何不能教她卸下心防：反正人家就是要她的命。我沒好氣地回答她：

「他們終究沒有對你下手。你不是活得好好的。」

我不喜歡她受苦受難後黏著我不放的樣子。她緊握著我的雙手，絕望的悲情一發作起來，彷彿快要扯裂她的手帕或是長袍。

我的冷言冷語聽起來很傲慢無禮。起先，其他湧入宮中的人對於寡婦的哀訴並不寄予同情，然而這時卻開始和她一鼻孔子出氣了，都說看不慣我們這些特權階級的觀點。從沒

有踏出凡爾賽宮，根本不知道外面如何翻天覆地。我們準備逃出宮外，拿安樂窩裡的舒服生活去換盜賊的攻擊。這就是人在福中不知福的鐵證。他們見過大風大浪，當然有傾吐的權利。我們最好免開尊口，立刻想辦法來協助他們。這是他們對於我們這些居宮人的期待。

我靜下來。那個寡婦鬆開了我的手。她的女兒替她搧風並且將她安置妥當，讓她可以舒適地傾聽某一位貴族階級代表的恐怖遭遇。這位代表附和起寡婦先前的說法。路程危機四伏，鄉下人都武裝起來。然而，最可怕的地方仍非巴黎莫屬，因為那是騷亂的發源地，如今威脅全國的一波波暴行亦是由此而起。一剛開始，這位代表和那寡婦截然不同，沒有狂躁表現也不哼哼唧唧抱怨，彷彿面對公眾演說似的，有備而來並且相當冷靜。可是，才吐出幾個字，他的激情便如野馬脫韁而出，而且自信心也轉眼化為泡影。結果，他只能結結巴巴含糊訴苦：群眾攔下他的馬車，那輛他從國民議會出來時租用做為返家代步工具的馬車。接續發生的事快得令他瞠目結舌：他被帶往巴黎市政府，夾道盡是全副武裝的庶眾。在塞納河的沙岸上，人家指著一具穿黑衣服的無頭屍首逼他看並且說道：「你看，那裡躺著的是得·羅奈大人啊。他的一生只剩這副淒涼景象。好好欣賞一下，因為再過不久就輪你上場了。」這位代表全身發抖，說話說得口齒不清，然而已經足夠交代軍刀如何朝脖子砍下來，或者暴徒如何伸出雙

手要掐死你，或者絞繩如何套上你的脖子。他們認為，這些苦難都是具體的、實在的。在他們的觀念中，我們一概嬌氣而軟弱，只會憑空胡亂臆想而已。他們急切地敘述自己的經歷，目的在於自我安慰，同時也要勸告我們打消出逃的蠢念頭，不如留在原地，避開一切危險。此舉毫無用處。滔滔不絕說出來的慘事完全無法令居宮人嚇到不敢出宮。甚至到了深夜，有些前來避難的人又掉頭上路了。

　　驚恐四處瀰漫，我們都屈服於它的淫威，我們只能任意由它擺佈。野蠻行徑再度佔了上風。即便已經預知自己將會遭逢何種磨難，準備出宮的人依然躍躍欲試，完全不再理會階級、性別、年齡等方面的顧忌。有個紈絝子弟怒沖沖地伸腳阻礙一位尊貴老者的去路。有名布根第來的小個子女人將一位倨傲的孀居貴婦推至一旁，同時尖聲叫道：「我的爸媽都被押做人質。他們的女性朋友更在我眼前被活活殺掉了！」不過倒是看不出她打算掉頭回去拯救父母。有位身為國之重臣的公爵竟被一個卑微的小市民攔腰抱住。要是回到從前，後者連正眼看一看前者的膽量都沒有。當然，如今貴族和庶民的懸殊數目突顯出來了，此外，由於被披露出來的消息具有力量，因此能以雷霆萬鈞之勢將廷臣驅離凡爾賽宮。多少年來，他們出於惰性被束縛在原地，沒有動能供其遠走高飛，如今情勢完全扭轉過來。

這些進宮的人全都親眼目睹各種慘案。儘管有人言之確鑿提出相反意見，他們已經見證了一件事：暴動早就波及首都外的地區。但是，他們也和驚嚇之餘急著逃出凡爾賽號大船的眾廷臣一樣，聽不到船上主桅桿斷裂的聲音，看不到腳下的地板已經支撐不住，直挺挺地高豎起來，然後逐往海底插沈下去。王上已經公開宣佈，解散禁衛軍隊，辭退各部部長。在這緊要關頭，他們依然沒有看見波濤湧向兩側，幾百年的王朝就要淪為波臣。那天早上，整個朝廷屈服了投降了，大勢已去不可復返。敗績已吞下去。背棄王朝的人從骨子裡深切感受到了。舊朝分崩離析，他們都從儀禮的繁文縟節中解放出來，然而，除了亡命一途，他們真無他計可施。

在如此混亂的場所中連行走都很困難。得・拉・舍內大人最喜歡說：「凡爾賽宮的正門配不上它的富麗堂皇。」現在，這個正門甚至只配稱做出口……有扇窗戶發出噪音被打開了。有位頭戴凹凸花紋高式便帽的女人傾身向外並把一個關著鸚鵡的鳥籠掛在遮板上。鳥兒受到震盪默默不敢作聲。

鳥兒連帶鳥籠被遺忘了，大家忘了自己還有小孩。能丟就丟，絕不讓出逃的行程徒增負擔，比方小黑人造型的瓷製傘筒。年底隆冬降臨之際，他們可要受寒凍死。這是他們所擔憂的，所以才會個個表情僵硬，眼睛睜得老大。狗兒感受

主人們棄其於不顧的狠心腸，對著已不遠的死期狂吠亂叫。牠們來勢洶洶湧入走廊，成群結隊襲上階梯。

　　我的心緒更加迷亂。人家勸我走為上策，人家求我留在原地。人家把外面大屠殺的場面描述給我聽。人家警告，暴眾逐漸逼近王宮。中庭馬匹奔馳的蹄聲令我心跳差點停止。王后似乎移駕到太子的居處，因為做母親的對兒子的安危憂心如焚。也就是說，她終究單獨穿越了鏡廊（要不然只能迂迴改道前往）。其實我起先認為她較有可能遶過鏡廊。然而我的判斷失準。

　　「您才是最強的」這一句話早已站不住腳。

最終一次進入王后的寢殿朗讀（晚間八時至九時）

　　我從被暱稱為「蘇菲公主」的圖書室經過，然後輕手輕腳走進王后那間位於底樓的薰衣草藍房間，那是她新套間裡的浴室。起先我誤以為那房間是空的，因為我沒能立即注意到臥在便床上休息的王后。她的身軀裹著一件白綢緞的便袍，便床的正上方有繃著墨藍色布料的華蓋。那張便床又高又窄而且朝著窗戶，窗外便是大理石的中庭。為了避免外人好奇窺伺，王后命人在那裡設置一道花籬並且種了一棵櫻桃樹。窗戶關著，窗簾卻是拉開的。安裝窗簾其實多此一舉，因為外面的花叢和交纏的枝葉足以遮蔽視線，而且發出沈凝

的沙沙聲，聽起來彷彿是悄悄靠近的腳步。王后側身躺著，背朝向我。在我看來，她的身材似乎特別高大修長，腰線很高，兩個足踝出奇細緻。我覺得那是我首度看見她的腰部，因為平常她所穿的裙子十分寬大，她的這一部位通常是遮掩起來的。甚至，明明我有機會嗅聞香膏那股茉莉花的氣味，但卻忍住欲望，以免破壞那份妙不可言的親密感。同樣，我甚至壓抑想多看她一眼的想法。所以我特別花費了心思，將視線從這個女妖似的胴體移開，這個橫陳在藍調子暗影中的胴體。我凝望窗外晃動的黑影，然後又把目光投回她的身上。王后並未入睡，只用指尖觸摸細木護壁板上天鵝和貝殼的圖案。那種全神貫注的樣子和她觀覽《布料樣冊》時那渾然忘我的神情毫無二致。只不過現在她更像在解讀一套新的字母罷了。

「女官，放下你的書袋，我想聽你讀讀我自己手邊的這些材料。」

她轉身對著我，並指指放在一張小桌上的文件。那是塞緊在檔案夾中的一紮信件。王后的神情似乎流露出一股力量、一份自信。儘管她的身軀文風不動，我卻產生一種怪異感受，沈甸甸的，好比渦漩似的移行，將我向上托起。原先擔心破壞王后隱私的顧忌突然煙消雲散。我走上前拿起那疊

信件然後遞給王后。她毫不猶豫便挑選好了。那些信件已經
用一套只有她知道的方法先行分類妥當。王后對我微笑，我
面對的彷彿是一位愛心滿盈的祥和巨人。我吻了她的手，她
的笑意又加倍和煦了。那種神態有種了不起的非凡況味。我
趨前坐在一張小桌子上，下人已先點亮四支蠟燭。我開始唸
起來：

「王后我親愛的女兒，

昨日一整天裡，與其說我在奧地利還不如說我在法蘭西
更貼切一些。我重溫了往昔歡樂的時光，那是多麼久遠前的
日子啊。即便只是回憶也足以寬慰人心了。我很高興得知你
那個小女孩（據你說法她是如此溫柔可愛）身體逐漸復元，
而且獲悉你和夫王間的種種情形。我們希望一切都能如意，
說坦白話，先前我還不是十分確定……」（讀到這裡我的速
度放慢下來，因為我不確定是否應該將下文「一字不漏地」
高聲唸出，但她示意我說下去）

「……你和夫王並未同床共寢，以前我就猜想過了。
你說的這一切我沒有可以挑剔的，不過你們相處也該日久生
情，我倒希望你們至少同房分床而睡。我很高興你在凡爾賽
宮願意重新參加各種公開儀式。我比誰都清楚，這些繁文縟
節多麼乏味、多麼沒有意義。不過，請相信我，如果你不行
禮如儀，將來因此所招致的惡果絕對不是目前這種小小困擾

能比擬的。你要記得，法蘭西民族動不動就愛攻擊冒犯他人。我也和你一樣，期盼冬季能令皇帝[63]不再到處奔波，可是為了明年三月初遠赴荷蘭的旅程，他有忙不完的行前準備工作。皇帝計畫要在那裡度過整個夏季。皇帝不在我身邊的時日一年多過一年，而我的擔憂和焦慮也一年多過一年。到了我這年紀，最需要的便是支持以及慰藉，而我偏偏不斷損失所有我最愛的，一個接著一個。我好痛苦……」

王后上半身端正地靠著床頭，軀體既柔軟又修長，真是令人讚嘆不已。她只顧喃喃重覆這幾個句子：「而我偏偏不斷損失所有我最愛的，一個接著一個……維也納，一七八〇年十一月三日。」

過去幾個星期，我經常看見她心情沮喪、獨自哭泣，以至於現在我隨時做好目睹她淚珠撲簌而下的心理準備。可是今天她卻把持得相當好，甚至外顯出一種神秘的內心狂喜。她的一隻肩膀靠在繪有天鵝及貝殼主題的藍牆壁上。當初我第一次晉見王后時心中的強烈感受此刻再度襲來並且將我征服。她一向願意紆尊降貴和我們客氣相處，那是出於慷慨大器，出於悅人悅己。說實在話，她的人格應用另一種尺度來

---

63. 指瑪麗 - 安托奈特的哥哥約瑟夫二世（Josef II），1741 － 1790 年。1765 年他被加冕為神聖羅馬帝國皇帝（1765 年－ 1790 年在位），但在母親瑪麗 - 泰瑞莎於 1780 年去世之前，兩人維持共治局面。謹慎虔誠的瑪麗 - 泰瑞莎，常常約束管制約瑟夫過激的啟蒙思想與政策。

衡量，她是在另一個層次裡行動的。那是矗立於凡爾賽宮園林大水池邊上那些女神雕像所屬的層次。她的膚色白皙、身材高挑，一手挽著髮雲，優雅呈現在我眼前。她的聲音令我全神貫注在她身上，那個聲音吸引我挪近她，坐在她的身旁。她溫柔地反覆述說，但無半點猶豫：

「而我偏偏不斷損失所有我最愛的，我承受巨大的痛苦。可是我不願意向這痛苦低頭。我在各方面都效法我母親女皇的榜樣，在這點上當然也不例外。（她的話題接著毫無轉折便切入另一個方向，彷彿正好發現浴室牆壁鋪面上不斷重覆的裝飾花樣）。王上和我一樣都愛天鵝。」

然後，王后命我持續下去，不是奧地利的瑪麗 - 泰瑞莎筆下的另一封信，而是她母親在她少女時代離開維也納遠嫁法國之前交給她的《每月必讀規章》。她和我一起高聲唸出來，但在某些字眼上又切回奧地利的口音。她的聲音不再流露出絲毫的溫柔，而是轉為蒼老苦澀，由於相當強勢教人聽來不寒而慄。我的心底驀然被極度的恐慌佔據了，於是只能緊緊抓牢桌子，繼續誦讀下去。燭焰拔得很高。王后身處的那片幽影中，我再也無法分辨出任何東西，只有她低沈的聲音鍥而不捨繼續背誦：「白天一有機會你就應該默思冥想，尤其望彌撒的時候。我相信你會保持望彌撒的習慣，並且受

其教益。每天都要一回，如果合乎你那邊宮廷的規矩，那麼星期日或節慶甚至可以增為每天兩次。但願你多花時間禱告和閱讀，但願你別妄想引進或是做出違背法蘭西風俗的事情。絕對不可標新立異，也不可動不動就提起我國的習慣，甚至命令別人加以倣效。恰好相反，你必須隨時準備配合宮廷的儀典禮節。如果情況允許，晚膳過後應該參加晚禱以及夜課，每到星期日尤其應該如此。我不知道法蘭西是不是會敲喚禱三鐘，反正到那時刻你應默思冥想，如果無法公開實施，至少私下在心裡面奉行。即使到了夜間你也不可鬆懈。當你行經一座教堂或者一個十字架前，你也應在心中默思冥想。至於外顯的姿態或是手勢只須遵循一般習慣即可。此舉倒不至於使你分神或是妨礙你的內心靜禱。無論何種情況，唯有心存天主方可達到如此境界。唯有你那至高無上的天父具備這完美特質。當你步入教堂之際，心中首先必須充滿敬意，千萬不可讓好奇心馳騁起來，因為那將令你心不在焉。在場每雙眼睛必盯著你，所以不要淪為別人話柄或是引發不利議論。務必虔誠、恭敬、謙卑、順從。虔誠尤其要緊。最後，總歸一句，如果你能恪遵此一訓誡，便不發生教你後悔莫及的事。親愛的女兒啊，請你盡可能跪下禱告……」

接著，王后的聲音突然恢復以往說話的常態：「今天就到這裡，她們快來為我換衣服了。」彷彿一下令那穿越數世紀而來的戒律煙消雲散，由她亡母那堅定穩重的聲音所讀出

的戒律。那個聲音並未消失，絕對沒有。從今以後，那個聲音扎下根了，這點我很清楚，只是不再教旁人聽見它罷了。

「我該把得·玻里涅亞克一家人集合起來，然後催促這群了不起的朋友趕快上路。他們心腸好，必然不情願服從我的命令。至於你呢，拉伯賀德夫人，我也有個小小請求，希望你能好心答應。要是我沒記錯，前天你似乎曾親口向我保證，為了讓我開心，你大可以長途跋涉到遙遠的地方。好啦，現在你要反悔也來不及。準備動身，該上路了。你得加入玻里涅亞克公爵伉儷的避難計畫。由於公爵夫人很不幸過於出名而且遭人不公正地詆毀，我請求你換上她的服裝，坐到馬車上面她的位置。而她則變裝成市民階級婦女，只是尋常一位女伴，或是要她扮成女僕亦無不可。重要的是，不要讓人認出她來。還有，萬一你們一行人被國民自衛軍逮捕了，玻里涅亞克夫人也能保住性命。」

時間約莫夜間九時。我幾乎騰不出時間收拾一些隨身物品，轉眼便得遁入夜色之中。

有人忙於出逃，有人陸續抵達。初來乍到的人臉上都帶著被凌辱以及被毆打的痕跡。想像自己被攻擊的恐怖場面和親身落入敵人魔爪的遭遇畢竟是兩碼子截然不同的事。

我回到自己的房間，想帶走幾樣心之所繫的物品。我的

視線因眼淚而模糊，環顧這個自己生活過多年的地方，每一件東西都同等珍貴。若要拿走那只白大理石的小花瓶，那麼如何割捨得掉後面那麥稈黃的壁紙呢？因為有那壁紙，插上的一瓶花才顯得出色呀！我想要那鏡子，因為那是我生平擁有的第一面，而且每次一靠近它，就會因心底油然而生的罪惡感導致身軀顫抖。還有那件繡花床罩，那件從寄宿學校時代開始便陪伴我的床罩，即使有些地方已經磨得可以透光，我仍不願丟棄。

　　總歸一句，或者開宗明義，我最想保留的便是整個房間。

　　黑甜鄉的房間。

　　日落日升的辦公室，既是我的圖書館又是我的入浴處。

　　那也是我接待密友的小客廳。

　　白色和虹彩的房間。我的房間。

　　我如此眷戀自己的房間，以至於某幾天夜晚，我寧可足不出戶也不願到宮裡的歌劇院觀賞最精采的表演。我意猶未盡地在其中休憩，或是為王后準備朗讀的材料，或是閱讀，或是夢想，或是背誦各種名單。透過複斜屋頂的天窗，我觀察白雲變幻成蒼狗。在這個空間裡，正好由於它的狹窄，我感受到不被侵擾的安全感。這份快慰滿足正好使我擺脫廷臣們搬家時所造成的騷擾。

　　我喜歡在臥床時聽著走廊裡壺罐碰撞的聲音或是中庭內操弄武器的聲音。我也喜歡在半睡半醒之時拿起一本書來，

讀上幾頁，然後再度潛回夢鄉。經常是歐諾希娜過來叫醒我，交談之前，我們總先笑上一陣。

我的床罩已經磨損，薄到可以看見緯紗，顯示它已伴隨著我共同度過多少睡眠時間。上面重重疊疊多少印記，那是我夢境的千百路徑，只有我才看得見的印記啊。

說什麼我都不能丟棄這床罩。

床罩不能丟，燭台也一樣……

那麼我的書呢？我開始往天鵝絨的袋子裡塞書，結果袋子太重而且沒有餘地可放衣物。我拿起來掂了又掂，不知如何是好。我很清楚，在這趟王后要求我匆促上路的旅程中，無論如何我都不該反僕為主，不該佔有任何份量。我不帶書，只用一條披肩裹起幾件衣服。

我在袋裡放進兩頂帽子、幾雙拖鞋以及一雙低統靴子。

其他物品到了當地再說。

然而，「當地」是哪裡呢？

我登門向賈科布-尼古拉 · 莫侯辭行。他來為我開門，一副心不在焉的樣子。他深信手上的任務是偉大而莊嚴的，馬不停蹄努力建構自己的論述。

喊他一聲「莫侯先生！」之後，我頓時哭了起來。

他將我摟進懷裡，但我不知道如何向他解釋出宮一事。

我得離開，但並非受了恐慌的驅使，而是執行任務，因此只能服從命令。只是在這當下，我已經被某種東西分割，被它撕裂。我本來可以、我本來應該規避這項任務，找個理由擺脫即可。既然王后只是命我李代桃僵、換個身分角色罷了，那麼絕對不是非我不可。是我本人或是他人其實無關緊要……我答應得未免太爽快了，那時真不應該貿然開口，好歹考慮片刻方為上策。然而後悔來不及了，我已經被扯進與自己無關的倉促和情緒中……但我沒說出自己的顧忌，只是探詢〈致法蘭西眾主教之信仰指導信〉的情況。

「我把已經寫好的部分拿來重讀一遍。雖然我不像你那樣熱中，但還是得承認，對於自己的表現並非徹底不滿意。我筆下那些和諧工整的複合句極有風格特色，論述的鋪陳洋溢著至情，這幾頁的文字全浸潤在熱忱之中。說精準些就是『兩頁』而已。問題出在這裡。不瞞你說，我還真很焦慮。時間太少，但要完成的任務又如此艱鉅。我體力透支了。為了撰寫第七冊的《法蘭西史》我已精疲力盡。最近很難振筆疾書，動動筆很快就累了。這支筆的產量能維持嗎？它的速度必須飛快而且論點必須無懈可擊，還得打得那幫叛徒及其文宣措手不及。今天時間還不算晚，我還有漫漫長夜的工作等著我。蠟燭備量還夠，只是精力開始跟不上來。我這支筆需要休息。」

「那就讓它休息，等明天再……」

「哎！明天！明天會是什麼局面呢，雅嘉特？明天你在哪裡呢？」

我一隻手摟著大披肩和床罩，另一隻手提著塞到鼓脹的天鵝絨袋子，被莫侯先生的問題弄得啞口無言，只能驚呆站著。我嘗試想像凡爾賽宮外面的世界，但腦海始終一片空白。

凡爾賽宮即是我的生命。但就像每個人面對自己的生命一樣，很難想像最後一天的狀況將是如何。甚至無法想像竟有最後一天。早上、下午、傍晚、然後一夜過去，接下去便空無一物。至少都不是認知中的東西。

逃亡。地道中的驚恐。錯誤訊息（晚間十時直到子夜）

「感謝老天有眼，如下的事千真萬確：王國的居民中，加入叛亂份子的人只是少數。凡是良知尚未泯滅的人，凡是認同維持秩序以及服從美德的好國民，只要想到加入造反組織都該立刻羞到滿臉通紅，因為此舉對天主或是對人類都是犯罪行為。」我一面覆誦〈指導信〉的最後語句，一面急忙趕往黛安娜・得・玻里涅亞克的住所，如此在心靈上便可以和我的朋友莫侯先生多相處片刻，同時也為自己增添力量，確保自己不受黛安娜那惡靈的傷害。這女的稱呼天主為

「雜耍大師」，並在各種淫巧把戲上面妄想與祂祕密串通。她總能變出不同的花招，也不區分雜耍以及魔術。她把球扔向空中，那球便長出翅膀，像鴿子一樣飛走了。

平時在凡爾賽宮裡，大家都害怕黛安娜。我曾經見過她幾乎一整夜到處逡巡遊蕩。她那套忠誠的宣誓不過只是表面工夫，但卻已對我那小心眼的思慮發生作用，她的一番訓誡當下的確教我羞得無地自容。接著她又悄悄溜掉，大白天裡完全不見人影。不過我倒不難猜想，藉由嘉布里耶勒的出面斡旋，黛安娜究竟在打什麼主意。絕對不是出於利他動機，也絲毫沒有慷慨大度的考量。王室的安危全然不是她汲汲算計的出發點，這與她說服我們相信的論調大相逕庭。她甚至有可能在七月十四日的夜裡就先想好流亡的計畫。她的舌燦蓮花目的在於防止朝臣們爭先恐後遷出宮去。為了獲取王后毫無保留的支持，她必須讓人相信，她離開凡爾賽宮只是一樁特例罷了（除非她搬演那齣犧牲戲碼的目的純粹在於享受欺騙的樂趣）。黛安娜的目的只有一個：滿足私欲。她的說帖只為一人而做：自己。但這說帖被她以天才橫溢的技巧和貪得無厭的胃口操弄到出神入化的境界。如今，我竟要和那頭怪物同舟共濟。為了避免自己罹難，我的希望只能繫於她的那艘陳舊的小船。

我走進去一間廳堂，只見裡面的人忙得不可開交。宮裡

到處都給人徹底失序的印象，大家不是狂亂逃命就是聚成一群群的烏合之眾。只有這裡不同，他們沒有措手不及的倉皇樣，好像他們已經猜出一切可能發生的狀況，而且早就預做準備。包括這種狀況。

廳堂裡面約莫六、七個人，都是黛安娜的幕僚班底：伏德賀伊侯爵、玻里涅亞克公爵、庫瓦尼公爵、寇爾努 · 得 · 拉 · 巴里維耶賀修道院長（王上的御用大神父）。後者由於酷嗜各種遊戲，所以和其他成員形成極契合的小圈子。當然，嘉布里耶勒 · 得 · 玻里涅亞克也在場。她在沙發上休息，神態很是慵懶，並以扇面半遮著臉。她的身旁坐著女兒葛哈蒙夫人，表情哀傷地注視著自己剛出世的兒子，這個無法帶上路的兒子。嘉布里耶勒和她的女兒在整個熱烈的場面中構成憂鬱遲鈍的孤立小天地，和別人的起勁模樣對比十分強烈。當中坐鎮指揮的便是黛安娜。

「我寧可現在當場死掉也不要躲到溫泉療養城市！」

黛安娜以斬釘截鐵的語氣說出這話，然後兩臂交叉，將上半身靠向椅背。她的神情如此冷酷、態度如此蠻橫，舉止如此魯莽……我因膽怯只有縮頭縮腦的份。她那雙手彷彿是專門賞人耳光的裝置，粗短方正的指頭好像可以飛脫出去的零件。她呼人巴掌呼得很慷慨，以致僕人靠近她時都要考

量再三。僕人迴避她不是出於敬意而是驚恐所致。他們遞東西給她時，手臂伸得越長越好，同時身軀還要稍微偏開，以便隨時可以閃躲。然而，此一戒慎恐懼的心思並無法令他們免於那雙搗衣杵的轟擊。她這動作練得無比精準而且爆發力強，僕人皮膚淤青之餘只能死心塌地相信，若非惡魔附身，哪來此等狠勁。她的個性真的有點那種味道。

黛安娜狂吼道：

「什麼溫泉療養！你送我們去泡溫泉！有什麼事比待在溫泉療養城市更能把人逼瘋呢？聞起來只有霉味、只有臭雞蛋味。你們都被一群禽獸不如的醫生騙得死死的。我知道其中有幾位就算親手剝掉你們的衣服也不害臊的。」

伏德賀伊侯爵偷笑幾聲。他正和玻里涅亞克公爵一起檢視幾件暗色的衣服，典型商人穿的那種。修道院長站在撞球枱的前面，一面估量如何撞出一球，一面思索最理想的逃亡目標。逃到溫泉療養聖地的主意八成是他想出來的。

「本人離開凡爾賽宮不是為了去讓醫生任意擺佈的啊！我在這裡還不曾受過那份閒氣呢。維琪也好，普隆畢埃賀[64]

---

64. Plombières-les-bains: 位於法國東北部洛林大區孚日（Vosges）縣的溫泉療養聖地，歷史上許多名人都曾到訪，例如伏爾泰、拿破崙、白遼士等。

也罷，反正我不去做什麼溫泉療養。你遇到的人不都是自認為一腳已經踏進棺材的嗎？他們只會抱怨這裡痛那裡疼，盡拿這種絮叨來凌遲你。和他們講一小時話，包準你立刻老上十多歲。他們談的內容空空洞洞，天天得和他們來往酬酢，如何忍受得了？」

基許公爵不以為然答道：「也不盡然如此，我就記得有一回去了英國的巴斯……」

「咪咪，給我閉嘴。我說的還只是醫生這類危險人物以及那群疑神疑鬼、沒病硬說有病的傢伙，更別提還得忍耐一夥妓女和江湖郎中在你眼前晃來晃去。溫泉療養處的社交圈子是所有社交圈子當中最粗鄙下流的。另外，溫泉水會毒死人，這點還沒算進去呢。總而言之，修道院長，溫泉療養不予考慮。」

修道院長彎腰致意。好個正值盛年的俊俏男子。他是狩獵能手，又是義無反顧的大玩家。有一次他從遊戲桌起身後直接就上祭壇主持彌撒。有些領受聖體的信徒抱怨，院長分派聖體餅的樣子好像洗牌的熟練手法。

黛安娜接續道：

「誰說一定得先想好目的地才能動身呢？重點是先離開這裡再說。趕緊在我們和那群吃人不吐骨頭的叛徒間拉出一

條國界。不管哪條都好。必要之時，為讓他們嘴巴裡面有個東西可咬，扔給他們一根骨頭便是。」

（我的心底震顫起來：在這無法無天的圈子裡，我只感到心煩慮亂，而且越來越不適應。）

「我解決了最根本的問題，也就是找到馬匹和馬車。現在必須想想穿衣的問題了。大家不要忘記，就算群眾追捕的頭號人物是嘉布里耶勒，我們誰也無法高枕無憂。」

黛安娜走去坐在扶手椅上，姿態好像傲踞寶座似的。她為親朋好友安排行程素有經驗，如今要為大家打點流亡路上的必需品應該也能應付裕如。突然，鄰近套間傳來猛烈的捶門聲，同時聽見有人叫嚷求助。黛安娜命令道：「快去瞧瞧」。顯然她不瞭解，大勢已經今非昔比。過去，她只需要隨便丟個命令，總會有人退下執行。但這一次，竟無人肯移動半步。命令好比輕煙逸散在空氣中，而那原因不明的噪音鬧得更厲害了。黛安娜扔掉手中她原本忙著檢視的文件，然後舉目環顧，這才發現只有一些親戚在場，都是和她血脈相連並且夠資格和她平起平坐的。平常他們雖然唯她馬首是瞻，甚至受她專橫擺佈，但不至於服從「快去瞧瞧」的指派。這時，她瞥見我站在角落，胸前摟個包袱，於是問道：「哎呀，夫人，

能不能請你……」

　　我的腳步循著聲源方向而去，一直走到一扇背後傳來刺耳叫聲並被捶得呼呼作響的門。門後的人喊道：「洪東・得・拉・杜賀，你這個沒有用的該死大爺！看在天主份上，趕快放我出去！是我呀，我是你的僕人小歡。怎麼把我留在這裡，你這個卑鄙的雜種！你就一走了之，一腳踢開任勞任怨替你幹苦活的小歡。現在把我忘得一乾二淨，你還是不是人！過河拆橋，只圖自己逍遙快活。我在這裡汗流浹背替你捉刀寫作《多舛戀史》，弄出一句句的十二行詩。這樣埋頭苦幹，我累垮了：

　　　　夫人，不久之前向您求愛，但是徒勞無功，
　　　　虧我向您表明心迹。
　　　　我的話兒硬梆梆的，可憐白舉一場，
　　　　根本不敢說給您聽。
　　　　我誤以為拐彎抹角暗示終究您會開竅，
　　　　但您對於我的卑微心聲充耳不聞，
　　　　只讓我的真情熱心白白燃燒。
　　　　時光荏苒，您已破了處子之身，
　　　　然而始終如此清新可人，始終美豔如初。

這詩美嗎？真美！美到不能再美！（最後這句喊得中氣十足）。難道是你親力親為的嗎？媽的，才不是呢！不是！不是！根本不是！可是，偏偏變成你的作品。流芳百世的人也將是你。只消拿去簽一下名，以後人家會說你只大筆一揮，瞬間便已成就千古奇文。《多舛戀史》將是文學史上一塊顯赫的里程碑。給我聽清楚了，洪東你這婊子養的，你竟然拋下我。爛貨！好比染了梅毒，羞於見人，偷偷躲起來了是吧？等你放我出來，看我好好抽你一頓鞭子，但也不能因為這樣你就逃之夭夭。正要發生駭人聽聞的事……每個房間都是一片死寂，教人毛骨悚然，守衛全都被人割喉還是怎樣。救命啊！救命啊！」門扇終於挺不住倒下來，把人壓在下面，是洪東侯爵的私人小廝。他總算閉上了嘴巴，因為縛牢他的那張桌子重重壓住他的身軀。

黛安娜對這段插曲甚至懶得投注一秒鐘的關切，她那一夥親友亦復如此。目的地已經決定了：瑞士。一如往常，每當必須做出嚴肅慎重的決定時，黛安娜‧得‧玻里涅亞克那善謀略的智慧以及務實的精神自然會影響她那小圈子的成員。每個人都為啟程而忙碌。修道院長向一只箱籠裡翻找東西。時至今日，我依然清晰記得那只放在阿德雷德公主肖像畫下方的紅色箱籠。畫中這位路易十五的女兒穿著宮中的大禮服擺出姿勢，當年她還只是個青春少女。

黛安娜穿上成套的男服，中產階級式樣，樸素色深，十分俐落穩當地包覆她那粗而短的軀幹與四肢。我好奇地看著她那肌肉發達的小腿肚，雖有棉質長襪遮住，它的健壯飽滿隱約可以感受得到。她誤以為我以注目表達敬意，因此回報我一個笑容，燦爛但極短暫。她這笑容收放自如，再和她的聰慧結合起來，成為她能凌駕於他人之上的關鍵。這套男服恰如其份地襯托出她的本色。那襲脫下來擱在她腳邊的長袍彷彿先前向人借來似的。她以靴尖將它踢開。我暗自想，也許在她心中，凡爾賽宮的分量只和這長袍一樣。人家為她解開緊身的馬甲時，她只隨意一踢，彷彿急欲擺脫多年來的宮廷生活。正因如此，她才不耐煩地在自己套間的大客廳裡跨著大步走來走去。這個客廳已經變成戲子的更衣室，小圈子的成員被她逼得流亡路上結伴同行，一逕跟著緊張兮兮地團團轉。得‧伏德賀伊大人沮喪地注視著自己必須穿上身的大衣，然後苦笑說道：「這是巴黎街上泥巴的顏色，驅逐我們的那些人，這才是他們的顏色。」得‧玻里涅亞克先生將手指插在背心上帶有繡飾的鈕扣孔裡，完全沒有陪著笑的心情。只見他猛然扯動了一下，竟把繫扣用的絲帶弄斷。他脫掉背心露出裡面奢華的襯衫，同時問道：「好，現在要怎樣？」

　　黛安娜被對方這拙劣的動作激怒了，於是冷冷答道：「這哪裡像是商人穿的襯衫！」只有她聽得見人民的腳步逼

近了，聽得見人民的復仇呼聲響徹雲霄了。也只有她死心塌地相信，潑糞文宣所說的話不是鬧著玩的。

　　得 · 玻里涅亞克整個小集團流露出劇院綵排的氣氛，其中混雜憂懼，又因經驗不足這種況味更顯著了。得 · 拉 · 巴里維耶賀修道院長也想喬裝打扮起來。他提出了變身為修女的策略。黛安娜評論道：「這就對了。」

　　得 · 伏德賀伊大人袒露出他那蒼白且凹陷胸膛，巍巍踩著他那雙高跟鞋，賴在鏡子前面來回走動。他拉拉黛安娜的手，想邀她加入這場引人側目的滑稽表演。接著，他在對方面前雙腿一跪，做出景仰崇拜姿態。這招對黛安娜顯然受用，她開口道：「真是受不了你。」得 · 伏德賀伊大人站起身子，對著得 · 拉 · 巴里維耶賀修道院院長嘟囔幾句。過了片刻，後者帶了幾瓶香檳酒回來。泡沫猛噴出來，濺了大家一身。修道院長修女裝的頭巾也沾濕了。酒杯拿出來了。伏德賀伊大人鄭重其事宣佈：「慶祝鴻運女神重生的晚會開始」。才轉瞬間，他已穿上生意人的外套，且在瘦削的兩頰上塗抹臙脂，並且戴上半臉面具。

　　「且讓我們讚頌鴻運女神。對於我們而言，這是極其重要的事。絕不可以隨便應付。」大家再度恢復生氣，從三位男士的面部表情和姿勢上，我看到他們都想噗哧笑出來，都

想相互擁抱，都想脫掉那身衣物。然而遺憾之情隨即取代那份歡快，因為他們想到自己即將拋下一切遠走高飛。然而想演最後一齣喜劇的衝動終究是頑強的，所以歡快之情重佔上風。演它個幾分鐘，不過博君一笑。

有人把一張大桌推到大客廳的正中央，以它權充舞台，並在桌面鋪上一塊紅毯，接著又打起黛安娜那寶座的主意，但她誓言不惜刀劍出鞘加以捍衛。最後大家只好搬來一張沒那麼威風的扶手椅，並將它安置在臨時的舞台上。嘉布里耶勒‧得‧玻里涅亞克坐進扶手椅裡，肢體稍微伸展開來，兩臂擱上扶手，然後頭頸後仰。扮演「天命」的伏德賀伊大人面對著她，此時穩穩站好定位。大人面帶微笑。根據劇情，鴻運女神嘉布里耶勒應該逐漸甦活過來。表演剛開始時，扮演「乖舛」的修道院院長就已腰彎俯身，現在站在鴻運女神和「天命」中間，病情更嚴重到全身抽搐抖動，最後直挺挺地癱死地上。嘉布里耶勒這位鴻運女神終於站起身子，準備一大步跨過「乖舛」的屍首，趨前和那「天命」會合。由於太過強調得意洋洋的自負相，她的微笑似乎蒙上一層惡意，而且舉手投足活像患夢遊症的人。香檳酒已對她發生作用，但她仍不斷地遞來酒杯，人家也不斷地為她添酒。她把頭靠向「天命」的胸前：「有什麼新聞呀？為什麼會不斷產生新的新聞呢？」

受到「天命」的鼓勵，嘉布里耶勒‧得‧玻里涅亞

克以愛理不理的態度應付「事件」。伏德賀伊大人由於「名聲」不在身邊，只能若有所思地以手指頭繞弄自己的鬢髮。王后就在這一時刻走進來了。我們不必看她就能明白她的反應。在她開口之前，她的痛苦和譴責已如一記重拳打在大家身上。

「請求各位不要中斷演出。節目真教人感動啊！你們兩位演得出神入化。」令我們驚愣在原地的並非這番話的內容，而是王后沒有預先差人通報便蒞臨現場。大家注視著她，誰也不敢置信，全都嚇得目瞪口呆。黛安娜是第一個恢復鎮定的。嘉布里耶勒衝向王后腳邊跪下。王后心腸軟下來了。她以極其溫和的語氣清楚說道：「你們快點籌備上路的事。我相信離別只是暫時，各位很快就會回來我身邊的。現在我請你們別再浪費時間。」

王后俯身將嘉布里耶勒攙扶起來並且說道：「夫人，你不要動，我來幫你。」四下一片死寂，王后親手脫下她這位摯友身上的淡綠色長袍，然後再為她套上一件裙子，甚至還想幫她穿上長襪。現在輪到王后屈膝跪在嘉布里耶勒的腳邊了，臉部神情如此果斷內斂，似乎有股精力支撐著她。說精確些，那是因絕望而生的精力。嘉布里耶勒的肌膚白淨無瑕，神情如此溫柔婉約，只是默不做聲流著眼淚，有如赤裸的小女孩似地弱不禁風。

說到服裝，王后追求完美的品味是沒有妥協餘地的。她拿起一條方巾蓋住這位摯友的肩膀。在這時刻，有人聲如洪鐘地宣佈王上駕到的消息。先前諮議會散會時，也是同樣這個嗓子喊道：「各位大人，王上……」眾人忙不迭地鞠躬致意。等到大家挺直上身之後，王上已經來到客廳中央，手裡握著幾本護照。他將護照悉數遞到嘉布里耶勒・得・玻里湼亞克的面前。可是她看不見護照，她什麼也看不見，因為她已被自己所經歷的傷痛吞沒，茫然落寞，幾乎喪失知覺。淚水浸沒她的雙眼，沿著兩頰流淌而下，最後化成石榴紅方巾上的暗漬。王后站在她的面前，始終保持雕像似的表情，幾乎很難說它仍有些許人味，或者換個講法，由於她的目光如此強烈頑強，堅持不肯偏向他處，以求將對方的形象烙進腦海，永遠不要忘記這位即將掉頭而去的人，因此依舊保有些許人味。

　　每當王上和王后共處一個空間時，前者的風采立刻被後者搶盡。不管在愛戀中或是恐懼裡，王上全部對她有所期待。不管王上對其他人做出何種動作、說出何種語言，上述那種依賴一次又一次貶抑了他動作和語言的分量。他便是在這種情況下遞出護照的，雖然滿懷誠摯的感動，但是一旦官式場合結束以後，這份感動也就跟著消逝。由於嘉布里耶勒・得・玻里湼亞克毫無反應，王上只好帶著猶豫不決的神情轉頭看看她的丈夫。玻里湼亞克公爵立刻殷勤以對，滿口沒

完沒了的謝詞，於是一場宮廷禮儀的君臣搭唱便展開了。黛安娜敏捷地接下護照以及滙票。完全沒有人理睬我，我自己穿上那件奢華的長袍，變成上等人的模樣。在這時候，似乎近在咫尺的喧嘩之聲爆發開來，劃破寂靜的空氣。有人尖叫、有人呼吼，我們都僵住了。大家面面相覷，困窘得不知道如何是好。嘈雜之聲越來越強、越來越顯狂暴，威力壓過一切。王上想拿句什麼客套話來回應玻里涅亞克公爵，徒勞之餘只好說出：「是議會的代表。他們想知道朕是否已決定召回內克爾。明天朕要到巴黎去。」

王上靜默不語，並且低垂著頭，這是他慣常自我防衛的姿態。王后站在他的身旁，目不轉睛看著我們。突然，她打了個哆嗦，臉色頓時變得死白，嘴裡僅僅吐出：「好了。時間都耽誤了。」王上說了一些祝福的話，而王后則朝著窗戶偏轉身子，園林中的濃蔭襯托出她那清晰的輪廓。她以乾澀的嗓子說道：「各位保重。反正我愛上誰，誰就不幸。」她的嗓子豈止乾澀，還奇怪地帶著隱藏多年的鄉音。

我們才剛離開鏡廊，走過幾條平日很熟悉的長廊（例如「努阿伊道」），再繞了幾處常走的彎道，然後就搞不清楚方向了。伏德賀伊大人冷笑道：「小的名叫戴達魯斯 [65]」，

65.　Dédale：希臘神話中擅長修築迷宮的工匠。

不過，想要軋場戲的願望早已不見蹤影。一整天下來，王宮逐漸褪去它親切家常的一面，因為居宮人遷出了，因為它賴以維持活潑氣氛的儀式和節奏被遏止了。然而，凡爾賽宮依然堂皇可觀。我這樣說，不再由於它的豪奢精緻無比神奇，不再由於它的景象宏偉（當年看第一眼真是動人心弦，後來從自己身軀的輕盈、從自己步伐的失重狀態，我明白自己已經變成王宮的一部分了），而是因為它像被災禍蹂躪過後留下的空殼。我們當然盡可能地低調謹慎。大家貼著牆面前行，小心翼翼避免撞上家具或是打翻花瓶、雕像等等。我們交頭接耳傳遞必須謹記的消息。大家握有王宮地下通道的平面圖，所以找到入口並非難事。這份自信在第一次失誤發生時稍受折損。我們走進一條沒有出口的幽暗通道，然而伏德賀伊大人當機立斷改變前進的方向，以至於大家幾乎察覺不出這次失誤。我們行進之際彼此靠得太近，步履行跡過於鬼祟。此外，我們過於急促，萬一遇見人時必會引起猜疑。可是，這群人的儀表風度卻又莊重尊貴。局勢吃緊以來，凡爾賽的居宮人常本能地認為，一旦出門，你就無法逃過遭人注視的危險，因此這個小圈子的人自然而然準備擺出樣子列隊而行。一直陷於痛苦中的嘉布里耶勒・得・玻里涅亞克用一隻手按著頭髮，由於身穿僕人的衣物公然亮相而倍覺尷尬。黛安娜的上身更挺直了。我猜得到，她雖然處在暗影中，卻同樣渴望接受別人致敬，因為她已習慣如此。如今，舉國

上下提起他們的名字都咬牙切齒，甚至願付重金買下他們的人頭。他們逃亡，那是為了躲一場大災難。不過，此時此刻，身為朝廷重臣的驕傲依然強過流亡者的憂戚。這份驕傲源自他們身旁的精美物品以及奢靡廳室，因為這些物品以及廳室反映出他們的榮耀，所以無需照明，他們也能如數家珍認得清楚。每間頌揚著路易十四豐功偉績的廳室同時也權充他們自己每回勝利的背景。怎能可能一覺醒來就不再相信自己是世界的主宰呢？必然還有妙計可施，足令局勢反轉過來。他們才永遠是當家作主的人，目前不過只是稍微妥協、暫時離開原位罷了……這個信念正在死灰復燃。在他們觀念中，此一信念讓他們的流亡染上權宜的策略色彩。話雖如此，眼前的分分秒秒仍都是關鍵，然而伏德賀伊大人只覺迷惘失落，全然不知如何是好。玻里涅亞克公爵則覺得自己孤立無援。小圈子的成員個個氣餒。朝廷重臣舉手投足間本該流露出的驕氣已徹底消失。他們是跑在敵境開濶之處的逃兵。黛安娜高喊道：「該死的出口到底在哪裡？」但是她畢竟立即掌握了通盤的局面。現在必須化整為零，個別單獨離開凡爾賽宮。她重覆向大家交代再度聚首之處，然後每個人便四散逃命去了。

　　我還沒來得及搞清楚前，自己已經躲進一條地道之中。一點微弱慘白的光線僅夠供我緩步前行。頭上有突出的岩塊，差點令我當場撞昏。空氣很快變得難以呼吸，其中飄浮

著陰冷滲濕的東西，幾乎快凍結了我的心臟。最恐怖的是在我兩腳之間亂鑽亂動的鼠輩。黛安娜把我送進地道前曾經叮嚀道：「特別小心巡邏的守衛還有他們的狗。」我在心裡祈禱，但願盡快遇上他們。希望他們將我逮捕，如何處置都無所謂，只要救我脫離鼠窩便可。

人家對我交代再三，然而因為遵循不夠徹底，所以我從地道鑽出來的所在並非期待中蒙坦席耶劇院的私人專用入口，而是一處馬廄。現場不止我一個人。在暗影的掩護之下，我看到兩個男人正在相互較量。他們爭先恐後朝一匹馬衝刺過去。這匹馬的外形健碩漂亮，而且毛色閃閃發亮。由於煩躁不安，牠不停用前蹄扒地又用後蹄猛然踢蹬。那兩個人相當不同。其中一位穿著朝服，若不是努力克制早就失去耐性了。他準備和對方談判。當然，他想要那匹馬，但還必須以合乎規矩的方式取得。另外那位身材魁梧，裹著一件黑色大衣，帽沿向下蓋住眼睛，遲遲沒有吭聲。穿絲質衣服的男人試圖說服對方：

「大人，我敢確定，是我先看到這匹馬的。我承認，比你看到的時間只早那麼一瞬間。然而，在目前的情況下，這個差距儘管微不足道，儘管想起來教你不甚舒服，你還是得認真看待。」

黑衣男子依舊悶不作聲，好比一根用布遮蓋起來的石柱。那位面色紅潤、衣飾繁縟的對手辯才無礙地講著，而且很明顯為了某個重要場合盛裝起來。他執意要說服對方，辯稱自己具有合法權益，而不是什麼偷馬賊。

　　「我不知道自己那輛停放在羅浮宮中庭的豪華馬車為什麼不翼而飛。我無論如何得回家一趟，要是沒這匹馬，如何達成心願呢？我已經和布賀德伊男爵約定見面。他是我的老朋友，而且講求準時……」

　　那個黑色的粗壯身形動起來了。他從大衣下面伸出原先藏在其中的手。手裡的粗木棍向對方的腦門重重劈下，我聽見教人反胃的聲響，然後那個朝臣癱倒下來，腦殼被打爛了。

　　其實，我距離約好的地點並不太遠。抵達之時，我的旅伴以及二輛各六匹馬拉的四輪馬車已經等在那裡。波拉斯特洪公爵夫人、普勒普希侯爵夫人以及拉吉・得・沃呂德侯爵夫人也加入了行列。原先的流亡計畫已經將她們算進來。遠處時時傳來因召回內克爾重任首相的決定而歡呼的叫聲。有人說道：「太好了。他們忙著熱情叫好，戒心就降低了。」伏德賀伊大人離開我們，因為他要和阿爾托瓦侯爵一起動

身。侯爵和我們一樣，也在夜裡起程。此外，波旁公爵、孔戴親王以及孔提親王、卡斯特希家族、庫瓦尼家族、艾南公爵、葛哈伊侯爵還有政府的所有成員都準備在同一天的夜裡上路了。公主貴婦的衣飾行頭令我感到拘束笨拙。我只覺得口渴難耐，嘴巴奇乾而且苦澀，喉嚨像紙板一樣硬梆梆的。我鼓起勇氣討水喝。黛安娜回答我：「再忍一下」，然後安排我們坐進車廂。她本人則坐在馬車夫身旁的位置，我只能看見她的後背。當我聽見她粗里粗氣地開始用市井口音和馬車夫交談時，我的疑惑頓時煙消雲散。我只想著：「這是福須的翻版啊」。嘉布里耶勒和女兒坐上可翻起收疊的簡便椅子。玻里涅亞克公爵以及修道院長則縮擠在車廂盡頭，膝上以及腳邊盡是包裹。個人角色既已分派，我就坐上屬於我的位置。我在車窗旁邊安頓下來。就在馬車出發之際，就在喧鬧之聲暫時減弱的空檔裡，我似乎聽見冗長單調之誦念的一小段……瑪麗-艾梅莉、瑪麗-安娜、瑪麗-卡洛琳娜、瑪麗-安托奈特，王后陛下……這些名字飄盪在空氣中，從卡斯戴諾大人那沙啞的嗓子出來都已扭曲變形。他那飽含愛意及痴狂的聲音教人憐憫。玻里涅亞克公爵掏出一支手槍，同時大聲說道：

「要是讓我看見那個傢伙，我保證幹掉他。」

馬車已經走遠，大家正因擔心被人追捕，依然緊張得一語不發時，有位騎士從後快馬狂奔趕上來了。車窗半開半閉。我正要將它關上時，騎士絲毫沒有減速，只扔進來一小捲紙，被我用手一把抓住。這是信件，只有一頁，用金戒指套牢。我抽掉金戒指，然後讀到：

　　「再會，我最溫柔的朋友啊。『再會』多麼摧折心腸，但又不得不說。我以全部僅剩的力氣為你送來這吻別。瑪麗-安托奈特。」

　　我把信件交給嘉布里耶勒・得・玻里涅亞克。她坐在我對面，個頭顯得如此嬌小。她的眼淚靜靜流淌，持續而穩定的涓流教人驚慌，彷彿有個活泉被移進她的體內，永遠必須與之共存。

維也納，一八一一年一月

我仍記得，當我們一行人越過瑞士邊境之際，大家欣喜若狂的模樣。我們得救了，他們已被拋在國界的另一頭。他們不再能夠傷害我們。大家彼此緊擁。最後幾小時護送我們的那個日耳曼軍團繼續向前趕路。他們不知道自己為何來到法蘭西，也不知道為何離開。好奇特的遠征行動。沒有戰事，沒有敵人……而我，難道我就明瞭自己為何來到瑞士？大家尚在互擁之時，歡呼之聲仍在耳畔浮盪之時，我已經開始置身事外、冷眼檢視起這一切。我看到精疲力盡的馬兒全身不斷冒汗、不斷顫抖，滿載行李的馬車模樣異常怪誕，還有一小群人興奮地跑向前又跑向後。他們走到不同伙伴的面前，熱切地擁抱對方。從我這局外人的角度來看，他們的舉止似乎興奮激昂，教人無從理解。福須沒有離開座位。那口市井腔調……四周盡是草原，青翠漂亮而且草木繁茂，教人想起凡爾賽的動物園。只是這裡既安靜又空無。灰色天空，幾乎可算白的。我越過了國界，那是分隔生命以及空無的線。

　　玻里涅亞克一家人把滙票上的指示當成指南，其羅盤上的針始終堅定指向一個方位：金錢。正如黛安娜常說的，金錢是我們這時代的驅動力。她很喜歡這個處於其濫觴階段的時代，至少和先前那個舊王朝同樣令她稱心滿意。甚至她還更中意新的時代，因為它的悸動節奏，因為它開闊的地平線。戰禍緜延的世界最適合她的脾性。對我而言，動亂只是空無的同義詞，而殺戮則是添加於生活中寡味的調味料，一旦開

始用了，就會越用越多。

　　我們穿越瑞士，然後由於便利起見，移往義大利的羅馬暫居下來。那只是漂泊的生涯，我們無法在這急就章的避難所踏實棲止。我們在無人居的宮殿中借住。因為黛安娜始終和大家住在一起，感謝她的各種應急對策，流亡生活逐漸展露了精緻品味。顛沛的經歷使她比起以往更加蠻橫更加兇惡，而其視界也與往昔不可同日而語。她一方面思考寫出有關啟蒙主義宗師達朗貝（d'Alembert）的專著，一方面和舊社會周旋，向教皇、英國國王和奧地利皇帝方面爭取到了種種津貼補助。玻里涅亞克以及伏德賀伊等二位公爵只配在她身邊像蝴蝶似的飛來飛去。嘉布里耶勒就只哭。大家一致認為，那不過是故作姿態，優雅倒是挺優雅的，但演久了難免令人生厭。我的看法亦復如此。何況我自己也十分悲傷，以至於其他人的哀痛（就算是嘉布里耶勒・得・玻里涅亞克的也一樣）也就無法感受。我一直保持著閱讀習慣，但現在只為自己讀。在我的腦海裡，這種不發出聲而且連續不間斷的字面獨白來自於許多各不相同的故事，到了最後，我已相信自己完全沒有故事。我失落在這種空乏中，我甚至不想設法了解，為什麼我們要離開羅馬前往威尼斯，然後再到最後落腳的維也納。到了維也納後，那個「我們」也隨之崩解。里涅公爵收容我並擔任我的保護人，從此我不必再依賴玻里涅亞克一家人了。這是大大教人寬慰的事。從那時起，我只以賓

客的角色拜訪他們，不需要再仰人鼻息。

　　從我在凡爾賽宮生活的時代開始，長久以來我第一次感覺到冬季也能賞心悅目。窗外寒氣猛烈。城市及其廢墟被整片的嚴霜封住。只要太陽稍一露臉，因結冰而厚度加倍的樹枝便會反射出燦爛耀眼的光芒。有位女鄰向我說道：「維也納在發光」，並以驚奇的神情反覆唸著德文的「天寒地凍」。我對她說：「我會出去看看。」嘴上雖這樣講，但很確定自己並無能耐。我絲毫不覺得可惜。我所在的地方非常好，什麼都不缺少。拉上窗簾，生起爐火，鴨絨被子和毛毯往身上一堆，我就懶得動了。只有我的手在稿紙上面移動。在輕盈的焰舌前面，一幕又一幕的場景接續上演。

　　我為原先的一片混亂加進了秩序。往昔縈繞在我腦海的那些亂七八糟的、毀滅性的景象，像雪崩朝我欺壓下來的景象，如今被我安排出了次第，被我理出一個邏輯頭緒。樹枝在冰封的重壓之下紛紛折斷。森林被扯裂了。牆壁凍出皸裂痕跡。沒有哪家的爐火熾旺到足以加熱空氣。就算家裡擁有大到足以睡進裡面去的壁爐，你也不比其他人舒服到哪裡去。我一呼氣，兩唇之間立刻逸出水霧。為了使我的手不致凍僵，我不得不將其埋進被毯下面。唯有如此，我才能繼續以龜速筆耕下去。

　　那時正是年初，快接近王后陛下的舞會季節，里涅公爵

絕對不忘記提醒大家的……「王后舞會」，今天已經很難評斷這件大事的重要性，也難想像這幾個字所蘊藏的魔力。舞季開始前的好幾星期必會預先宣告。它的影響力可從每個人的身上觀察出來，整座王宮同時陷入興奮狂熱，就連無緣親自與會的人亦復如此。準備工作的歡快氣氛可以從如下的細節看出來：許多次閉門舉辦的秘密商談、小廝們按捺不住興奮的來去。他們在套間與套間之間匆忙走動，樂此不疲地傳遞著訊息，個個頂著短短假髮，制服上的飾物熠熠生輝。他們那一張張掛著嘲弄神情的小圓臉散發歡愉的香澤，不禁讓我聯想到王后手下那批愛用丁香味香水的小廝。他們是宮中最引人注目的一群。到處可以看見他們那一身佩有金色鑲飾的紅色天鵝絨制服。他們笑臉迎人，敏捷地穿梭在賓客之間。對於他們而言，一切都是遊戲。宮律嚴禁僕役奔跑，他們便想出一種替代的滑稽步伐，亦即，每次踏出正常一步之後接著滑行二步。根據所傳遞的消息是否緊急，或是木製地板是否打蠟，或是人群多寡，滑步可以延展到一滑便到廳室盡頭的程度……小廝在凡爾賽宮裡縱橫穿梭，對於那艘宏偉大船深具信心，但是對於環繞我們的那片浩瀚汪洋卻一無所知。他們以同等興高采烈的步伐為人送去情書或是放逐敕令。

在我眼裡，有個場景正好可以象徵凡爾賽宮小廝們的幸福快樂以及他們意識到自己好運當頭的情況。他們都有資格參加王后的舞會，並且很稱職地為人送上果汁冰糕或者陪送

貴婦回府。因為我沒資格參加舞會，但又非得嚐嚐柑橘不可，小廝畢尼便會和我約在拂曉時分見面，在舞廳的入口處將上等貨色的水果交給我。他這孩子說話算話，只是等我赴約之時，經常發現他已倒臥在樓梯的梯階上呼呼大睡，制服的口袋鼓脹到快爆裂開了。我小心翼翼地取出柑橘，然後放進我的袋子。我帶著快意剝開其中一顆，一面走向廚房討咖啡喝。有馬車停在王宮周邊過夜，有時可以看見裡面交纏著的男女。

另有其他跡象也顯示王后的舞季快來臨了。王后陛下御用的裁縫師羅絲・貝賀丹每天都受召前往御前。她們一起合作，彼此配合的結果便是一件又一件精美絕倫的長袍。旁人其實只能看著覆蓋在長袍上的塔夫塔綢寬幅布條猜它個大概，無法仔細審視什麼細節。塔夫塔綢使每件長袍看起來活像幽靈似的，又像個喪失人形的模糊輪廓，尋覓著能讓自己恢復生命的法術。王后的新長袍按照規矩只能在舞會舉行時方能公開亮相。這些專為舞會設計縫製的華服，遮著塔夫塔綢的華服可能在一天的任何時間裡經由長廊或是大小客廳來往運送。王后由於擔心某些長廊過於狹窄，可能損害運送過程中的華服，因此下令不必迂迴曲折繞道。這些撐在架子上的長袍隨時都有可能出現。長袍裡面空洞洞的，卻又沙沙作響，而且佔據偌大空間，所到之處便顯擁擠，我私下稱其為「白影」。長袍所經之處人人都得讓路，但是明顯讓得心不

甘情不願。長袍一到，我還沒見過上述之外的其他反應。就算一剛開始人家尚覺有趣，但才過了幾秒，等待這昂貴的軀殼運經之際，每個人的臉上千篇一律都浮起惱怒的表情。接著，一切恢復正常，彷彿什麼事也沒發生過似的。我和大家正好相反，對王后的「白影」情有獨鍾。我喜歡站在長袍經過的路線上，在突然開闢出來的空間之中踵隨其後而去。我心滿意足地耽溺於幻想中，盡可能跟著長袍走，直到它被送進王后的套間裡。門闔上後，我還要站在外面一會兒，為了細細品賞從房間發散出的豪奢與甜馨……在我的印象中，王后的舞會就是幾幢白影以及好心小廝送給我的數顆柑橘。微不足道卻又無比豐富……

奪朱008
社會政治
批判叢書

再見吾后
Les adieux à la reine

作者｜香塔勒・托瑪(Chantal Thomas)
譯者｜翁德明
美術設計｜楊啟巽工作室
電腦排版｜辰皓國際出版製作有限公司
出版｜無境文化事業股份有限公司
【精神分析系列】　　　　總策劃／楊明敏
【人文批判系列】　　　　總策劃／吳坤墉
地址｜802高雄市苓雅區中正一路120號7樓之1
信箱｜edition.utopie@gmail.com
總經銷｜大和圖書書報股份有限公司
地址｜248新北市新莊區五工五路2號
電話｜(02)8990-2588

二版｜2022年06月
定價｜380元
ISBN 978-626-96091-0-9

國家圖書館出版品預行編目(CIP)資料

再見吾后= Les adieux à la reine / 香塔勒.托瑪
(Chantal Thomas)著 ;翁德明譯. -- 二版. -- 高雄市
: 無境文化事業股份有限公司, 2022.06
　　面；　公分. -- (人文批判系列)((奪朱)社會政治
批判叢書 ; 8)
　　譯自：Les adieux à la reine
　　ISBN 978-626-96091-0-9（平裝）

876.57　　　　　　　　　　　　111006581

UTOPIE